Cette chanson
que je n'oublierai jamais

Mary Higgins Clark

Cette chanson que je n'oublierai jamais

ROMAN

Traduit de l'anglais
par Anne Damour

LE GRAND LIVRE DU MOIS

Pour Marilyn
Ma fille aînée et mon amie
Avec tout mon amour.

Prologue

MON PÈRE était le jardinier paysagiste de la propriété des Carrington. Avec ses vingt-cinq hectares, c'était l'un des derniers grands domaines d'Englewood, dans le New Jersey, une petite ville huppée à l'ouest de Manhattan.

Un samedi après-midi d'août, il y a vingt-deux ans, il avait tenu à aller vérifier le fonctionnement du nouvel éclairage extérieur de la propriété. Les Carrington donnaient ce soir-là un dîner de gala pour deux cents personnes. Papa avait alors perdu l'estime de ses employeurs à cause de son problème d'alcoolisme et savait qu'il risquait sa place si certains projecteurs dans le jardin à la française ne fonctionnaient pas correctement.

J'avais six ans. Nous vivions seuls et il n'avait pas d'autre choix que de m'emmener avec lui. Il me dit de m'asseoir sur un banc dans le jardin, non loin de la terrasse, et me recommanda de ne pas bouger jusqu'à son retour. Puis il ajouta : « Je serai peut-être un peu long, si tu as envie d'aller aux toilettes, emprunte la porte grillagée située à l'angle de la maison. Les toilettes du personnel se trouvent juste à l'entrée. »

Cette permission tombait à pic. J'avais entendu mon père décrire à ma grand-mère l'intérieur de la grande bâtisse de pierre, et mon imagination s'était enflammée en l'écoutant. Construite au pays de Galles au dix-septième siècle, elle possédait une chapelle cachée où un prêtre s'était abrité et avait célébré la messe en secret à l'époque des tentatives sanglantes de Cromwell pour anéantir toute trace de catholicisme en Angleterre. En 1848, le premier Peter Carrington avait fait démonter la maison pour la reconstruire pierre par pierre à Englewood.

Je savais par mon père que la chapelle était dotée d'une lourde porte de bois et était située à l'extrémité du premier étage.

Je voulais la voir.

J'attendis dix minutes après qu'il se fut éloigné dans les jardins pour m'introduire par la porte qu'il m'avait indiquée. L'escalier, à l'arrière de la maison, était sur ma droite et je gravis les marches sans faire de bruit. Si je rencontrais quelqu'un, je dirais que je cherchais les toilettes, ce qui aurait pu être vrai.

À l'étage, avec une appréhension grandissante, je parcourus sur la pointe des pieds une succession de couloirs, recouverts de tapis épais, dont les multiples détours formaient un véritable labyrinthe. Puis je la vis enfin : la lourde porte de bois que mon père avait décrite, inattendue dans cette maison entièrement modernisée.

Je n'avais croisé personne. Enhardie par la chance qui semblait me sourire dans mon expédition, je franchis rapidement les derniers mètres qui me séparaient de la porte. Elle grinça au moment où je tirais le battant vers moi, mais s'entrouvrit suffisamment pour que je puisse me glisser à l'intérieur.

Une fois dans la chapelle, je me sentis soudain transportée dans le passé. Elle était beaucoup plus petite que dans mes rêves. Je l'avais imaginée semblable à la chapelle de la Vierge de la cathédrale Saint-Patrick où ma grand-mère s'arrêtait toujours pour allumer un cierge à la mémoire de ma mère les rares fois où nous allions faire des courses à New York. Elle ne manquait jamais de me raconter combien ma mère était belle le jour où elle s'était mariée avec mon père dans cette église.

Les murs et le sol de la chapelle étaient en pierre, l'atmosphère humide et froide.

Le seul ornement religieux était une statue éraflée et écaillée de la Vierge Marie, vaguement éclairée par une bougie électrique. Deux rangées de bancs faisaient face à la petite table de bois qui servait sans doute d'autel.

Alors que j'enregistrais ces détails, j'entendis un grincement et n'eus pas besoin de me retourner pour comprendre que quelqu'un ouvrait la porte. Je fis la seule chose possible – je me précipitai entre les bancs et m'aplatis par terre, enfouissant ma tête dans mes mains.

Les voix qui me parvinrent étaient celles d'un homme et d'une femme. Leurs chuchotements, âpres et irrités, se répercutaient sur les murs de pierre. Ils se disputaient à propos d'argent, un sujet qui ne m'était pas étranger. Ma grand-mère ne cessait de houspiller mon père, disant que s'il continuait à boire nous finirions à la rue, lui et moi.

11

La femme demandait une certaine somme et l'homme répondait qu'il l'avait déjà suffisamment payée. Elle disait : « C'est la dernière fois, je te le jure », et il répliquait : « J'ai déjà entendu cette chanson. »

J'ai gardé un souvenir précis de cet instant. Dès le jour où j'avais compris que, contrairement à mes petites camarades de la maternelle, je n'avais pas de mère, j'avais supplié ma grand-mère de me parler d'elle, de me raconter par le menu tous ses souvenirs. Parmi ceux qu'elle m'avait fait partager, il y avait cette pièce de théâtre que ma mère avait jouée jadis à son école et dans laquelle elle chantait : *J'ai déjà entendu cette chanson*. « Oh, Kathryn, elle chantait si bien. Elle avait une voix exquise. Tout le monde a applaudi en criant : *Bis, bis*. Il a fallu qu'elle la chante à nouveau. » Et ma grand-mère fredonnait l'air pour moi.

Ensuite, je n'ai pu entendre le reste de leur discussion, sinon une dernière phrase que la femme chuchota avant de s'en aller : « N'oublie pas. » L'homme était resté. J'entendais sa respiration haletante. Puis, très doucement, il s'est mis à siffler l'air de la chanson que ma mère avait chantée à l'école. En y repensant, je crois qu'il s'efforçait de retrouver son calme. Au bout de quelques mesures, il s'est tu et a quitté la chapelle.

J'ai attendu quelques minutes qui me parurent une éternité, puis je suis partie à mon tour. Je me suis empressée de redescendre l'escalier et de ressortir et, naturellement, je n'ai jamais avoué mon incursion dans la maison, ni ce que j'avais entendu dans la chapelle. Mais le souvenir ne s'est jamais effacé et je me rappelle cette discussion comme si elle avait eu lieu hier.

Qui étaient ces gens, je l'ignore. Aujourd'hui, vingt-deux ans plus tard, j'ai l'intention de le savoir. La seule chose dont je sois certaine, d'après les récits de cette soirée, c'est qu'un certain nombre d'invités avaient passé la nuit dans la résidence, ainsi que cinq domestiques, et le traiteur local avec son équipe. Mais cette certitude n'est peut-être pas suffisante pour sauver la vie de mon mari, si elle mérite d'être sauvée.

Vingt-deux ans plus tard

1

J'AI GRANDI dans l'ombre de l'enlèvement du petit Lindbergh.

Je veux dire par là que je suis née et ai passé ma jeunesse à Englewood, dans le New Jersey. En 1932 le petit-fils du citoyen le plus éminent d'Englewood, l'ambassadeur Dwight Morrow, fut kidnappé. Et le père de l'enfant était l'homme le plus célèbre du monde à l'époque, le colonel Charles Lindbergh, qui avait réussi le premier vol en solo à travers l'Atlantique dans son monomoteur, le *Spirit of Saint Louis.*

Ma grand-mère, qui avait huit ans alors, se souvient des gros titres dans les journaux, des hordes de journalistes qui se pressaient devant Next Day Hill, la propriété des Morrow, de l'arrestation et du procès de Bruno Hauptmann.

Le temps a passé, les souvenirs se sont estompés. Aujourd'hui la propriété la plus importante d'Englewood est la résidence des Carrington, la noble bâtisse de pierre dans laquelle je m'étais introduite subrepticement à l'âge de six ans.

Toutes ces pensées me traversèrent l'esprit lorsque,

pour la seconde fois de ma vie, je franchis les grilles de la propriété des Carrington. Vingt-deux ans après, pensai-je, me rappelant la petite curieuse que j'étais alors. C'est peut-être le souvenir de la façon dont les Carrington avaient renvoyé mon père quelques semaines plus tard qui expliquait ma gaucherie et mon embarras soudains. La matinée ensoleillée d'octobre s'était transformée en un après-midi venteux et humide, et je regrettai de n'avoir pas choisi une veste plus chaude. Celle que je portais me paraissait à la fois trop légère et de couleur trop claire.

Je garai instinctivement ma voiture d'occasion à l'écart de l'allée principale, désireuse de passer inaperçue. Cent soixante-dix mille kilomètres au compteur enlèvent son éclat à une voiture, même si elle vient d'être lavée et ne comporte ni marque ni bosse.

J'avais ramassé mes cheveux en un chignon que le vent entreprit de défaire pendant que je montais les marches du perron et sonnais à la porte. Un homme d'une cinquantaine d'années, avec un début de calvitie, des lèvres minces et une expression sévère, vint m'ouvrir. Il portait un costume sombre et je n'aurais su dire s'il s'agissait du majordome ou d'un secrétaire. Avant même que j'ouvre la bouche, sans se présenter, il m'annonça que M. Carrington m'attendait, et me pria de le suivre.

Le vaste vestibule était éclairé par la lumière qui filtrait à travers des vitraux sertis de plomb. La statue d'un chevalier en armure voisinait avec une tapisserie médiévale représentant une scène de bataille. Résistant à l'envie d'en examiner les motifs, je suivis mon guide le long d'un couloir qui menait à la bibliothèque.

« Mlle Lansing est arrivée, monsieur Carrington, dit-il. Je serai dans le bureau. » J'en conclus que l'homme était une sorte d'assistant.

Enfant, je m'amusais souvent à dessiner le genre de maison que j'aurais aimé habiter. Dans mon imagination, un de mes endroits favoris était une pièce où je passerais mes après-midi à lire. Elle contenait toujours une cheminée et une bibliothèque. Ou un canapé confortable au creux duquel je me pelotonnais, un livre à la main. Ne me croyez pas douée du moindre talent artistique. Les silhouettes que je traçais étaient rectilignes, mes bibliothèques n'étaient pas d'aplomb, et j'avais tenté de reproduire un tapis ancien que j'avais aperçu dans la vitrine d'un magasin d'antiquités. Je n'avais pas su restituer exactement l'image que j'avais en tête, mais je savais ce que je voulais. Je voulais une pièce comme celle dans laquelle je me trouvais en ce moment même.

Peter Carrington était assis dans un confortable fauteuil club, les jambes allongées sur un repose-pieds. La lampe sur la table à côté de lui éclairait le livre dans lequel il était plongé et soulignait son profil séduisant.

Ses lunettes, posées sur l'arête du nez, glissèrent quand il leva la tête. Il les retint, les plaça sur la table, souleva ses pieds et se leva. Il m'était arrivé de le croiser en ville et j'avais vu sa photo dans les journaux, si bien que son visage ne m'était pas inconnu, mais me trouver en sa présence était différent. Il émanait de Peter Carrington une autorité tranquille qu'il conserva même lorsqu'il me sourit en me tendant la main.

« Vous m'avez écrit une lettre convaincante, mademoiselle Lansing.

– Je vous remercie d'avoir accepté de me recevoir, monsieur Carrington. »

Sa poignée de main était franche. Je savais qu'il m'examinait tout comme je l'étudiais moi-même. Il était plus grand que je ne l'avais cru, avec la silhouette svelte d'un coureur à pied, des yeux gris tirant sur le bleu, un visage mince et régulier, encadré de cheveux bruns coupés un peu long, mais cela lui seyait. Il portait un cardigan marron chiné de rouille. Si on m'avait demandé de deviner sa profession d'après son apparence, j'aurais répondu universitaire.

Je savais qu'il avait quarante-deux ans. Il devait donc en avoir vingt le jour où je m'étais introduite dans cette maison. Je me demandais s'il avait assisté à cette soirée. C'était possible – à la fin du mois d'août il n'avait sans doute pas encore repris ses cours à Princeton où il faisait ses études. Ou, s'il avait déjà regagné l'université, il était peut-être revenu pour le week-end. Princeton n'était qu'à une demi-heure de voiture.

Il m'invita à m'asseoir dans l'un des deux fauteuils jumeaux placés devant la cheminée. « Je cherchais une excuse pour allumer un feu, dit-il. La météo s'est montrée coopérative. »

À nouveau, j'eus conscience que ma veste couleur citron vert était trop estivale pour cette journée d'automne. Je sentis une mèche de cheveux s'échapper de mon chignon et tentai maladroitement de la remettre en place.

J'ai fait des études de bibliothécaire, guidée dans mon choix par mon goût pour les livres. Depuis que je suis sortie diplômée de l'école des archivistes, il y a cinq ans, je travaille à la bibliothèque municipale d'Englewood et suis très impliquée dans le programme d'alphabétisation de notre communauté.

Et me voilà à présent dans cette impressionnante bibliothèque, « mon chapeau à la main », comme aurait dit ma grand-mère. Je voulais organiser une réunion pour collecter des fonds en faveur de ce programme et je souhaitais lui donner un caractère particulier. Or, s'il y avait une façon d'inciter les gens à payer trois cents dollars pour assister à une réception, c'était qu'elle ait lieu dans cette maison. La résidence des Carrington appartenait au folklore d'Englewood et des communes alentour. Chacun connaissait son histoire, savait qu'elle avait été transportée pierre par pierre depuis le pays de Galles. J'étais certaine que la perspective de pouvoir la visiter ferait toute la différence et nous assurerait de faire le plein.

Je suis plutôt d'un naturel décontracté, pourtant je me sentais mal à l'aise aujourd'hui, assise dans ce fauteuil, rougissant sous le regard perçant de ces yeux gris. J'étais à nouveau la fille du paysagiste alcoolique.

Allons, reprends-toi, me dis-je, et cesse d'être béate d'admiration. Retrouvant un semblant d'assurance, je commençai mon petit discours longuement répété : « Monsieur Carrington, comme je vous l'ai écrit, il existe une quantité de bonnes causes, donc beaucoup de raisons pour demander aux gens de sortir leurs chéquiers. Naturellement il est impossible de les soutenir toutes. Et, à dire vrai, même les donateurs fortunés ont de nos jours l'impression d'avoir épuisé leurs possibilités. C'est pourquoi il est essentiel de trouver un moyen d'amener les gens à se montrer généreux. »

Arrivée à ce point, je me lançai dans la formulation de ma requête qui consistait à lui demander de nous laisser l'usage de sa maison pour notre réception. Je vis son expression changer et le mot « non » se former sur ses lèvres.

Il se montra très courtois :

« Mademoiselle Lansing..., commença-t-il.

— Je vous en prie, appelez-moi Kay.

— Je croyais que vous vous appeliez Kathryn.

— Sur mon certificat de naissance et pour ma grand-mère. »

Il rit. « Je comprends. » Puis il exprima poliment son refus : « Kay, je serais heureux de vous remettre un chèque...

— Je n'en doute pas. Mais, comme je vous l'ai écrit, il ne s'agit pas seulement d'argent. Nous avons besoin de bénévoles pour enseigner la lecture aux gens et le meilleur moyen de les attirer, pour ensuite les recruter, est de leur donner envie d'assister à quelque chose d'exceptionnel. Je connais un excellent traiteur qui m'a promis de réduire ses prix si la réception avait lieu dans cette maison. Elle ne durera pas plus de deux heures et sera un événement marquant pour l'assistance.

— Il faut que j'y réfléchisse », dit Peter Carrington en se levant.

L'entretien était terminé. Après une seconde d'hésitation, je décidai que je n'avais rien à perdre à ajouter une dernière remarque : « Monsieur Carrington, j'ai fait de nombreuses recherches sur votre famille. Pendant des générations, cette demeure a été l'une des plus hospitalières du comté de Bergen. Votre père, votre grand-père et votre arrière-grand-père ont apporté leur soutien aux activités et aux œuvres charitables de la ville. En acceptant ma demande, vous pourriez nous être d'une utilité précieuse, sans que cela vous cause trop de désagrément. »

J'avais tort de me sentir tellement déçue par son indifférence, pourtant j'en aurais pleuré. Il ne me donna aucune réponse et, sans attendre que lui ou son assistant me reconduise, je repris le chemin de la sortie. Je m'arrêtai un instant pour jeter un coup d'œil rapide à l'arrière de la maison, me rappelant l'escalier que j'avais gravi en cachette des années auparavant. Puis je partis, certaine d'être entrée pour la dernière fois dans cette demeure.

Deux jours plus tard la photo de Peter Carrington s'étalait en couverture de *Celeb*, un hebdomadaire spécialisé dans les ragots. On le voyait sortant du commissariat de police vingt-deux ans plus tôt, après avoir été interrogé au sujet de la disparition de Susan Althorp, alors âgée de dix-neuf ans, dont on avait perdu toute trace après un dîner dansant donné à la résidence des Carrington. Le titre racoleur, SUSAN ALTHORP EST-ELLE TOUJOURS EN VIE ?, était accompagné d'une légende sous la photo de Peter :

« L'industriel est toujours soupçonné de la disparition de la jeune débutante Susan Althorp, qui aurait célébré son quarante et unième anniversaire cette semaine. »

Le journaliste s'en donnait à cœur joie, rappelant tous les détails de l'enquête. Le père de Susan ayant été ambassadeur, on comparait l'affaire à l'enlèvement du petit Lindbergh.

L'article comprenait aussi un résumé des circonstances de la mort de l'épouse de Carrington, quatre ans plus tôt. Grace Carrington, alors enceinte et souffrant d'un sérieux problème d'alcoolisme, avait donné un dîner pour le frère par alliance de son mari, Richard Walker. De retour d'Australie, Carrington était arrivé chez lui après un vol de vingt heures et s'était aussitôt rendu compte de l'état de sa femme. Il lui avait arraché son verre des mains, vidant son contenu sur le tapis, et s'était écrié furieux : « Ne peux-tu pas avoir un minimum de considération pour l'enfant que tu portes ? » Puis, se disant épuisé, il avait tourné les talons et était monté se coucher. Le lendemain matin, la gouvernante avait découvert le corps de Grace Carrington, encore vêtue de son tailleur du soir en satin, au fond de la piscine. L'autopsie avait révélé que le taux d'alcool dans son sang était trois fois supérieur à la limite légale. L'article concluait : « Carrington a prétendu qu'il s'était endormi comme une bûche et ne s'était réveillé qu'à l'arrivée de la police. PEUT-ÊTRE. Nous organisons un sondage. Branchez-vous sur notre site Internet et dites-nous ce que vous en pensez. »

Une semaine plus tard, à la bibliothèque municipale, je reçus un appel de Vincent Slater, qui me rappela que nous nous étions rencontrés lors de ma visite chez Peter Carrington.

« M. Carrington, m'annonça-t-il, a décidé de vous laisser utiliser sa maison pour votre réunion. Il propose que nous en réglions ensemble les détails. »

2

VINCENT SLATER raccrocha le téléphone et se laissa aller en arrière, ignorant le faible grincement de son fauteuil, un bruit irritant qu'il avait noté à plusieurs reprises de faire supprimer. À l'origine, son bureau avait été l'un des petits salons rarement utilisés à l'arrière de la résidence. Il l'avait choisi non seulement à cause de son isolement, mais aussi parce que la porte-fenêtre donnait sur les jardins à la française et lui servait d'entrée privée lui permettant d'aller et venir sans être remarqué.

Le seul inconvénient était que la belle-mère de Peter, Elaine, habitait une maison située sur la propriété et ne se gênait pas pour passer à tout bout de champ devant son bureau et entrer sans frapper. C'était exactement ce qu'elle faisait en ce moment précis.

Elle ne perdit pas de temps pour entrer dans le vif du sujet : « Vincent, je suis contente de vous avoir sous la main. Y a-t-il un moyen de persuader Peter d'abandonner l'idée saugrenue de donner ici une réception pour cette association ? Après toute

26

cette publicité la semaine dernière dans cet abominable *Celeb*, qui ressasse l'histoire de la disparition de Susan et de la mort de Grace, il devrait savoir qu'il vaut mieux éviter d'attirer l'attention sur lui en ce moment. »

Vincent se leva, une marque de courtoisie dont il se serait volontiers abstenu quand Elaine faisait ainsi irruption chez lui. À présent, bien qu'irrité par sa présence, il ne put s'empêcher de remarquer qu'elle était toujours aussi séduisante. À soixante-six ans, Elaine Walker Carrington, avec ses cheveux blond cendré, ses yeux d'un bleu presque transparent, ses traits réguliers et sa silhouette de liane, pouvait encore faire tourner les têtes. Elle se déplaça avec l'élégance du mannequin qu'elle avait été autrefois pour s'installer sans y être invitée dans le fauteuil ancien qui faisait face au bureau de Vincent.

Elle était habillée d'un tailleur noir Armani, son couturier favori. Elle portait des boucles d'oreilles en diamants, un mince collier de perles, et la large alliance de diamants qui ne quittait jamais son doigt, bien que son mari, le père de Peter, fût décédé depuis presque vingt ans. Sa fidélité à son souvenir, comme le savait pertinemment Vincent, était entièrement due à l'accord prénuptial qui lui permettait d'habiter cette maison pour le restant de sa vie, à moins qu'elle ne se remarie, et lui assurait une pension d'un million de dollars par an. Et, bien entendu, elle tenait à être appelée Mme Carrington et à jouir de tous les privilèges qui s'attachaient à ce nom.

Ce qui ne lui donne pas le droit d'entrer ici comme dans un moulin, songea Vincent, et de se comporter comme si lui-même n'avait pas soigneusement pesé le pour et le contre de cette réception. « Elaine, Peter et moi avons discuté de cette question en détail, commença-t-il, sans cacher son énervement. Certes, cette publicité est néfaste et embarrassante, et c'est justement pourquoi Peter doit montrer qu'il ne cherche pas à se cacher. C'est ce soupçon qui doit être combattu.

— Croyez-vous vraiment qu'une foule d'étrangers grouillant dans la maison changera l'opinion du public à l'égard de Peter ? demanda Elaine d'un ton sarcastique.

— Elaine, je vous suggère de rester à l'écart de tout cela, rétorqua Slater. Puis-je vous rappeler que la société familiale est cotée en Bourse depuis deux ans et que l'obligation de rendre des comptes aux actionnaires présente certains aspects négatifs ? Peter est de loin le principal actionnaire, néanmoins on commence à entendre dire qu'il devrait abandonner ses fonctions de président et de directeur général. Être considéré comme un "personnage clé" dans la disparition d'une femme et la mort d'une autre n'est pas excellent pour votre image quand vous êtes à la tête d'une société internationale. Peter n'en parle pas, mais je sais qu'il est extrêmement préoccupé. C'est pourquoi, à partir de maintenant, on doit savoir qu'il joue un rôle actif dans la communauté et, même s'il déteste se mettre en avant, la générosité de ses actions philanthropiques doit être portée à la connaissance du public.

— Vraiment ? » Elaine se leva. « Vincent, vous êtes stupide. Croyez-moi, cela ne donnera rien. Vous ne faites qu'exposer Peter au lieu de le protéger. Sur le plan social, Peter est nul. Il est peut-être un génie en affaires, mais vous savez mieux que personne qu'il a horreur des conversations de salon. En dehors du bureau, il est mille fois plus heureux avec un livre, enfermé dans sa bibliothèque, qu'à un dîner ou à un cocktail. "Jamais moins seul que quand on est seul", dit le dicton. Quand cette réception doit-elle avoir lieu ?

– Le jeudi 6 décembre. Kathryn Lansing, l'organisatrice, avait besoin de l'annoncer sept semaines à l'avance.

– Y a-t-il une limite au nombre de billets vendus ?

– Deux cent cinquante.

– J'en achèterai sûrement un. Richard aussi. Je vais à la galerie maintenant. Il y a un vernissage pour l'un de ses nouveaux artistes. »

Avec un geste dédaigneux de la main, elle ouvrit la porte-fenêtre et sortit.

Les lèvres serrées en un trait mince barrant son visage, Slater la regarda s'éloigner. Richard Walker était le fils du premier mariage d'Elaine. C'est elle qui paie le cocktail du vernissage, pensa-t-il. L'argent des Carrington a servi à entretenir ce bon à rien depuis qu'il a vingt ans. Il se souvenait que Grace était hors d'elle quand Elaine s'estimait autorisée à pénétrer dans la maison à son gré. Au moins Peter s'était-il montré assez avisé pour s'opposer au retour d'Elaine dans la maison après la mort de Grace.

Vincent Slater se demanda, une fois encore, si l'indulgence que Peter montrait envers sa belle-mère ne cachait pas quelque chose.

3

I L ÉTAIT presque midi le mercredi lorsque je reçus l'appel de Vincent Slater à la bibliothèque. Je m'étais résolue à organiser notre cocktail à l'hôtel Glenpointe à Teaneck, une petite ville proche d'Englewood. J'avais assisté à certaines de leurs réceptions qui m'avaient semblé parfaites, mais j'étais encore déçue du refus de Peter Carrington. Inutile de dire que le message de Slater me fit presque sauter de joie, et je décidai de partager la nouvelle avec Maggie, ma grand-mère maternelle, qui m'a élevée et vit toujours à Englewood, dans la même modeste maison.

Je me déplace en général à contre-courant pour aller travailler. J'habite la 79ᵉ Rue Ouest, au premier étage d'une maison de ville transformée en appartements. L'endroit est très petit, mais possède une cheminée qui fonctionne, un haut plafond, une chambre assez grande pour contenir un lit et une commode, et un coin cuisine indépendant du séjour. Je l'ai meublé dans des ventes chez des particuliers qui habitent les beaux quartiers d'Englewood et j'aime la façon dont je l'ai décoré. Mon travail à la bibliothèque d'Englewood me plaît, sans compter qu'il me permet de voir souvent ma grand-mère, Margaret O'Neil, que mon père et moi avons toujours appelée Maggie.

J'avais à peine deux semaines lorsque ma mère, sa fille, est morte. Le jour tombait. Elle était assise dans son lit, en train de m'allaiter, quand elle fut terrassée par une embolie. Mon père téléphona peu après. Inquiet de ne pas obtenir de réponse, il se précipita à la maison pour y trouver le corps sans vie de sa femme. Ses bras m'enserraient encore, j'étais endormie contre elle, mes lèvres tétant son sein.

Mon père était ingénieur de formation. Après avoir travaillé un an dans une entreprise qui construisait des ponts, il l'avait quittée pour faire de sa passion pour les jardins un métier à plein temps. Il appliquait son intelligence et son talent à concevoir des aménagements paysagés extraordinaires pour les riches propriétés locales, élaborant des jardins aux multiples murets de pierre, cascades et sentiers. C'est pour cette raison qu'il avait été engagé par la belle-mère de Peter Carrington, Elaine, qui n'aimait pas le style rigide du paysagiste qui l'avait précédé.

Âgé de huit ans de plus que ma mère, il avait trente-deux ans quand elle mourut. À cette époque il s'était taillé une solide réputation dans sa spécialité. Tout aurait pu continuer ainsi s'il ne s'était pas mis à boire après la mort de maman. C'est pour cette raison que je commençai à passer de plus en plus de temps avec ma grand-mère. Je me souviens de la façon dont elle l'exhortait à se reprendre :

« Pour l'amour du ciel, Jonathan, vous devez vous faire aider. Que penserait Annie en vous voyant vous détruire ainsi ? Et Kathryn ? Ne mérite-t-elle pas mieux ? »

Puis, un après-midi, après qu'Elaine Carrington l'eut renvoyé, il ne vint pas me chercher chez ma grand-mère. On retrouva sa voiture garée sur une berge de l'Hudson, à trente kilomètres au nord d'Englewood. Son portefeuille, les clés de la maison et son chéquier étaient posés sur le siège avant. Aucun billet d'adieu. Pas un mot pour indiquer qu'il savait combien j'avais besoin de lui. Peut-être me tenait-il pour responsable de la mort de ma mère ? Je ne le crois pas. Je l'avais aimé passionnément et j'avais toujours eu l'impression qu'il me rendait cet amour. Un enfant le sait. On ne retrouva jamais son corps.

Je me souviens encore des soirs où il passait me prendre chez Maggie et où nous rentrions tous les deux à la maison et préparions ensemble le dîner. Il évoquait souvent ma mère. « Tu sais, Kathryn, Maggie n'est pas une fameuse cuisinière, disait-il, et ta mère avait appris à cuisiner en compulsant des livres de recettes. Nous nous amusions tous les deux à préparer des petits plats, et maintenant, c'est toi qui as pris le relais. »

Il me disait : « Ne l'oublie jamais, ta maman aurait tout donné pour te voir grandir. Un mois avant ta naissance, elle avait placé ton berceau près de notre lit. Tu as tant perdu à ne pas l'avoir connue, à ne pas l'avoir auprès de toi. »

J'ai toujours du mal à lui pardonner de ne pas avoir pensé à moi quand il a arrêté sa voiture à cent mètres au-dessus de l'Hudson et s'est avancé jusqu'au bord de la falaise des Palisades.

Toutes ces pensées me traversaient l'esprit alors que je quittais la bibliothèque pour aller chez Maggie. Il y a un superbe érable rouge au milieu de sa petite pelouse qui donne un cachet particulier à la maison. Je vis avec regret que les dernières feuilles avaient été emportées par le vent. Sans leur protection, la façade paraissait dénudée et un peu décrépite. C'est une maison traditionnelle de style Cape Cod, avec un seul étage et un grenier où Maggie entasse le bric-à-brac qu'elle a rassemblé tout au long des années. Des boîtes entières de photos qu'elle n'a jamais trouvé le temps de coller dans des albums, des boîtes remplies de lettres et de cartes de Noël qu'elle ne vivra jamais assez longtemps pour relire toutes, les meubles aujourd'hui remplacés par ceux de mes parents, mais dont elle n'a jamais voulu se débarrasser, des vêtements qu'elle n'a plus portés depuis vingt ou trente ans.

Le rez-de-chaussée n'est pas différent. Tout y est propre, mais il suffit à Maggie d'entrer dans une pièce pour y faire régner le désordre. Son chandail est jeté sur une chaise, sur une autre les articles de journaux qu'elle a l'intention de lire un jour ; des livres s'empilent près de sa chaise longue ; les stores qu'elle a remontés le matin ne sont jamais à la même hauteur ; les pantoufles qu'elle a perdues sont coincées entre le fauteuil et le repose-pieds. Bref, c'est une vraie maison.

Maggie ne répondrait certes pas aux critères de la parfaite femme d'intérieur d'un magazine féminin, mais elle a d'autres qualités. Elle s'est arrêtée d'enseigner pour m'élever, mais donne encore toutes les semaines des leçons particulières à trois enfants. Comme je l'ai expérimenté moi-même, l'apprentissage avec elle peut être joyeux.

Mais lorsque j'arrivai la bouche en cœur pour lui annoncer ce que je croyais une bonne nouvelle, sa réaction ne fut pas celle que j'espérais. Au seul nom de Carrington, une expression de désapprobation envahit son visage.

« Kay, tu ne m'as jamais dit que tu avais l'intention d'organiser ta collecte de fonds dans cette maison. »

Maggie avait perdu un ou deux centimètres de taille durant ces dernières années. Elle en riait, disant qu'elle était en train de fondre. Pourtant, elle me sembla soudain plus imposante. « Maggie, c'est une idée formidable, protestai-je. J'ai assisté à une ou deux réceptions de ce genre dans des maisons privées, et elles ont toujours rapporté beaucoup d'argent. La résidence des Carrington attirera du monde. Nous allons fixer le prix d'entrée à trois cents dollars. Nous ne pourrions jamais obtenir ce tarif ailleurs. »

Je compris alors que Maggie était inquiète, sincèrement inquiète. « Maggie, Peter Carrington s'est montré extrêmement aimable quand je l'ai rencontré pour lui parler du projet.

– Tu ne m'as pas dit que tu l'avais vu. »

Pourquoi m'étais-je tue ? Peut-être parce que j'avais deviné dès le début qu'elle n'approuverait pas ma décision et, ensuite, après le refus qu'il m'avait opposé, parce qu'il n'était plus nécessaire d'en parler. Maggie était convaincue que Peter Carrington était responsable de la disparition de Susan Althorp et qu'il n'était sans doute pas innocent de la noyade de sa femme. « Peut-être ne l'a-t-il pas poussée lui-même dans la piscine, Kay, m'avait-elle dit, mais je parie que s'il l'a vue tomber, il n'a rien fait pour la sauver. Quant à Susan, c'est lui qui l'a raccompagnée chez elle. Je suis prête à parier qu'elle s'est faufilée hors de chez elle pour le rejoindre alors que ses parents étaient persuadés qu'elle était allée se coucher. »

Maggie avait huit ans en 1932 quand le bébé Lindbergh avait été kidnappé, et elle se considère comme la meilleure experte mondiale sur le sujet, ainsi que sur la disparition de Susan Althorp. Déjà, lorsque j'étais enfant, elle ne manquait jamais une occasion de me parler du kidnapping du petit Lindbergh, soulignant qu'Anne Morrow Lindbergh, la mère du bébé, avait été élevée à Englewood, à un kilomètre de chez nous, et que le père d'Anne, Dwight Morrow, avait été ambassadeur au Mexique. Susan Althorp, elle aussi, avait grandi à Englewood, et son père avait été ambassadeur en Belgique. Pour Maggie, le parallèle était évident, et peu rassurant.

L'enlèvement du bébé Lindbergh fut l'un des crimes les plus médiatisés du vingtième siècle. L'enfant adoré d'un couple de légende, et tant de questions restées sans réponses... Comment Bruno Hauptmann savait-il que les Lindbergh avaient décidé de rester dans leur nouvelle maison de campagne parce que le bébé avait un rhume au lieu de regagner leur propriété de Morrow comme ils l'avaient prévu initialement ? Comment Hauptmann avait-il su où placer exactement l'échelle pour ouvrir la fenêtre de la chambre de l'enfant ? Maggie voyait toujours des similarités entre les deux affaires malgré une différence de taille. « Le corps du bébé a été retrouvé par hasard, disait-elle. Le choc fut terrible, mais au moins les parents n'ont-ils pas passé le reste de leurs jours à se poser des questions, à se demander s'il ne vivait pas quelque part avec quelqu'un capable de le maltraiter. La mère de Susan Althorp, elle, s'est réveillée tous les matins en espérant que le téléphone allait sonner et qu'elle entendrait sa fille au bout du fil. Je sais que ce serait ma réaction si mon enfant avait disparu. Si le corps de Susan avait été retrouvé, Mme Althorp pourrait se recueillir sur sa tombe. »

Maggie n'avait pas évoqué l'affaire Althorp depuis longtemps, mais je pariais qu'elle était allée au supermarché, avait trouvé *Celeb* à la caisse avec la photo de Peter Carrington en couverture et qu'elle avait acheté le magazine. Ce qui expliquait son anxiété soudaine à la pensée que je m'étais trouvée en sa présence.

Je l'embrassai. « Maggie, j'ai faim. Sortons et allons manger chez l'Italien. Je t'invite. »

Lorsque je la reconduisis chez elle une heure et demie plus tard, elle dit après un court moment d'hésitation : « Entre, Kay. Je veux assister à cette réception. Je vais te faire un chèque.

— Maggie, c'est de la folie, protestai-je. C'est trop coûteux pour toi.

— J'irai », dit-elle.

Sa détermination ne laissait pas de place à la discussion.

Quelques minutes plus tard, je traversai le

George-Washington Bridge et rentrai chez moi, le chèque de Maggie dans mon portefeuille. Je savais pourquoi elle avait insisté pour venir. Elle avait décrété qu'elle serait mon garde du corps personnel tant que je serais sous le toit des Carrington.

4

E N ATTENDANT l'arrivée de ses visiteurs, Gladys
Althorp examinait la photo de sa fille. Elle
avait été prise sur la terrasse des Carrington
le soir où Susan avait disparu. Elle portait une robe
du soir en mousseline blanche qui épousait sa
silhouette mince. Ses longs cheveux blonds, légèrement bouclés, retombaient sur ses épaules. Elle
ne s'était pas rendu compte que l'appareil était
dirigé vers elle et avait une expression sérieuse, pen-
sive. À quoi songeait-elle à cet instant ? se demanda
Gladys pour la énième fois, caressant du bout des
doigts les contours de la bouche de sa fille. Avait-
elle eu une prémonition de ce qui allait lui arriver ?

Ou venait-elle de comprendre que son père avait
une liaison avec Elaine Carrington ?

Avec un soupir, Gladys se leva lentement, prenant appui sur le bras de son fauteuil. Brenda, la
nouvelle gouvernante, avait servi son dîner sur un
plateau avant de se retirer dans son studio au-dessus
du garage. Malheureusement, Brenda n'était pas
très bonne cuisinière. Non que j'aie réellement
faim, en vérité, pensa Gladys en emportant le pla-

teau à la cuisine. La vue de la nourriture intacte lui donna une légère sensation d'écœurement, elle se hâta de la jeter dans la poubelle et de rincer l'assiette qu'elle mit dans le lave-vaisselle.

« Vous devriez me laisser tout ça », protesterait Brenda le lendemain matin. Et je répondrai qu'il me faut à peine une minute pour mettre de l'ordre, pensa Gladys. Mettre de l'ordre. C'est ce que je suis en train de faire maintenant. Tenter de mettre en ordre ce qu'il y a de plus important dans ma vie avant de la quitter.

« Peut-être six mois », lui avaient dit les médecins en rendant leur verdict qu'elle n'avait encore confié à personne.

Elle retourna dans son bureau, la pièce qu'elle préférait parmi les dix-sept que comportait la maison. Je n'ai jamais modifié l'agencement des lieux pendant toutes ces années, mais je sais que Charles s'en chargera une fois que je ne serai plus là. Elle savait pourquoi elle ne l'avait pas fait. À cause de la chambre de Susan qui était restée intacte. Telle qu'elle était quand sa fille l'avait quittée le dernier soir après avoir frappé à la porte de la chambre à coucher pour prévenir Charles qu'elle était rentrée.

Je l'ai laissée dormir tard le lendemain matin, se rappela Gladys, repassant le film de cette journée dans son esprit. Puis, à midi, je suis allée dans sa chambre. Le lit n'était pas défait. Les serviettes de la salle de bains n'avaient pas été utilisées. Elle avait dû ressortir immédiatement après avoir annoncé qu'elle était rentrée.

Avant de mourir, je dois savoir ce qui lui est arrivé, se jura-t-elle. Ce détective pourra peut-être m'aider. Nicholas Greco. Elle l'avait vu à la télévision parler de plusieurs énigmes qu'il avait résolues. Après avoir pris sa retraite de la police de New York, il avait créé son agence et acquis la réputation d'un détective privé capable de faire la lumière sur des affaires jugées jusque-là insolubles.

« Les familles des victimes doivent avoir la possibilité de faire leur deuil, avait-il dit dans une interview. Elles ne peuvent pas trouver le repos avant d'y arriver. Il existe aujourd'hui des méthodes et des procédés inédits permettant d'examiner sous un jour nouveau des affaires qui n'ont pas été classées. »

Elle lui avait demandé de venir à huit heures ce soir pour deux raisons. D'abord parce qu'elle savait que Charles serait absent. Ensuite parce qu'elle ne souhaitait pas que Brenda soit dans les parages. Deux semaines plus tôt, Brenda était entrée dans le bureau pendant qu'elle regardait une cassette de Greco sur son téléviseur. « Madame Althorp, je trouve que ces affaires vraies dont il parle sont drôlement plus intéressantes que celles qu'ils inventent à la télé », avait dit Brenda. « Il suffit de le regarder pour voir qu'il est intelligent. »

La sonnette de l'entrée retentit à huit heures précises. Gladys se hâta d'aller ouvrir. Sa première impression en voyant Nicholas Greco la rassura. D'après ses apparitions à la télévision, elle savait que c'était un homme d'une cinquantaine d'années d'allure classique, blond, de taille moyenne, aux yeux marron. Maintenant qu'elle le rencontrait en personne, elle apprécia sa poignée de main franche et son regard direct. Tout en lui inspirait confiance.

Et elle, quelle impression lui faisait-elle ? Il ne voyait probablement qu'une femme de soixante ans, amaigrie, pâle, arrivée au stade terminal de la maladie. « Je vous remercie d'être venu, dit-elle. Je sais que vous devez être sollicité par beaucoup de personnes dans ma situation.

– J'ai deux filles, répondit Greco. Si l'une d'elles venait à disparaître, je ne connaîtrais pas de repos avant de l'avoir retrouvée. » Il fit une pause, puis ajouta doucement : « Même si ce que j'apprenais ne me plaisait pas.

– Je crois que Susan est morte », dit Gladys Althorp d'une voix calme, avec une soudaine et profonde tristesse dans le regard. « Mais elle n'aurait pas disparu volontairement. Quelque chose lui est arrivé et je suis convaincue que Peter Carrington est responsable de sa mort. Quelle que soit la vérité, je veux savoir. Êtes-vous disposé à m'aider ?

– Certainement.

– J'ai rassemblé à votre intention tous les documents qui concernent la disparition de Susan. Ils sont dans mon bureau. »

Tout en suivant Gladys le long du vaste hall d'entrée, Nicholas Greco jeta un rapide coup d'œil aux tableaux accrochés aux murs. Quelqu'un dans cette famille est un collectionneur, pensa-t-il. J'ignore si ces toiles auraient leur place dans un musée, mais elles sont remarquables.

Tout dans la maison respirait le bon goût et la qualité. La moquette vert émeraude était épaisse et moelleuse sous ses pas. Les moulures qui ornaient les murs d'un blanc pur donnaient un cadre supplémentaire aux tableaux. Le tapis du bureau dans lequel Gladys Althorp le fit entrer reproduisait un motif rouge et bleu, assorti au bleu du canapé et des fauteuils qui meublaient la pièce. Il aperçut la photo de Susan sur le bureau. À côté était posé un sac de shopping fantaisie bourré de documents.

Il s'avança vers le bureau et souleva la photo. Depuis qu'il avait décidé de s'occuper de l'affaire, il avait fait quelques recherches préliminaires et vu cette photo sur l'Internet. « Susan était-elle vêtue de cette robe le jour de sa disparition ? demanda-t-il.

— Oui, c'était la tenue qu'elle portait à la soirée des Carrington. Je ne me sentais pas bien et mon mari et moi sommes partis avant la fin de la réception. Peter avait promis de la raccompagner en voiture.

— Vous ne dormiez pas quand elle est rentrée ?

— Non, elle est rentrée environ une heure plus tard. Charles écoutait les informations de minuit dans sa chambre. J'ai entendu Susan l'appeler.

— Vous n'avez pas trouvé que c'était un peu tôt pour une jeune fille de dix-neuf ans ? »

La crispation des lèvres de Gladys Althorp n'échappa pas à Greco. La question l'avait contrariée.

« Charles était un père excessivement protecteur. Il tenait à ce que Susan le réveille dès qu'elle rentrait à la maison. »

Gladys Althorp faisait partie de ces nombreux parents rongés par le chagrin que Greco avait rencontrés au cours de sa carrière. Mais à l'inverse de beaucoup d'autres, il était clair qu'elle était toujours parvenue à contenir ses émotions. Il comprenait que le seul fait de l'engager avait été de sa part une décision difficile, un véritable saut dans l'inconnu.

D'un œil professionnel, il observa l'extrême pâleur de son teint, l'apparente fragilité de son corps. Il eut l'intuition qu'il ne lui restait pas beaucoup de temps à vivre et que c'était la raison qui l'avait poussée à le contacter.

Lorsqu'il partit une heure plus tard, Greco emporta le sac contenant les dossiers et toutes les informations que Gladys Althorp lui avait confiées sur les circonstances de la disparition de sa fille : les comptes rendus des médias, le journal qu'elle avait tenu pendant le déroulement de l'enquête, sans oublier l'exemplaire récent de *Celeb* avec la photo de Peter Carrington en couverture.

Au cours de son investigation préliminaire, Greco avait relevé l'adresse des Carrington. Poussé par son instinct, il décida de passer devant leur demeure. Bien qu'il sût qu'elle n'était pas éloignée de la maison des Althorp, il s'étonna de la proximité des deux propriétés. Il n'avait pas fallu à Peter Carrington plus de cinq minutes pour raccompagner Susan Althorp ce soir-là, s'il l'avait réellement raccompagnée, et pas plus de cinq minutes pour rentrer chez lui. Alors qu'il regagnait Manhattan au volant de sa voiture, Greco se rendit compte que cette affaire le captivait déjà. Il était impatient de se mettre à la tâche. Un cas classique de *corpus delicti*, pensa-t-il, puis il se remémora la douleur qu'il avait vue dans le regard de Gladys Althorp et se sentit honteux.

Je vais découvrir la vérité pour elle, décida-t-il, et il sentit monter en lui ce flot d'énergie qui l'envahissait devant une affaire qui s'annonçait passionnante.

5

GLADYS ALTHORP attendait dans son bureau le retour de son mari. Elle l'entendit ouvrir puis refermer la porte d'entrée peu après le début des informations de onze heures. Elle éteignit la télévision et se hâta à sa rencontre. Il avait déjà gravi la moitié des marches de l'escalier.

« Charles, j'ai quelque chose à vous dire. »

Son visage déjà coloré s'empourpra et sa voix monta d'un ton lorsqu'il apprit qu'elle avait engagé Nicholas Greco. « Et sans me consulter ? s'écria-t-il. Sans réfléchir que nos fils seront eux aussi forcés de revivre cette terrible période ? Sans réaliser que toute enquête nouvelle va attirer la presse de caniveau ? Ce répugnant article la semaine dernière ne vous a donc pas suffi ?

– J'ai demandé l'avis de nos fils et ils approuvent ma décision, répondit Gladys calmement. Je dois connaître la vérité au sujet de Susan. Cela vous inquiète-t-il, Charles ? »

6

L A TEMPÉRATURE resta douce pendant la première semaine de novembre, puis le temps
changea, devint glacial et pluvieux, avec ce
genre de journées froides et humides qui vous don-
nent envie de paresser au lit ou d'y retourner avec
une tasse de café et la presse – choses que je n'avais
pas le loisir de m'accorder. Presque tous les jours,
je vais faire quelques exercices dans un gymnase de
Broadway, puis je rentre prendre une douche,
m'habille et gagne la bibliothèque du New Jersey.
Les réunions concernant la collecte de fonds
avaient lieu après les heures de travail.

Comme prévu, les billets se vendirent comme des
petits pains, ce qui était réconfortant, mais l'histoire
de la disparition de Susan Althorp ressassée par la
presse avait déclenché un regain d'intérêt pour l'affaire. Puis, quand Nicholas Greco, le détective
privé, révéla dans l'émission *Imus in the morning* que
la famille Althorp l'avait engagé pour enquêter sur
la disparition de leur fille, elle devint le sujet de
toutes les conversations. À la suite de la déclaration
de Greco, Barbara Krause, le redoutable procureur

46

du comté de Bergen, annonça qu'elle était prête à considérer tout fait nouveau qui permettrait de résoudre l'affaire. Questionnée à propos de Peter Carrington, elle déclara : « Peter Carrington a toujours été considéré par la police comme "un personnage clé" dans la disparition de Susan Althorp. »

À la suite de cette déclaration, les chroniqueurs s'empressèrent de rapporter les rumeurs selon lesquelles, sous la pression du conseil d'administration de Carrington Enterprise, Peter Carrington pourrait démissionner de ses fonctions de président-directeur général. D'après ces informations, les autres administrateurs ne jugeaient pas souhaitable, pour une multinationale cotée en Bourse et dont le chiffre d'affaires atteignait plusieurs milliards de dollars, d'avoir à sa tête une personne tenue pour « personnage clé » dans deux affaires d'homicide.

Des photos de Peter commencèrent à apparaître régulièrement dans la rubrique « Affaires » des quotidiens les plus importants et des magazines people.

Résultat, je passai tout le mois de novembre à croiser les doigts, m'attendant à tout moment à recevoir un appel de Vincent Slater me prévenant que le cocktail était décommandé et qu'ils enverraient un chèque pour compenser notre manque de recettes.

Mais cet appel ne vint jamais. Le lendemain de Thanksgiving, je me rendis à la résidence des Carrington avec le traiteur que nous avions choisi afin de régler divers détails. Slater nous accueillit et nous laissa avec le couple qui s'occupait de la maison, Jane et Gary Barr. Tous deux âgés d'une soixantaine d'années, ils étaient visiblement au ser-

47

vice des Carrington depuis longtemps. Étaient-ils déjà là le soir de ce dîner tristement célèbre ? Je n'eus pas l'aplomb de poser la question. J'appris par la suite qu'ils avaient commencé à travailler pour le père de Peter après la mort de sa première femme, la mère de Peter, mais étaient partis lorsque Elaine Walker Carrington était entrée en scène. Ils étaient cependant revenus après que la femme de Peter, Grace, se fut noyée. Ils semblaient tout connaître des lieux.

Ils nous expliquèrent que le salon était en général séparé en deux, mais qu'une fois les portes coulissantes ouvertes, l'espace pouvait contenir deux cents personnes. Le buffet serait dressé dans la salle à manger, des petites tables et des chaises disposées un peu partout au rez-de-chaussée afin que les invités n'aient pas à tenir leurs assiettes en équilibre. Nous nous apprêtions à partir lorsque Vincent Slater nous rejoignit pour nous annoncer que M. Carrington prendrait à sa charge tous les frais de la réception. Sans me laisser le temps de le remercier, il ajouta : « Nous avons un photographe attitré qui se chargera de toutes les prises de vue. Nous demandons en revanche que vos invités n'utilisent pas leurs propres appareils.

– Comme vous pouvez le supposer, nous ferons pour commencer un court exposé de notre campagne en faveur de l'alphabétisation, lui dis-je. Nous serions très heureux si M. Carrington acceptait de prononcer quelques mots de bienvenue.

– C'est son intention », répondit Slater. Puis il ajouta : « À propos, il est inutile de préciser que l'escalier conduisant aux étages sera interdit d'accès. »

Moi qui avais espéré grimper en douce et jeter un regard à la chapelle avec mes yeux d'adulte ! Je m'étais souvent demandé si j'aurais dû révéler à Maggie la discussion houleuse que j'y avais surprise, mais elle m'aurait vertement reproché de m'être introduite dans la maison et, d'ailleurs, qu'aurais-je pu lui dire ? Que j'avais entendu un couple se quereller pour une question d'argent ? Si j'avais pensé une minute que cette dispute avait un rapport quelconque avec la disparition de Susan Althorp, je l'aurais bien sûr rapportée, même des années plus tard. Mais s'il y avait une chose dont Susan Althorp n'avait jamais eu besoin, c'était bien de demander de l'argent à quiconque. Non, si j'avais révélé ce que j'avais entendu, tout le monde m'aurait traitée de petite curieuse, un point c'est tout.

Avant de partir ce jour-là, je jetai un coup d'œil dans le hall, espérant voir la porte de la bibliothèque s'ouvrir et Peter Carrington apparaître. Pour ce que j'en savais, il pouvait aussi bien se trouver à l'autre bout du monde. Mais comme beaucoup d'hommes d'affaires ne travaillent pas le vendredi qui suit Thanksgiving, je me plus à imaginer qu'il était présent dans la maison et que j'allais le rencontrer.

Il n'en fut rien, bien sûr. Je me consolai en me rappelant que le 6 décembre était proche et que je le verrais à ce moment-là. Je ne voulus pas penser à ma déception si jamais il n'apparaissait pas à la réception. Je sortais alors régulièrement avec Glenn

Taylor, vice-doyen de la faculté des sciences de l'université de Columbia. Nous avions fait connaissance devant un café au Starbucks, contribuant à renforcer la réputation qu'avait cet établissement d'être un lieu de rencontre pour célibataires.

À trente-deux ans, transplanté de Santa Barbara à New York, Glenn est le type même du Californien décontracté. Il en a gardé l'allure – après avoir vécu six ans dans l'Upper West Side de Manhattan, ses cheveux semblent toujours décolorés par le soleil. Il est juste assez grand pour que mes yeux soient presque à la hauteur des siens, quand je porte des talons hauts, et il partage ma passion pour le théâtre. Je crois que durant les deux années écoulées nous avons vu la plupart des pièces qui se sont jouées à Broadway et off Broadway, avec des billets en promotion bien sûr. Aucun journaliste économique n'a jamais écrit un article sur les primes de fin d'année d'une bibliothécaire et Glenn est toujours en train de rembourser les prêts contractés pour ses études.

D'une certaine manière, nous nous aimons et avons confiance l'un dans l'autre. Parfois Glenn imagine même qu'en alliant mon côté littéraire à son esprit scientifique, nous pourrions mettre au monde un rejeton hors du commun. Mais je sais que nous sommes encore loin du niveau de passion éprouvée par Jane Eyre et M. Rochester, ou par Cathy et Heathcliff.

Peut-être ai-je tendance à fixer mes standards trop haut, mais j'ai toujours eu un faible pour les histoires d'amour romantiques dans le style des sœurs Brontë.

Dès le premier jour, quelque chose m'a intriguée chez Peter Carrington. Je le revois, assis seul dans cette demeure insensée aux allures de château, et c'est une image qui me poursuit. J'aurais aimé savoir dans quel livre il était plongé alors. Peut-être était-ce l'un de ceux que j'avais lus, auquel cas je me serais attardée quelques minutes pour en discuter avec lui.

« Oh, je vois que vous lisez la nouvelle biographie d'Isaac Bashevis Singer, aurais-je pu dire. Que pensez-vous de l'analyse de sa personnalité qu'en fait l'auteur ? Elle me paraît un peu injuste car... »

Voyez quels chemins empruntait mon esprit !

Puis, la veille de la réception, je passai prendre Maggie chez elle pour aller dîner dans un de nos restaurants italiens habituels. Quand j'arrivai, elle se poudrait le nez devant la glace de l'entrée et fredonnait allégrement. Devant mon étonnement, elle me dit d'un ton joyeux que Nicholas Greco, le célèbre détective, l'avait appelée et qu'elle l'attendait d'un instant à l'autre.

J'étais stupéfaite. « Maggie, pour quelle raison ce type veut-il te parler ? » Je n'eus pas à attendre sa réponse, je compris aussitôt que Greco demandait à la voir parce que mon père avait travaillé pour les Carrington à l'époque de la disparition de Susan Althorp.

Je rangeai machinalement le salon, réglai les stores vénitiens des fenêtres à la même hauteur, ramassai les journaux éparpillés et emportai à la cuisine la tasse et l'assiette de biscuits qui étaient posées sur la table basse.

Greco arriva au moment où je rattachais quelques

mèches argentées qui s'étaient échappées du chignon de Maggie.

Je suis une lectrice fervente de Dashiell Hammett, et Sam Spade dans *Le Faucon maltais* est pour moi l'archétype du détective privé. En comparaison, Nicholas Greco me déçut. Son aspect et son comportement évoquaient plutôt à mes yeux l'expert de l'assurance qui était venu me rendre visite lorsqu'une fuite s'était déclarée dans l'appartement au-dessus du mien.

Pourtant cette impression fut rapidement dissipée quand je l'entendis déclarer après que Maggie m'eut présentée : « C'est donc vous qui accompagniez votre père chez les Carrington le jour où Susan Althorp a disparu. »

Je lui lançai un regard surpris et il sourit. « J'ai étudié les dossiers de cette affaire. Il y a vingt-deux ans votre père a déclaré au cabinet du procureur qu'il s'était rendu à l'improviste dans la propriété ce jour-là à cause d'un problème d'éclairage et qu'il vous avait emmenée avec lui. L'un des employés du traiteur a, lui aussi, mentionné vous avoir vue assise sur un banc dans le jardin. »

Quelqu'un m'avait-il vue m'introduire dans la maison ? J'invitai Greco à s'asseoir en espérant que mon visage ne trahissait pas mon inquiétude.

Maggie semblait aux anges, ce qui eut le don de m'agacer au plus haut point. Je savais que cet homme – qui ne me rappelait plus du tout un expert en assurances – avait été engagé pour prouver que Peter Carrington était responsable de la disparition de Susan Althorp et je ne pouvais m'empêcher d'en être bouleversée.

Mais sa question suivante me surprit. Elle ne concernait ni les Carrington ni les Althorp ; elle se rapportait à mon père. Il demanda à Maggie : « Votre gendre montrait-il des signes de dépression ?

— Si picoler est pour vous un signe de dépression, je dirais que oui », répondit Maggie, qui me jeta un coup d'œil comme si elle craignait que je sois choquée par sa réponse. Elle se hâta de rectifier : « Je veux dire, il ne s'est jamais remis de la mort d'Annie. Lorsque deux ans se furent écoulés après sa disparition, bien qu'elle fût ma fille, j'implorai Jonathan de sortir avec d'autres femmes. J'en connaissais beaucoup qui n'auraient pas refusé. Mais il est resté seul. Il disait : "J'ai Kathryn, je n'ai besoin de personne d'autre." » Puis elle ajouta sans raison particulière : « Quand elle a eu dix ans, Kathryn a voulu qu'on l'appelle Kay.

— Ainsi, vous pensez que cet abus d'alcool était le signe de sa dépression, et que c'est ce qui l'a conduit à mettre fin à ses jours ?

— Il avait perdu un grand nombre de ses clients. Je crois que le coup final pour lui fut d'être congédié par les Carrington. Sa police d'assurance était sur le point de venir à expiration. Une fois le décès légalement déclaré, la prime a permis d'assurer l'éducation de Kay.

— Mais il n'a laissé aucune lettre pour expliquer son suicide et son corps n'a jamais été retrouvé. J'ai vu sa photo. C'était un très bel homme. »

Je voyais où menait ce type de questions. « Êtes-vous en train de suggérer que mon père ne s'est pas suicidé, monsieur Greco ? demandai-je.

— Mademoiselle Lansing, je ne suggère rien.

Chaque fois qu'un corps n'est pas retrouvé, la question des circonstances du décès reste ouverte. Il existe de nombreux cas de personnes que l'on croyait mortes et qui ont réapparu, ou ont été retrouvées, vingt ou trente ans plus tard. Ces gens avaient simplement fui une vie qui leur était devenue par certains côtés insupportable. C'est assez fréquent.

– Dans ce cas, vous pensez sans doute que Susan Althorp pourrait en avoir fait autant ? rétorquai-je. Son corps n'a jamais été retrouvé non plus. Peut-être la vie lui était-elle devenue soudain insupportable.

– Susan était une jolie jeune fille, pleine de santé, une étudiante douée qui suivait des cours d'art à Princeton, et était en outre titulaire d'un fonds censé lui assurer une vie privilégiée à l'abri du besoin. Elle avait de nombreux amis et du succès auprès des hommes. Je crains de ne pas voir le rapport.

– Peter Carrington n'est pas innocent dans cette histoire. Je suis sûre qu'il était jaloux d'elle. » Maggie avait pris le ton du président du tribunal prononçant une sentence. « Je lui ai accordé le bénéfice du doute jusqu'à ce que sa femme se noie, mais c'est la preuve que celui qui a tué peut tuer à nouveau. Quant à mon gendre, je pense qu'il était suffisamment déprimé pour croire qu'en laissant une assurance pour financer ses études, il agissait pour le bien de Kay. »

Ce soir-là, le repas me resta en travers du gosier et entendre Maggie revenir sur la visite de Greco ne me fut d'aucun réconfort. « On le dit intelligent, mais il se trompe en imaginant que ton père t'aurait abandonnée. »

Non, il ne m'a pas abandonnée, pensai-je. Et ce n'est pas là où Greco veut en venir. Il se demande si papa a dû organiser sa propre disparition à cause de Susan Althorp.

7

L A NEIGE s'était mise à tomber. Nicholas Greco
était à peine conscient des légers flocons
humides qui tombaient lentement sur son
visage tandis qu'il levait la tête vers les fenêtres de
la galerie d'art de la 57e Rue Ouest, où se lisait le
nom de Richard Walker.

Greco avait étudié le passé de Walker. Quarante-
six ans, deux fois divorcé, fils d'Elaine Walker Carrington, une réputation médiocre dans le monde
de l'art, et profitant sans aucun doute des moyens
que lui assurait sa mère grâce à la fortune des Carrington. Walker avait assisté au dîner au cours
duquel Susan Althorp avait disparu. D'après les
archives du procureur, il avait regagné son appartement de Manhattan à la fin de la réception.

Greco ouvrit la porte de l'immeuble, se laissa
contrôler par un agent de sécurité et emprunta l'escalier jusqu'au premier étage où se trouvait la galerie. Une réceptionniste souriante l'accueillit.

« M. Walker vous attend, dit-elle. Si vous voulez
bien patienter quelques minutes, il participe en
ce moment à une conférence téléphonique. Voulez-

vous voir notre nouvel accrochage en attendant ? Nous exposons un jeune artiste talentueux que les critiques portent aux nues. »

Le discours passe-partout par excellence, pensa Greco. Walker est probablement en train de faire les mots croisés du jour dans son bureau. La galerie, lugubre selon lui avec ses murs blancs immaculés et sa moquette gris foncé, était déserte. Il alla d'un tableau à l'autre, feignant de s'intéresser aux scènes de désolation urbaine. Il était arrivé à l'avant-dernière de la vingtaine de toiles exposées quand une voix demanda dans son dos : « Celle-ci ne vous rappelle-t-elle pas Edward Hopper ? »

Pas même de loin, pensa Greco avec un vague grognement qui pouvait être pris pour un signe d'assentiment. Il se retourna pour faire face à Richard Walker. Il ne fait pas quarante-six ans – ce fut la première impression de Walker. Ses yeux étaient ce qu'il y avait de plus remarquable dans son visage – d'un bleu clair transparent et très écartés. Il avait les traits rudes, un corps athlétique et des bras musclés. Il n'aurait pas été déplacé dans un gymnase, se dit Greco. Le costume bleu foncé de Walker était visiblement coûteux, mais loin d'être mis en valeur par sa carrure robuste.

Quand il parut évident que Greco n'était pas venu pour parler art, Walker lui proposa de l'accompagner dans son bureau. En chemin, il ne cessa de gloser sur les fortunes faites par les connaisseurs qui savaient découvrir le génie chez un peintre inconnu. « Naturellement, vous entendrez le même discours dans tous les domaines », dit-il en contournant son bureau avant d'indiquer à Greco le siège en face de lui. « Mon grand-père aimait nous raconter l'histoire de Max Hirsch, le légendaire éleveur de chevaux de course, qui rata l'occasion d'acheter le cheval le plus fameux de toute l'histoire, Man O'War, pour cent dollars. Aimez-vous les courses, monsieur Greco ?

– Je crains de ne pas avoir assez de loisirs pour ce genre de passe-temps », répondit Greco sur un ton de regret.

Walker sourit aimablement. « Ni pour les conversations de salon, me semble-t-il. Très bien. Que puis-je faire pour vous ?

– Tout d'abord, je vous remercie de me recevoir. Comme vous le savez sans doute, la mère de Susan Althorp m'a engagé pour enquêter sur la disparition de sa fille.

– Je suppose que tout le monde à Englewood est au courant.

– Passez-vous beaucoup de temps à Englewood, monsieur Walker ?

– Je ne sais ce que vous entendez par "beaucoup de temps". J'habite Manhattan, 73ᵉ Rue Est. Vous n'ignorez pas que ma mère, Elaine Carrington, possède une maison sur la propriété des Carrington. Je vais souvent lui rendre visite. Et elle vient aussi fréquemment à Manhattan.

– Vous étiez présent la nuit où Susan Althorp a disparu ?

– J'assistais à la réception ainsi que deux cents autres invités. Ma mère avait épousé le père de l'actuel Peter Carrington trois ans plus tôt. La véritable raison de la réception était que Carrington senior venait d'avoir soixante-dix ans. Il était très sensible au fait que ma mère était beaucoup plus jeune que lui, de vingt-six ans pour être précis, aussi n'avait-on pas qualifié cette soirée de dîner d'anniversaire. » Walker haussa les sourcils. « Si vous savez compter, vous verrez que le vieux Carrington avait un faible pour les jeunes femmes. Il avait quarante-neuf ans à la naissance de Peter. La mère de Peter était elle aussi beaucoup plus jeune. »

Greco hocha la tête et regarda autour de lui. Le bureau de Walker n'était pas vaste, mais les meubles avaient été choisis avec goût, notamment un vis-à-vis à rayures bleues et rouges. Les murs étaient blanc ivoire et un tapis d'un bleu profond recouvrait le sol. Le tableau au-dessus du canapé représentant des joueurs de cartes lui parut plus intéressant que les scènes de misère qu'il avait vues dans la galerie. Sur un meuble d'angle étaient disposés plusieurs photos de Walker jouant au polo ainsi qu'un cendrier d'argent contenant une balle de golf. « Un trou en un coup ? demanda Greco en désignant la balle.

– À Saint-Andrew's », dit Walker, sans chercher à dissimuler la fierté qui perçait dans sa voix.

Greco s'aperçut que le souvenir de ce coup brillant avait détendu Walker, ce qui avait été son but. Se carrant dans son siège, il poursuivit : « J'essaye de me représenter Susan Althorp. Quelle impression vous faisait-elle ?

– Disons pour commencer que je la connaissais très peu. Elle avait dix-huit ou dix-neuf ans. J'en avais vingt-quatre, je travaillais à temps plein chez Sotheby's et je vivais à New York. En outre, pour être tout à fait franc, je n'étais pas en très bons

termes avec le mari de ma mère, Peter Carrington IV, et il ne m'aimait guère.

— Vous disputiez-vous ?

— Pas exactement. Il m'avait proposé un poste de
stagiaire dans une société de courtage qu'il possédait et où, pour citer ses paroles, je pourrais un jour
gagner vraiment de l'argent et cesser de vivre d'ex-
pédients. Il m'a accablé de son mépris lorsque j'ai
refusé son offre.

— Je vois. Cependant vous rendiez fréquemment
visite à votre mère chez lui.

— Bien sûr. Cet été-là, il y a vingt-deux ans, fut
très chaud, et nous nous réunissions autour de la
piscine chez les uns et les autres. Ma mère adorait
recevoir. Peter et Susan étaient tous les deux étu-
diants à Princeton, et leurs camarades d'université
étaient souvent invités. On me demandait aussi
d'amener un ou deux de mes amis. Tout ça était
très agréable.

— Peter et Susan étaient-ils considérés comme un
couple ?

— Ils se voyaient beaucoup. D'après moi, ils
étaient en train de tomber amoureux ou, du moins,
il était en train de tomber amoureux d'elle.

— Vous voulez dire que ce n'était pas récipro-
que ? demanda Greco d'un ton neutre.

— Je ne veux rien dire de spécial. Elle était très
sociable. Peter était du genre silencieux. Mais chaque fois que je venais en week-end, elle était toujours là, en train de jouer au tennis ou de prendre
le soleil près de la piscine.

— Avez-vous passé la nuit chez les Carrington le
soir de la réception ?

– Non. J'avais prévu de faire une partie de golf tôt le lendemain matin, et je suis parti à la fin du dîner. Je n'ai pas attendu que les gens commencent à danser.

– La mère de Susan est convaincue que Peter est responsable de la mort de sa fille. Le croyez-vous ? »

Une lueur de colère traversa le regard de Richard Walker lorsqu'il planta ses yeux dans ceux de Greco : « Non, certainement pas, dit-il sèchement.

– Et Grace Carrington ? Vous assistiez au dîner le soir où elle s'est noyée. D'ailleurs, ce dîner était donné en votre honneur, n'est-ce pas ?

– Peter voyageait énormément. Grace était le genre de femme qui n'aimait pas être seule. Elle recevait beaucoup. Quand elle apprit que mon anniversaire était proche, elle décida de le fêter ce soir-là. Nous étions six. Peter est arrivé peu de temps avant la fin. L'avion qui le ramenait d'Australie avait été retardé.

– Je crois savoir que Grace avait beaucoup bu.

– Elle était très douée pour donner le change. Les gens croyaient qu'elle buvait de l'eau gazeuse, mais c'était de la vodka pure. Elle était complètement partie quand Peter est rentré, et il s'est mis dans une colère noire en la voyant dans cet état. Mais quand il lui a pris son verre des mains, en a renversé le contenu sur le tapis, elle a repris ses esprits. Au moment où il a disparu dans l'escalier, je me souviens qu'elle a dit : "La fête est finie."

– "La fête est finie" pouvait avoir une autre signification, fit remarquer Greco.

– Sans doute. Grace semblait très triste. Ma mère et moi fûmes les derniers à partir. Grace a dit qu'elle allait se reposer sur le canapé pendant un moment. Je pense qu'elle redoutait d'affronter Peter.

– Votre mère et vous êtes partis ensemble ?

– Nous avons fait à pied le trajet jusqu'à sa maison dans le parc. Le lendemain la gardienne a téléphoné, bouleversée. Elle venait de découvrir le corps.

– Croyez-vous que Grace Carrington soit tombée dans la piscine par accident ou qu'elle se soit suicidée ?

– Je n'ai qu'une réponse à vous donner. Grace voulait cet enfant, et elle savait que Peter le voulait aussi. Aurait-elle attenté délibérément à sa vie ? Non, à moins qu'elle ne se soit sentie incapable de lutter contre sa dépendance à l'alcool, et ait été prise de panique à la pensée que le fœtus pouvait déjà en avoir souffert. »

Nicholas Greco prit un air encore plus amical et demanda négligemment : « Pensez-vous que la colère ait pu pousser Peter Carrington à aider sa femme à mettre fin à ses jours, peut-être quand elle était inconsciente sur le canapé ? »

Cette fois, la réponse de Richard Walker lui parut à la fois fausse et forcée : « C'est totalement ridicule, monsieur Greco. »

Ce n'est pas ce qu'il pense, se dit Greco en se levant pour partir. Mais c'est ce qu'il voudrait me faire croire.

8

PETER CARRINGTON et moi nous sommes mariés dans la chapelle de la Vierge de la cathédrale Saint-Patrick où trente ans plus tôt mon père avait épousé ma mère.

Ironie de la situation pour Maggie : c'était elle qui avait été l'initiatrice de notre rencontre.

La réception donnée à la résidence Carrington pour l'association fut un réel succès. Le couple qui s'occupait de la maison, Jane et Gary Barr, m'avait secondée pour s'assurer de la bonne marche des opérations.

Elaine Walker Carrington et le demi-frère par alliance de Peter, Richard, nous firent l'honneur d'assister au cocktail, faisant assaut d'amabilité à l'égard des invités. À l'exception de leurs yeux d'un même bleu turquoise, la mère et le fils étaient très différents l'un de l'autre. J'avais imaginé que le fils d'Elaine Carrington ressemblerait à Douglas Fairbanks Jr., mais il n'en était vraiment rien.

Vincent Slater fut omniprésent tout en demeurant en retrait. Avec mon habituelle manie de vouloir tout comprendre, je me demandais comment il était arrivé dans la vie de Peter. Était-il le fils de quelqu'un qui avait travaillé pour Peter ? Après tout, j'étais bien la fille de quelqu'un qui avait travaillé pour le père de Peter. Un camarade d'université invité à rejoindre l'affaire familiale ? Nelson Rockefeller avait proposé à son camarade de chambre de Dartmouth, un étudiant boursier du Midwest, de travailler pour sa famille. Il avait fini multimillionnaire.

Au début de notre court programme, je présentai Peter. Rien dans son attitude ne laissait deviner la tension qui l'habitait lorsqu'il accueillit les invités et souligna l'importance de notre action. « C'est louable de donner de l'argent, dit-il, mais il importe tout autant que des gens – des gens comme vous tous – consacrent un peu de leur temps, par une action individuelle, à l'apprentissage de la lecture. Comme vous le savez sans doute, je voyage beaucoup, pourtant j'aimerais apporter ma contribution à l'alphabétisation d'une autre manière. J'aimerais que nous fassions de cette réception un événement annuel, ici, dans cette maison. » Puis, comme l'assistance applaudissait, il se tourna vers moi. « Cela vous conviendrait-il, Kathryn ? »

Est-ce à ce moment que je tombai amoureuse de lui ou avais-je déjà succombé ? « C'est une idée merveilleuse », dis-je, le cœur battant. Ce même jour, un autre article dans la rubrique « Affaires » du *New York Times* titrait : EST-IL TEMPS POUR PETER CARRINGTON D'ABANDONNER LES RÊNES ?

Peter leva triomphalement le pouce et, souriant

à l'assistance, serrant les mains des uns et des autres, il s'éloigna dans le couloir en direction de sa bibliothèque. Je remarquai pourtant qu'il n'y entra pas. Je supposai qu'il avait emprunté l'escalier du fond ou quitté la maison.

J'avais passé la journée à entrer et sortir de la résidence pour surveiller le traiteur et le fleuriste, et m'assurer que les gens chargés de déplacer les meubles n'abîmaient rien. Je me liai avec les Barr. Au déjeuner, devant une tasse de thé et un sandwich dans la cuisine, ils me décrivirent le Peter Carrington qu'ils connaissaient ; le garçon de douze ans qui, à la mort de sa mère, avait été envoyé à Choate, une école catholique du Connecticut, l'étudiant de Princeton qui, à l'âge de vingt ans, fut interrogé sans relâche sur la mort de Susan Althorp, le mari dont, à trente-huit ans, l'épouse, enceinte, avait été retrouvée morte dans une piscine.

Grâce en grande partie à l'aide du couple, tout se déroula à merveille. Avant de m'en aller, je m'assurai que les derniers invités étaient sur le départ, le nettoyage terminé et les meubles remis à leur place. À mon grand regret, Peter ne réapparut pas et je cherchais déjà un moyen de le revoir. Je ne voulais pas attendre le moment où nous organiserions la réception de l'année suivante.

C'est Maggie qui, involontairement, nous réunit à nouveau. Je l'avais conduite en voiture à la réception et elle avait patienté jusqu'à la fin de manière à ce que je la ramène chez elle. Comme Gary Barr nous ouvrait la porte d'entrée, Maggie buta sur le seuil légèrement surélevé et tomba lourdement sur le sol de marbre du hall d'entrée.

Je poussai un cri. Maggie est ma mère, mon père, ma grand-mère, mon amie et mon mentor, tout à la fois. Elle est tout ce que j'ai. Et elle a quatre-vingt-trois ans. À mesure que passent les années, je m'inquiète de plus en plus, confrontée au fait qu'elle n'est pas immortelle, même si je sais qu'elle luttera farouchement avant de s'endormir du sommeil du juste.

Étendue sur le sol, Maggie s'écria alors : « Oh, pour l'amour du ciel, Kay, calme-toi. Je ne souffre de rien sauf peut-être d'un petit coup à ma dignité. » Elle se souleva sur un coude, s'efforça de se relever, puis s'évanouit.

L'heure qui suivit est restée floue dans mon esprit. Les Barr appelèrent une ambulance et je pense qu'ils avertirent Peter Carrington car il fut soudain là, agenouillé auprès de Maggie, ses doigts cherchant son pouls sur sa gorge, la voix rassurante. « Kathryn, son cœur est solide. Son front a dû heurter le sol. Il commence à enfler. »

Il partit à la suite de l'ambulance à l'hôpital et attendit avec moi dans la salle des urgences jusqu'à ce que le docteur vienne nous assurer que Maggie ne souffrait que d'une légère commotion, mais qu'ils préféraient la garder pour la nuit. Après qu'on l'eut installée dans une chambre, Peter me reconduisit chez Maggie. Je me souviens que je tremblais tellement qu'il dut me prendre la clé des mains et ouvrir la porte à ma place. Il entra, trouva l'interrupteur et dit : « Je crois qu'un verre ne vous ferait pas de mal. Y a-t-il de l'alcool dans cette maison ? »

J'éclatai d'un rire un peu hystérique. « Maggie prétend que si tout le monde adoptait son habitude de boire un grog tous les soirs avant de se coucher, les fabricants de somnifères n'auraient plus qu'à fermer boutique. »

C'est alors que je m'aperçus que je retenais mes larmes. Peter me tendit son mouchoir et dit : « Je comprends ce que vous ressentez. »

Nous bûmes tous les deux un scotch. Le lendemain, il envoya des fleurs à Maggie et me téléphona pour m'inviter à dîner. Puis nous nous revîmes tous les jours. Nous étions amoureux. Maggie en était malade. Elle restait convaincue que Peter était un assassin. La belle-mère de Peter nous conseilla d'attendre, décrétant qu'il était beaucoup trop tôt pour que nous soyons sûrs de nous. Gary et Jane Barr se réjouirent pour nous deux. Vincent Slater aborda la question du contrat prénuptial et se montra visiblement soulagé lorsque je lui dis que j'étais prête à en signer un. Peter s'emporta, indigné, et Slater quitta la pièce d'un air vexé. J'expliquai à Peter que j'avais entendu parler de contrats qui stipulaient que, si le mariage était de courte durée, le dédommagement serait très limité. Je dis que je n'y voyais aucun inconvénient. J'ajoutai que je ne m'en souciais pas, car j'étais certaine que nous vivrions toujours ensemble et que nous fonderions une famille.

Plus tard, naturellement, Peter et Slater firent la paix et l'avocat de Peter rédigea un contrat très généreux. Peter insista pour que je prenne mon propre avocat de façon à m'assurer qu'il était équitable. Quelques jours plus tard, nous signâmes les documents.

Le lendemain, nous allâmes à New York et préparâmes tranquillement notre mariage. Le 8 janvier, nous nous mariâmes dans la chapelle de la Vierge de Saint-Patrick, où nous nous promîmes solennellement de nous aimer, de nous respecter et de nous chérir jusqu'à ce que la mort nous sépare.

9

L E PROCUREUR Barbara Krause examina la photo
que les paparazzi avaient prise de Peter Carrington et de sa nouvelle épouse sur une
plage de Saint-Domingue. Bénie est la mariée sur
qui le soleil brille aujourd'hui, pensa-t-elle avec ironie en repoussant le journal.

Après ses études de droit, Barbara Krause, âgée
de cinquante-deux ans, avait commencé sa carrière
dans la magistrature comme greffière d'un juge au
tribunal d'instance du comté de Bergen ; au bout
d'une année elle avait changé son fusil d'épaule et
était entrée au bureau du procureur. Pendant les
vingt-sept années suivantes, elle avait gravi tous les
échelons, premier substitut, vice-procureur et,
enfin, quand son prédécesseur avait pris sa retraite,
trois ans auparavant, elle avait été nommée procureur. C'était un univers qu'elle aimait, un intérêt
qu'elle partageait avec son mari, juge au tribunal
civil dans le comté d'Essex tout proche.

Susan Althorp avait disparu quand Barbara
n'avait encore que quelques années d'expérience.
En raison de la notoriété des familles Carrington

et Althorp, les enquêteurs n'avaient négligé aucun détail, examiné l'affaire sous tous ses angles. L'incapacité de la justice à résoudre cette énigme ou à inculper le suspect numéro un, Peter Carrington, était restée en travers de la gorge des prédécesseurs de Barbara, et c'était encore le cas pour elle.

De temps en temps, au fil des années, elle avait ressorti le dossier de Susan Althorp. Elle cherchait à l'étudier sous un jour nouveau, soulignait certains témoignages, ajoutait un point d'interrogation à la suite de telle ou telle déposition. En vain. Aujourd'hui, tandis qu'elle était assise à son bureau, les déclarations de Peter Carrington lui revenaient à l'esprit.

Il prétendait avoir raccompagné Susan chez elle cette nuit-là : « Elle n'a pas attendu que je lui ouvre la portière de la voiture. Elle a gravi en courant les marches du perron, tourné la poignée, fait un signe de la main et disparu à l'intérieur.

— C'est la dernière fois que vous l'avez vue ?

— Oui.

— Qu'avez-vous fait ensuite ?

— Je suis retourné chez moi. Quelques personnes dansaient encore sur la terrasse. J'avais joué au tennis l'après-midi et j'étais vanné. Après avoir rangé ma voiture au garage, je suis rentré dans la maison par une porte latérale, j'ai regagné directement ma chambre et je me suis couché. Je me suis endormi aussitôt. »

Rien vu, rien entendu, pensa Barbara. Curieusement, il a raconté la même histoire le soir où sa femme s'est noyée dans la piscine.

Elle consulta sa montre. Il était temps de partir.

Elle avait assisté à un procès pour meurtre, en simple observatrice. Les plaidoiries finales allaient commencer. Dans le cas présent, l'identité du meurtrier ne faisait aucun doute ; le jury devait décider s'il y avait eu ou non préméditation. Une querelle domestique avait dégénéré et le père de trois jeunes enfants allait probablement passer les vingt-cinq ou trente prochaines années en prison pour avoir tué leur mère.

Qu'on le boucle ! À cause de lui, ces gosses n'ont plus rien, pensa Barbara en s'apprêtant à regagner la salle d'audience. Il aurait dû accepter l'accord que nous lui avons proposé et qui réduisait sa peine à vingt ans. Avec sa haute taille, presque un mètre quatre-vingts, et un problème de surpoids qu'elle tentait désespérément de combattre, elle était surnommée « l'arrière-centre » au tribunal. Elle but le reste de son café dans le gobelet de carton posé sur son bureau.

Puis la photo du journal montrant Peter Carrington et sa nouvelle épouse lui revint à l'esprit. « Vous avez eu vingt-deux années tranquilles depuis la disparition de Susan Althorp, monsieur Carrington, dit-elle tout haut. Si jamais j'arrive à vous coincer, je vous promets une chose. Il n'y aura aucune négociation. Vous serez inculpé d'homicide volontaire et je vous ferai condamner. »

10

NOS DEUX SEMAINES de lune de miel furent idylliques. Nous nous étions mariés si vite que nous apprenions peu à peu à nous connaître, découvrant chaque jour de nouveaux détails, telle mon habitude de boire une tasse de café au milieu de la matinée, ou son goût pour les truffes que je ne partage pas. Je ne m'étais pas rendu compte à quel point je vivais en solitaire jusqu'à l'arrivée de Peter dans ma vie. Je me réveillais parfois la nuit et écoutais sa respiration régulière, m'émerveillant de sa présence à mes côtés.

J'étais tombée profondément amoureuse de lui et Peter semblait éprouver le même sentiment envers moi. Quand nous avions commencé à nous voir quotidiennement, il avait demandé : « Es-tu sûre de pouvoir t'intéresser à un homme que l'on suspecte d'être impliqué dans deux morts violentes ? »

J'avais répondu que, bien avant de le connaître, j'avais toujours été convaincue qu'il était victime des circonstances, et que je devinais combien cette épreuve avait dû être pénible et continuait à l'être.

« C'est vrai, avait-il dit, mais n'en parlons plus. Kay, tu m'apportes un tel bonheur que je peux enfin croire en l'avenir, me dire qu'un jour viendra où l'énigme de la disparition de Susan sera résolue et où les gens comprendront que je n'y étais pour rien. » Ainsi, au début de notre relation, nous ne parlâmes ni de Susan Althorp ni de la première femme de Peter, Grace. Il évoquait souvent sa mère avec adoration – il était évident qu'ils avaient été très proches. « Mon père voyageait constamment pour affaires. Ma mère l'avait toujours accompagné. Mais après ma naissance elle resta à la maison avec moi », me dit-il un jour.

Je me demandais si c'était après l'avoir perdue que cette ombre de tristesse était apparue dans son regard.

Je m'étonnai qu'il ne reçoive aucun appel de son bureau pendant notre voyage de noces. J'en appris la raison plus tard.

Les paparazzi s'agglutinaient aux grilles de la villa que nous avions louée et, à l'exception d'une courte promenade sur la plage, nous ne quittâmes pas les jardins de la propriété. Je téléphonais tous les jours pour prendre des nouvelles de Maggie et elle admettait, à regret, que la presse à scandale ne s'intéressait plus à Peter. Je me mis à espérer que Nicholas Greco avait fait chou blanc dans son enquête : chou blanc du moins en ce qui concernait Peter.

Je découvris suffisamment tôt que j'avais nourri de faux espoirs.

La maison : que je puisse un jour considérer la résidence Carrington comme ma maison me paraissait impossible. Tandis que nous franchissions les portes de la propriété au retour de notre voyage de noces, je me revis à six ans en train de me glisser dans la chapelle, et je me remémorai ce jour d'octobre où j'étais venue le cœur battant demander à Peter de me laisser organiser notre réception chez lui.

L'inquiétude m'avait envahie dans l'avion qui nous ramenait. Peter était devenu très silencieux et je croyais en connaître la raison. Il savait qu'il serait à nouveau sous le feu des projecteurs et qu'à cause des exigences de sa position il ne pourrait pas échapper à cette publicité malsaine. J'avais démissionné de la bibliothèque à contrecœur, car j'aimais réellement mon travail. Mais j'avais longuement réfléchi à la meilleure manière d'aider Peter. Le mieux pour lui serait de voyager le plus souvent possible pour sa société. L'enquête menée par Greco soulèverait moins d'intérêt si sa cible principale n'était pas à tout moment la proie des médias. Et, naturellement, j'avais l'intention de l'accompagner dans ses voyages.

« Est-il encore de coutume de porter la mariée pour franchir le seuil de la maison ? » demanda Peter au moment où la voiture s'arrêtait devant l'entrée.

Je sentis que je le mettrais mal à l'aise en répondant oui, et me demandai s'il avait porté Grace quand ils s'étaient mariés douze ans plus tôt. « Je préfère que nous entrions en nous tenant simplement par la main », dis-je, et je vis une lueur de soulagement dans son regard.

Après ces deux semaines de félicité aux Caraïbes, une certaine gêne s'installa étrangement autour de nous le premier soir de notre arrivée. Pensant, à tort, nous faire plaisir, Elaine avait relégué les Barr à la cuisine et commandé un dîner somptueux à un traiteur. Négligeant la petite salle à manger qui donnait sur la terrasse, elle avait voulu qu'il soit servi dans la salle d'apparat. Placés face à face au milieu de la vaste table de banquet, avec deux serveurs s'affairant autour de nous, nous dînâmes sans parler, guindés et gauches, attendant avec impatience d'en avoir fini et de pouvoir monter à l'étage.

L'appartement de Peter comportait deux très grandes chambres, chacune pourvue d'une salle de bains, et séparées par un élégant salon. Tout dans la chambre à la droite du salon révélait un univers masculin. Il y avait deux massives commodes ouvragées, un superbe canapé de cuir bordeaux et deux fauteuils assortis de part et d'autre de la cheminée, un vaste lit double surmonté de rayonnages emplis de livres et un écran de télévision qui pouvait descendre du plafond à l'aide d'une télécommande. Les murs étaient blancs, le dessus-de-lit reproduisait un damier noir et blanc, la moquette était gris anthracite. Plusieurs tableaux représentant des scènes de chasse au renard dans la campagne anglaise ornaient les murs.

L'autre chambre avait toujours été occupée par la maîtresse des lieux. La femme de Peter, Grace, avait été la dernière à l'utiliser. Avant elle, Elaine y avait dormi, et antérieurement la mère de Peter, et toutes ses ancêtres maternelles depuis 1848. Elle était très féminine, avec des murs couleur pêche, des rideaux vert et pêche, ainsi que la tête de lit et la courtepointe. Le vis-à-vis et les chauffeuses placés près de la cheminée donnaient à la pièce une atmosphère confortable et intime. Un magnifique tableau reproduisant un jardin était accroché au-dessus de la cheminée. Je sus dès la première minute que j'imprimerais ma marque à cette pièce parce que mon goût penchait vers des couleurs plus vives, mais je m'amusai à calculer que j'aurais pu y loger mon petit studio.

Peter m'avait déjà avertie qu'il souffrait d'insomnie et se retirerait alors dans sa chambre pour lire. Sachant que je pourrai continuer à dormir quand résonneront les trompettes du Jugement dernier, je lui dis que ce ne serait pas nécessaire, mais qu'il se sente libre d'occuper la chambre qu'il voulait.

Cette nuit-là nous dormîmes dans ma chambre et je fis des rêves délicieux à l'idée de commencer ma vie avec Peter. Je ne sais ce qui me réveilla durant la nuit, un bruit peut-être. Peter n'était plus là. Il est sans doute allé lire dans sa chambre, me dis-je, cherchant à contenir une terrible angoisse. J'enfilai mes pantoufles et une robe de chambre, traversai à pas feutrés le salon. Sa porte était fermée. Je l'ouvris sans bruit. Il faisait sombre, mais l'aube qui filtrait à travers les rideaux éclairait suffisamment la pièce pour me laisser voir qu'elle était déserte.

J'ignore quel instinct me poussa alors. Je me hâtai vers la fenêtre et regardai dans le jardin. Je voyais distinctement la piscine d'où je me trouvais. Elle était bâchée en février, naturellement, mais Peter se tenait au bord, agenouillé, une main appuyée à la margelle, l'autre plongée dans l'eau sous l'épaisse toile de plastique. Son bras remuait d'avant en arrière comme s'il essayait d'enfoncer quelque chose dans la piscine ou, au contraire, de l'en retirer.

Pourquoi ? Que faisait-il ? Je le vis ensuite se lever et regagner lentement la maison. Quelques minutes après, il ouvrit la porte de la chambre, se dirigea vers la salle de bains, alluma la lumière, se sécha le bras avec une serviette et rabattit la manche de sa veste de pyjama. Il éteignit alors la lumière, revint dans sa chambre et resta debout, immobile, face à moi. Il était clair qu'il ne se rendait pas compte de ma présence et je compris ce qui se passait. Peter était somnambule. Il y avait une fille qui marchait aussi dans son sommeil à la résidence de l'université et on nous avait recommandé de ne jamais la réveiller brutalement.

Je le suivis pendant qu'il traversait le salon. Il entra dans ma chambre, se glissa dans le lit. Je laissai tomber ma robe de chambre, me débarrassai de mes pantoufles. Quelques minutes plus tard, son bras m'entoura et il murmura d'une voix endormie : « Kay. »

Je répondis doucement : « Je suis là, chéri. »

Je sentis son corps se détendre et bientôt son souffle régulier m'indiqua qu'il s'était endormi. Mais je restai éveillée pendant le reste de la nuit. Peter était somnambule, je venais d'en avoir la preuve. Mais combien de fois cela lui était-il arrivé ? Et surtout, essayait-il d'enfoncer quelque chose dans la piscine ou de l'en retirer ?

Quelque chose – ou quelqu'un ?

11

NICHOLAS GRECO traversa lentement Cresskill, une petite ville voisine d'Englewood, surveillant les noms des rues et se rappelant pour la énième fois qu'il était grand temps qu'il fasse installer dans sa voiture un système de navigation. Frances ne cesse de s'étonner que, pour quelqu'un qui résout si bien les affaires criminelles, je sois infichu d'aller jusqu'à l'épicerie sans me perdre, songea-t-il. Elle n'a pas tort.

Jolie ville, pensa-t-il en tournant dans Clinton Avenue après avoir suivi scrupuleusement le plan qu'il avait trouvé sur son ordinateur. Il s'apprêtait à aller interroger Vincent Slater, l'homme que le père de Peter Carrington avait paraît-il qualifié d'« indispensable. »

Greco avait fait des recherches approfondies sur Slater avant de lui demander un rendez-vous, mais sans en retirer grand-chose. Slater avait cinquante-quatre ans, était célibataire, habitait toujours la maison familiale qu'il avait achetée à ses parents lorsqu'ils étaient partis s'installer en Floride. Il avait fait ses études dans une université de la région. Il n'avait jamais travaillé que pour Carrington Enterprise. Au bout de deux ans, il avait attiré l'attention du père de Peter et était devenu, en quelque sorte, son bras droit. Après la mort de la mère de Peter, Slater avait joué le double rôle d'homme de confiance et de parent de remplacement auprès de Peter. De douze ans plus âgé que lui, c'était lui qui conduisait le jeune héritier des Carrington à son école de Choate, où il allait régulièrement lui rendre visite ; il séjournait dans la propriété pendant les vacances, l'emmenait faire du ski et de la voile.

L'histoire de Slater était intéressante, mais c'était le fait qu'il ait assisté à la réception durant laquelle Susan Althorp avait disparu qui avait retenu l'attention de Greco. Slater avait fini par accepter de le recevoir en insistant pour que l'entretien ait lieu chez lui. Il ne désire pas que je mette les pieds chez les Carrington, en avait conclu Greco. Il devrait pourtant savoir que j'y suis déjà allé, du moins dans le pavillon qu'occupent les Barr sur la propriété.

Il continua à surveiller les numéros de la rue et s'arrêta devant la maison de Slater, une construction dont une moitié était surélevée, dans un style à la mode dans les années 1950. Slater répondit sur-le-champ à son coup de sonnette. Peut-être attendait-il derrière la porte, pensa Greco. Et, bien que je ne l'aie jamais vu, pourquoi étais-je certain que c'était le genre de bonhomme à faire ça ?

« Je vous remercie d'avoir accepté de me recevoir, monsieur Slater », dit-il aimablement en tendant la main.

Slater l'ignora. « Veuillez entrer », fit-il d'un ton sec.

Je pourrais me repérer dans cette maison les yeux fermés, songea Greco. La cuisine directement à l'extrémité de l'entrée. Le salon à droite, ouvrant sur une petite salle à manger. Trois chambres à l'étage. La salle de jeux en demi-sous-sol à l'arrière de la cuisine. Lui-même avait grandi dans une maison identique à Hempstead, à Long Island.

Une chose était claire : l'intérêt de Slater pour la décoration se réduisait au minimum. Les murs beiges se mariaient à la moquette marron. Greco suivit Slater dans un salon à peine meublé. Un canapé et des fauteuils modernes entouraient une table basse au piètement d'acier.

Il n'y a rien de chaleureux et de décontracté, ni dans cet endroit ni chez ce type, pensa Greco en s'asseyant dans le fauteuil que lui désignait Slater.

Il était trop bas à son goût. Manière subtile de me mettre en état d'infériorité, conclut-il.

Coupant court aux préliminaires, Slater dit : « Monsieur Greco, je connais la raison de votre présence ici. Vous enquêtez sur la disparition de Susan Althorp à la demande de sa mère. C'est une entreprise tout à fait louable, sinon qu'elle soulève un problème – votre mandat a pour objectif de démontrer la culpabilité de Peter Carrington dans cette disparition.

– Mon mandat est de découvrir ce qui est arrivé à Susan et, si possible, d'apporter la tranquillité à sa mère, répliqua Greco. Je reconnais que Peter Carrington a vécu pendant vingt-deux ans dans l'ombre de la suspicion pour la seule raison qu'il est la dernière personne connue à avoir vu la jeune fille en vie. Vous êtes son ami et son assistant, j'aurais donc cru que vous aimeriez que se dissipent ces soupçons, dans la mesure du possible.

— Cela va sans dire.

— Alors aidez-moi. Quels sont vos souvenirs exacts des événements de cette soirée ?

— Je suis certain que vous connaissez la teneur de la déclaration que j'ai faite dans le cadre de la première enquête. J'étais invité à ce dîner. Ce fut une soirée très agréable. Susan est arrivée en même temps que ses parents.

— Ils sont arrivés ensemble, mais c'est Peter qui l'a reconduite chez elle.

— En effet.

— À quelle heure êtes-vous parti ?

— Comme vous le savez sûrement, j'ai passé la nuit à la résidence. J'y ai une chambre depuis des années. La plupart du temps, je rentre chez moi, mais cette nuit-là j'ai préféré rester sur place, comme un certain nombre d'autres invités. Elaine, la belle-mère de Peter, avait organisé un brunch le lendemain à dix heures, et il était plus commode de rester que de faire un aller-retour.

— Quand êtes-vous monté dans votre chambre ?

— Quand Peter est parti reconduire Susan chez elle.

— Comment décririez-vous vos relations avec la famille Carrington ?

— Exactement comme vous les avez perçues à travers vos diverses interviews. Je n'oublie jamais le fait que je suis leur employé, mais je suis aussi, je l'espère, un ami en qui ils ont confiance.

— Une confiance telle que vous seriez prêt à faire

81

n'importe quoi pour les aider, en particulier Peter, qui est presque un fils ou un frère pour vous ?

– Je n'ai jamais eu à me soucier de faire pour Peter quelque chose de répréhensible, monsieur Greco. À présent, si vous n'avez pas d'autres questions, je dois me rendre à Englewood.

– Une seule question. Vous étiez également présent la nuit où Grace Carrington est morte, n'est-ce pas ?

– La nuit où Grace est morte accidentellement, voulez-vous dire ? Oui. Peter était en Australie depuis plusieurs semaines. Il devait rentrer dans la soirée et sa femme avait demandé à Elaine, à son fils Richard et à quelques amis de venir dîner. Comme la date de l'anniversaire de Richard était proche, Grace avait décidé de le fêter ce soir-là.

– En arrivant, Peter s'est-il mis en colère en voyant ce qui se passait ?

– Monsieur Greco, je n'ai rien à ajouter que vous ne sachiez déjà. Peter fut naturellement bouleversé de voir que Grace avait trop bu.

– Il s'est mis en colère ?

– Je dirais plutôt qu'il était bouleversé.

– Êtes-vous resté à la résidence ce soir-là aussi ?

– Non. Il était à peu près onze heures lorsque Peter est arrivé. Nous nous apprêtions tous à partir, de toute manière. Peter est monté se coucher. Elaine et Richard sont restés avec Grace.

– Les domestiques étaient-ils dans la maison ?

– Jane et Gary Barr avaient été engagés après la mort de la mère de Peter. Elaine s'en était séparée après avoir épousé le père de Peter. Mais lorsque M. Carrington est mort à son tour, Elaine s'est installée dans la petite maison dans le parc et Peter a demandé aux Barr de revenir. Ils sont restés depuis.

– S'ils avaient été renvoyés, pourquoi se trouvaient-ils à la résidence la nuit où Susan a disparu ? Le père de Peter était encore en vie alors. En fait, ce dîner tombait le jour de son soixante-dixième anniversaire.

– Elaine Walker n'hésitait pas à employer les gens au gré de son humeur. Bien qu'elle se soit séparée des Barr parce qu'elle voulait engager un chef à la mode, un maître d'hôtel et deux femmes de chambre, elle leur avait demandé de faire le service ce soir-là, et de s'occuper du brunch le lendemain. Ils étaient dix fois plus efficaces que la nouvelle équipe, et je suis convaincu qu'elle les avait très bien payés.

– Ils ont ensuite été engagés à nouveau et je présume qu'ils ont servi le dîner le soir de la mort de Grace Carrington. Étaient-ils encore debout lorsque Peter est rentré ?

– Peter et Grace étaient très attentionnés avec leur personnel. Après avoir desservi le café, les Barr se sont retirés chez eux. Ils avaient réintégré leur ancien pavillon à l'entrée de la propriété.

– Monsieur Slater, j'ai parlé à Gary et Jane Barr la semaine dernière. Nous avons passé en revue leurs souvenirs de ce dîner et du brunch du lendemain. Je me suis entretenu avec Gary de quelque chose que j'avais remarqué dans les dossiers. Il y a vingt-deux ans, il avait déclaré aux enquêteurs que, le matin du brunch, il avait entendu Peter vous dire que Susan avait oublié son sac dans sa voiture la veille et vous demander d'aller le lui rapporter car elle pourrait en avoir besoin. Il s'est souvenu d'avoir fait cette déclaration et d'avoir, en effet, entendu cette conversation.

– Peut-être s'en souvient-il, mais si vous poursuiviez la lecture de ces notes, vous verriez qu'à cette époque j'ai dit que ses souvenirs n'étaient qu'en partie exacts, répondit calmement Vincent Slater. Peter ne m'a pas dit que Susan avait oublié son sac dans la voiture. Il a dit qu'elle l'avait *peut-être* oublié. Or le sac ne s'y trouvait pas, il s'était visiblement trompé. De toute manière, je ne vois pas où vous voulez en venir.

– Ce n'est qu'une remarque en passant. Mme Althorp est certaine d'avoir entendu Susan fermer la porte de sa chambre cette nuit-là. Apparemment, elle n'avait pas l'intention de s'y attarder. Mais si elle s'était rendu compte que son sac était resté dans la voiture de Peter et qu'elle avait l'intention d'aller le retrouver, elle ne s'en serait pas souciée. Par ailleurs, si elle s'apprêtait à rejoindre quelqu'un d'autre, n'aurait-il pas été naturel qu'elle choisisse un autre sac, y mette un poudrier et un mouchoir, le genre de choses que les femmes emportent avec elle en général ?

– Vous me faites perdre mon temps, monsieur Greco. Vous ne prétendez tout de même pas que la mère de Susan savait exactement combien de mouchoirs, voire combien de sacs du soir, sa fille gardait dans sa chambre ? »

Nicholas Greco se leva. « Merci de m'avoir consacré votre temps, monsieur Slater. Je crains de devoir vous mettre au courant d'un élément nouveau. Mme Althorp a été interviewée par le magazine

Celeb ; le numéro sera en vente demain. Or, Mme Althorp y accuse nommément Peter Carrington de l'assassinat de sa fille. »

Il vit Vincent Slater blêmir.

« C'est de la diffamation ! s'écria-t-il. De la calomnie et de la diffamation pure et simple.

– Exactement. Et la réaction normale d'un homme innocent comme Peter Carrington sera de donner l'ordre à ses avocats de poursuivre Gladys Althorp. Ce qui sera suivi du processus habituel d'interrogatoires et de dépositions jusqu'à ce qu'il y ait rétractation et indemnisation ou ouverture d'un procès public. D'après vous, est-ce la position que prendra Peter Carrington ? »

Le regard de Slater devint glacial, mais pas avant que Greco n'y ait aperçu une brève lueur de peur. « Je crois que vous étiez sur le point de partir, monsieur Greco », dit-il.

Aucun des deux hommes n'ajouta un mot. Nicholas Greco sortit, longea l'allée, monta dans sa voiture et démarra. À qui Slater téléphone-t-il en ce moment ? se demanda-t-il en s'engageant dans la rue. À Carrington ? À ses avocats ? À la nouvelle Mme Carrington ?

Le souvenir de Kay prenant la défense de Peter Carrington chez sa grand-mère lui revint en mémoire. Kay, vous auriez dû écouter votre grand-mère, pensa-t-il.

12

LORSQUE le jour se leva le lendemain, rien chez Peter ne montra qu'il était conscient de son accès de somnambulisme. Moi-même, j'hésitai à lui en faire part. Que lui aurais-je dit ? Qu'il semblait essayer d'enfoncer quelque chose ou quelqu'un dans la piscine ou de l'en retirer ?

Je trouvai une explication. Il avait rêvé de Grace en train de se noyer dans la piscine. Il tentait de la sauver. Cela paraissait logique, mais à quoi bon lui en parler ? Il ne se rappellerait rien.

Nous nous levâmes à sept heures. Les Barr arriveraient à huit heures pour s'occuper du petit-déjeuner, mais je préparai un jus d'orange et du café parce que nous avions décidé de faire un rapide jogging autour de la propriété. Jusque-là, nous avions à peine évoqué le rôle de mon père dans le dessin du parc. J'avais raconté à Peter que la mort de ma mère l'avait durement éprouvé et que son suicide m'avait anéantie. Bien sûr, je ne mentionnai pas les propos affreux de Nicholas Greco. L'entendre insinuer que papa pouvait avoir choisi de disparaître parce qu'il était peut-être impliqué dans la disparition de Susan Althorp m'avait mise hors de moi.

Pendant que nous courions, Peter se mit à parler de mon père. « Ma mère n'a jamais rien changé à l'aménagement des jardins après la mort de ma grand-mère, dit-il. Mais lorsque Elaine épousa mon père, elle déclara, non sans raison, que l'ensemble semblait avoir été conçu comme un cimetière. Selon elle, il ne manquait qu'un écriteau avec l'inscription : REPOSEZ EN PAIX. Ton père a fait un travail formidable en créant le parc que nous connaissons maintenant.

— Elaine l'a renvoyé parce qu'il buvait, dis-je d'un air faussement détaché.

— C'est ce qu'elle raconte, dit-il d'un ton calme. Elaine s'est toujours intéressée aux hommes, même du vivant de mon père. Elle a fait des avances à ton père et il l'a repoussée. Voilà la vraie raison pour laquelle elle l'a renvoyé. »

Je m'immobilisai si brusquement qu'il se retrouva à six mètres devant moi avant de pouvoir ralentir et revenir sur ses pas. « Je suis désolé, Kay. Tu étais une enfant alors. Comment aurais-tu pu savoir ? »

C'était Maggie, bien sûr, qui m'avait dit que papa avait perdu sa place à cause de son problème d'alcool. Elle mettait tout sur le compte de la boisson : la perte de son travail et même son suicide. Je me sentis furieuse contre elle. Mon père était trop bien éduqué pour lui avoir donné la véritable raison de son renvoi et, en digne madame Je-sais-tout, elle avait décidé qu'elle en connaissait la raison. Ce n'est pas juste, Maggie, pensai-je, pas juste.

« Kay, je ne voulais pas te bouleverser ainsi. » Peter me prit la main et nos doigts s'enlacèrent.

Je levai la tête vers lui. Son visage aristocratique était souligné par sa mâchoire volontaire, mais c'était surtout ses yeux que je voyais maintenant. Son regard était soucieux, troublé de m'avoir fait de la peine involontairement.

« Non, tu ne m'as pas bouleversée, pas du tout. En réalité, tu as éclairci un point important. J'ai longtemps gardé l'image honteuse de mon père titubant dans ce parc dans un état d'ébriété. Je peux désormais l'effacer à jamais. »

Peter comprit que je ne souhaitais pas discuter davantage de ce sujet.

« Bon, dit-il. On recommence à courir ? » En faisant deux fois l'aller-retour le long le muret de pierre qui serpente à travers le parc, nous parcourûmes plus d'un kilomètre, puis nous décidâmes de terminer par une boucle menant à l'extrémité de l'allée à l'ouest qui débouchait dans la rue. On avait planté une haute haie à cet endroit. Peter m'expliqua que l'État avait installé une conduite de gaz près du trottoir, des années auparavant, et que mon père avait suggéré de reculer la clôture de quinze mètres. Ainsi, si des réparations devenaient un jour nécessaires, elles n'endommageraient pas les plantations.

Lorsque nous arrivâmes à la hauteur de la haie, nous entendîmes des voix et un bruit de machine de l'autre côté de la clôture. Lorgnant à travers le feuillage, nous vîmes qu'une équipe d'ouvriers était en train de créer une déviation et de décharger du matériel d'un camion. « C'est exactement ce que mon père avait prévu, dis-je.

– Sans doute », fit Peter, puis il se retourna et se remit à courir. « On fait la course jusqu'à la maison ? » me lança-t-il par-dessus son épaule.

« Ce n'est pas juste, tu as pris de l'avance ! » criai-je, comme il démarrait.

Quelques minutes plus tard, hors d'haleine mais satisfaits – c'est du moins ce que je croyais –, nous rentrâmes à la maison.

Les Barr étaient dans la cuisine et je sentis l'odeur des muffins dans le four. Pour quelqu'un qui se contente, le matin, d'un café et d'un demi-bagel, sans crème ni fromage, je compris qu'il me faudrait faire preuve d'une discipline d'enfer si je voulais rester en forme. Mais je n'allais pas m'en préoccuper aujourd'hui pour mon premier petit-déjeuner à la maison.

L'avantage d'habiter une grande maison est que vous avez le choix des pièces où vous tenir. La salle du petit-déjeuner ressemblait à un agréable jardin d'hiver, avec ses murs décorés de treillages peints verts et blancs, une table ronde au plateau de verre, des sièges de rotin agrémentés de coussins et un buffet à deux corps rempli d'une jolie vaisselle en porcelaine vert et blanc. Je m'émerveillai à nouveau de la quantité de trésors que contenait cette maison, rassemblés depuis le début du dix-neuvième siècle. Je me souviens de m'être demandé si quelqu'un savait d'où ils provenaient.

Jane Barr ne paraissait pas dans son assiette. Son accueil chaleureux ne dissimulait pas l'inquiétude qui se lisait dans son regard. Quelque chose la tourmentait, mais je ne voulais pas la questionner devant Peter. Je savais qu'il l'avait senti lui aussi.

Le *New York Times* était posé sur la table à côté de lui. Il fit mine de le prendre, puis le repoussa. « Kay, j'ai tellement eu l'habitude de lire les journaux pendant le petit-déjeuner que j'ai failli oublier que j'avais désormais une bonne raison de les laisser de côté.

– Ce n'est pas nécessaire, dis-je. Tu peux prendre la première section. Je lirai les nouvelles locales. »

Ce n'est qu'après nous avoir servi un deuxième café que Jane Barr revint dans la salle à manger. Elle ne tenta pas de cacher son inquiétude, cette fois. Elle s'adressa à Peter. « Monsieur Carrington, je ne suis pas du genre à rapporter de mauvaises nouvelles mais lorsque je me suis rendue au supermarché ce matin, ils étaient en train de livrer le *Celeb*. Vous figurez sur la première page. Je sais que vous allez recevoir des appels, et j'ai pensé que je devais vous prévenir, mais je voulais que vous preniez d'abord votre petit-déjeuner tranquillement. »

Je vis qu'elle tenait un exemplaire du magazine plié en deux sous son bras. Elle le tendit à Peter.

Il le déplia, regarda la première page, puis ses yeux se fermèrent comme s'il se détournait d'une vision trop pénible. Je tendis la main et saisis le magazine. Le titre s'étalait sur toute la page : PETER CARRINGTON A TUÉ MA FILLE. En dessous deux photos. L'une était une photo classique de Peter, semblable à celles que les journaux publient pour illustrer un article sur un homme d'affaires. Il ne souriait pas, ce qui ne me surprit pas. Réservé de nature, Peter n'est pas homme à sourire aux photographes. Sur cette image, cependant, il avait un air froid, presque hautain et dédaigneux.

La seconde photo représentait Susan Althorp, radieuse dans sa robe de bal, ses longs cheveux blonds tombant sur ses épaules, les yeux brillants, son joli visage juvénile respirant la gaieté. N'osant regarder Peter, j'ouvris le magazine. Les doubles pages intérieures étaient tout aussi terribles. UNE MÈRE MOURANTE RÉCLAME JUSTICE. On voyait une photo de Gladys Althorp, amaigrie, minée par le chagrin, entourée de portraits de sa fille à tous les âges de sa brève existence.

J'en savais assez sur les questions juridiques pour comprendre qu'à moins de demander et d'obtenir une rétractation, Peter n'aurait d'autre solution que de poursuivre Gladys Althorp en justice. Je le regardai sans pouvoir analyser son expression. Mais j'étais certaine que la dernière chose qu'il souhaitait était de m'entendre pousser des cris d'indignation. « Que vas-tu faire ? » demandai-je.

Jane Barr disparut dans la cuisine.

Peter avait un air douloureux, comme s'il avait été agressé physiquement. Les yeux brillants, il me répondit d'une voix étranglée : « Kay, pendant vingt-deux ans j'ai répondu à toutes les questions qui m'ont été posées concernant la disparition de Susan. Quelques heures à peine après sa disparition, les hommes du procureur se sont abattus sur nous, ils m'ont interrogé sans relâche. Vingt-quatre heures plus tard, avant même qu'ils ne l'aient demandé, mon père leur a donné l'autorisation de faire fouiller le parc par leurs chiens et de perquisitionner la maison. Ils ont mis les scellés sur ma voiture. Ils n'ont pas été capables de trouver le plus petit indice prouvant que je savais ce qui était arrivé à Susan après que je l'eus raccompagnée ce soir-là. Est-ce que tu imagines la situation si j'exige une rétractation, ne l'obtiens pas et intente un procès ? Je vais te dire ce qui arrivera. Les médias en feront tout un cirque et la pauvre femme sera morte bien longtemps avant qu'une date d'audience puisse être fixée. »

Il se leva. Il tremblait et refoulait ses larmes. Je fis le tour de la table et passai mes bras autour de lui. La seule façon dont je pouvais l'aider était de lui dire combien je l'aimais.

Mes paroles semblèrent le réconforter et peut-être qu'il se sentit un peu moins seul. Pourtant, c'est d'une voix triste et lointaine qu'il ajouta : « Je ne t'ai pas fait un cadeau en t'épousant, Kay. Tu n'avais pas besoin d'être mêlée à ce gâchis.

— Toi non plus, dis-je. Peter, aussi pénible que ce soit, je crois que tu dois exiger une rétractation de Mme Althorp et, si besoin, la poursuivre pour diffamation. Je suis navrée pour elle, mais elle ne peut s'en prendre qu'à elle-même.

— Je ne sais pas, dit-il. Je ne sais vraiment pas. »

Vincent Slater arriva pendant que Peter prenait sa douche. Je savais qu'ils devaient se rendre ensemble au bureau de Peter ce matin. « Il faut convaincre Peter d'exiger une rétractation, lui dis-je.

— C'est une question que nous devons discuter avec nos avocats, Kay », dit-il d'un ton condescendant.

Nous nous regardâmes. Dès notre première rencontre, le jour où j'étais venue demander à Peter

Carrington l'autorisation d'organiser la réception chez lui, j'avais perçu l'animosité de Slater à mon égard. Mais je savais que je devais être prudente. Il tenait une place importante dans la vie de Peter.

« On n'a jamais donné à Peter l'occasion de se disculper, de montrer qu'il n'y avait pas la moindre preuve l'impliquant dans la disparition de Susan, dis-je. S'il ne demande pas une rétractation immédiate, autant s'accrocher un écriteau autour du cou : C'EST MOI QUI L'AI TUÉE. JE SUIS COUPABLE. »

Il ne répondit pas. Puis Peter descendit, m'embrassa, et ils partirent.

Dans l'après-midi, alors qu'ils creusaient pour poser de nouveaux câbles souterrains, les ouvriers de l'entreprise de travaux publics déterrèrent le squelette d'une femme étroitement enveloppé dans des sacs en plastique, enfoui à la limite de la propriété des Carrington. Des traces de sang étaient visibles sur ce qui restait d'une robe de mousseline blanche.

Gary Barr vint aussitôt me prévenir. Il était sorti faire des courses et, sur le chemin du retour, était passé près du chantier. Il se trouvait à proximité du site au moment où l'ouvrier qui avait découvert le corps poussa un cri. Gary me raconta qu'il avait arrêté sa voiture et vu les voitures de police arriver, sirènes hurlantes.

Sur l'écran de la caméra de surveillance placée à l'extérieur de la maison, je vis une foule s'amasser. Je ne crois pas avoir douté une seconde que le corps était celui de Susan Althorp.

Le carillon de la porte d'entrée me rappela celui des cloches de l'église le jour de la messe célébrée à la mémoire de mon père. Je me souviens encore de ce tintement lugubre tandis que, ma main serrée dans celle de Maggie, nous sortions de l'église et nous attardions avec des amis sur les marches de Sainte-Cecilia. Je me souviens que Maggie avait dit : « Le jour où on découvrira, si on le découvre, le corps de Jonathan, nous l'enterrerons décemment. » Mais ce n'était jamais arrivé.

Lorsque Jane Barr, rouge d'émotion, vint précipitamment nous annoncer que des inspecteurs demandaient à parler à M. Carrington, une pensée incongrue me traversa l'esprit : bientôt on enterrerait décemment Susan Althorp.

13

« NOUS SAVONS que c'est lui, mais avons-nous assez de preuves pour l'inculper ? » lança Barbara Krause au vice-procureur, Tom Moran, chef de sa brigade criminelle. Six jours s'étaient écoulés depuis la découverte du corps de Susan Althorp en bordure de la propriété des Carrington. Une autopsie avait été pratiquée et l'identification confirmée. La cause de la mort était la strangulation.

Moran, un homme de corpulence imposante, à la calvitie prononcée, fort de vingt-cinq années de carrière au bureau du procureur, partageait la frustration de sa patronne. Depuis la découverte du cadavre, la fortune et la puissance de la famille Carrington s'étalaient au grand jour. Carrington avait réuni une équipe d'avocats d'assises connus à travers tout le pays qui se préparaient déjà à s'opposer à une éventuelle inculpation. Il était indéniable que le procureur du comté de Bergen disposait de suffisamment d'éléments factuels pour déposer une plainte pour homicide visant Carrington, et un jury d'accusation l'inculperait presque certainement.

Mais il était tout aussi probable qu'au procès un jury ayant obligation d'être convaincu hors de tout doute raisonnable l'acquitterait ou se verrait dans l'impossibilité de rendre un verdict.

Nicholas Greco était attendu au bureau du procureur d'un moment à l'autre. Il avait demandé un rendez-vous avec Barbara Krause, et elle avait invité Moran à assister à l'entretien.

« Il prétend détenir des éléments intéressants, avait dit Krause. Espérons-le. Je n'aime pas beaucoup voir des gens de l'extérieur intervenir dans nos affaires mais, dans le cas présent, je suis prête à lui accorder tout le crédit qu'il voudra s'il nous aide à prouver la culpabilité de Carrington. »

Elle avait passé la matinée à discuter avec Moran des points forts et des points faibles de l'affaire et n'avait rien découvert de nouveau. Le fait que Carrington ait reconduit Susan chez elle et soit la dernière personne connue à l'avoir vue perdait de son importance à partir du moment où le père et la mère de Susan l'avaient entendue rentrer et qu'elle leur avait dit « bonsoir » à travers la porte. Quand l'éventualité d'un acte criminel avait été évoquée, Carrington, âgé de vingt ans à l'époque, avait répondu à toutes les questions des inspecteurs. Comprenant que les soupçons se portaient sur son fils, le père de Peter avait permis, voire exigé, qu'on fouille de fond en comble la maison, le parc et la voiture du jeune homme. Les recherches n'avaient rien donné.

Au bout de vingt-quatre heures, Susan n'ayant toujours pas contacté sa famille, les enquêteurs avaient examiné le smoking d'été et les chaussures

96

de Peter afin d'y relever d'éventuels indices, sans résultat. Sa chemise de smoking était restée introuvable. Il avait prétendu l'avoir mise dans la corbeille de linge sale comme d'habitude et la nouvelle femme de chambre avait juré qu'elle l'avait donnée au service de la blanchisserie le lendemain matin. Le patron de la blanchisserie de son côté avait affirmé n'avoir eu en main qu'une seule chemise de soirée, celle qui appartenait au père de Peter, mais, comme le reste, cette piste n'avait mené nulle part. L'enquête montra que ce teinturier était connu pour égarer les vêtements et mélanger les commandes.

« En réalité, ils avaient livré la veste d'un voisin le jour où ils étaient passés prendre cette chemise », dit Krause, l'exaspération pointant dans sa voix. « La chemise de Carrington est la pièce à conviction que nous avons toujours cherchée. Je suis prête à parier qu'elle était tachée de sang... »

La sonnerie de l'interphone posé sur son bureau retentit. Nicholas Greco venait d'arriver.

Greco avait fait la connaissance de Tom Moran le jour où il était venu consulter les dossiers de l'affaire Althorp. Il ne perdit pas de temps à expliquer la raison de sa visite. « Je pense que vous comprenez ce que ressent Mme Althorp aujourd'hui, dit-il. Elle sait que Susan et elles reposeront bientôt côte à côte au cimetière. Naturellement, la découverte du corps de sa fille sur la propriété des Carrington a renforcé son souhait de faire traduire Peter Carrington en justice.

– C'est aussi notre réaction, dit Krause.

– Comme vous le savez, j'ai interrogé des personnes proches des Carrington, comme certains membres du personnel. Il arrive que des souvenirs ressurgissent longtemps après que l'excitation de l'enquête initiale est retombée. J'ai vu dans vos dossiers que vous aviez interrogé Gary et Jane Barr, les anciens et actuels gardiens des Carrington.

– Naturellement. »

Barbara Krause se pencha en avant, marquant ainsi son intérêt et son attente.

« Il y est rapporté que Barr a déclaré avoir entendu Peter Carrington dire à Vincent Slater le matin du brunch que Susan aurait oublié son sac dans sa voiture et lui demander de le lui rapporter au cas où elle en aurait besoin. Cette remarque m'a paru surprenante, étant donné que Susan devait assister au brunch et que sa mère se souvenait que ledit sac était une petite pochette du soir. Slater a répondu qu'il avait regardé dans la voiture et que le sac ne s'y trouvait pas. J'ai un peu cuisiné Barr et il s'est souvenu que Carrington avait répliqué à Slater : "C'est impossible. Il y est sûrement."

– Le sac a été retrouvé avec le corps de Susan, dit Barbara Krause. Insinuez-vous que Carrington le lui aurait rendu après être soi-disant allé se coucher et aurait ensuite oublié son geste ? Cela n'a pas de sens.

– Y a-t-on découvert quelque chose d'intéressant ?

– Le cuir est totalement pourri. Un peigne, un mouchoir, un tube de rouge à lèvres, un poudrier. » Barbara Krause plissa les yeux. « Vous croyez vraiment qu'un souvenir si précis ait pu surgir soudain dans la mémoire de Barr ? »

Greco haussa les épaules.

« Oui, parce que j'ai parlé à Slater et il m'a confirmé cette conversation, mais en insistant sur un autre point. Il assure que Carrington lui a dit que Susan *pouvait* avoir oublié son sac. J'ajouterais deux observations personnelles : ma question a troublé Slater et Barr m'a paru très nerveux. N'oubliez pas que je lui ai parlé *avant* qu'on ne découvre le corps. Je sais que sa femme et lui venaient parfois servir chez les Althorp quand ils donnaient des réceptions. Gary aurait pu y côtoyer Susan aussi bien que chez les Carrington.

— Jane Barr jure qu'après le dîner Gary et elle ont regagné directement l'appartement qu'ils habitaient alors en ville, dit Tom Moran à Greco.

— Barr cache quelque chose, dit catégoriquement Greco. Et il y a gros à parier que cette histoire de sac est d'une importance capitale.

— Je suis encore plus intéressée par la disparition de la chemise que Carrington portait le soir de la réception, dit Barbara Krause.

— C'était l'autre point dont je voulais discuter avec vous. J'ai un correspondant aux Philippines. Il est parvenu à retrouver la trace de Maria Valdez, la femme de chambre qui a fait une déposition concernant cette chemise.

— Vous savez où elle se trouve ! s'exclama Krause. Un mois après le début de l'enquête, elle a quitté son travail et s'est mariée. C'est tout ce que nous savons. Elle avait promis de nous communiquer sa nouvelle adresse, mais nous n'avons plus eu aucune nouvelle d'elle. Nous savons seulement qu'elle a divorcé et s'est évanouie dans la nature.

– Maria Valdez s'est remariée et a trois enfants. Elle vit à Lancaster, en Pennsylvanie. Je l'ai rencontrée hier. Je suggère qu'une personne autorisée à passer un accord avec elle m'accompagne demain à Lancaster. Il faut qu'elle ait la garantie écrite de ne jamais être poursuivie pour faux témoignage quand on l'a interrogée voilà des années.

– Elle aurait donc menti à propos de la chemise ! » s'écrièrent Krause et Moran d'une seule voix.

Greco sourit.

« Disons qu'avec l'âge elle s'est aperçue qu'elle ne pouvait plus vivre en sachant que sa déposition, il y a vingt-deux ans, a empêché la condamnation d'un assassin. »

14

LES FUNÉRAILLES de Susan Althorp firent la une des journaux de tout le pays. La photo du cercueil recouvert de fleurs pénétrant dans Sainte-Mary, suivi de sa famille accablée, avait fait bondir les ventes de la presse et grimper le taux d'écoute de l'ensemble des stations de télévision. Maggie assista au service en compagnie d'un groupe d'amis. Un reporter de Channel 2 la reconnut et s'élança vers elle pour obtenir une interview.

« Votre petite-fille s'est récemment mariée avec Peter Carrington. Croyez-vous à son innocence et le soutenez-vous maintenant que le corps a été découvert sur sa propriété ? »

La réponse sincère de Maggie fut un exemple du genre. Elle fixa la caméra et répondit : « Je soutiens ma petite-fille. »

« Je suis désolée, dis-je à Peter quand je l'appris.

– Ne t'inquiète pas, dit-il. J'apprécie sa sincérité. En outre, si elle n'était pas tombée en sortant de ta réception pour le programme d'alphabétisation, tu ne serais pas assise à côté de moi en ce moment. »

Il m'adressa ce sourire un peu désabusé que je

connaissais bien, affectueux mais dépourvu de gaieté. « Oh, Kay, je t'en prie, ne te tourmente pas. Ta grand-mère a clairement montré dès le début qu'elle ne voulait pas avoir affaire à moi et ne souhaitait pas que j'entre dans ta vie. Peut-être avait-elle raison. Qu'importe, nous ferons notre possible pour prouver qu'elle a tort, n'est-ce pas ? »

Nous dînâmes et allâmes nous installer dans le petit salon qui sépare nos chambres. L'appartement nous servait de refuge chaque jour davantage. Avec la foule des journalistes qui campaient devant la grille d'entrée, les avocats à l'air grave qui entraient et sortaient de la maison, j'avais l'impression d'habiter un camp retranché. Il nous était impossible de nous échapper sans avoir la presse aux trousses.

Une discussion avait eu lieu la semaine précédente entre Peter, Vincent Slater et les avocats pour décider si Peter devait ou non exprimer publiquement ses condoléances à la famille de Susan. « Quelle que soit ma déclaration, elle sera mal interprétée », avait dit Peter. Finalement, son bref communiqué faisant état de son profond chagrin fut mis en pièces et traité avec le plus grand mépris aussi bien par Gladys Althorp que par les médias.

J'avais parlé à Maggie au téléphone, mais ne l'avais plus revue depuis notre retour de voyage de noces. J'étais à la fois irritée contre elle et inquiète à son sujet. Avant notre mariage, rien n'avait jamais entamé sa conviction que Peter avait tué Susan Althorp et sa femme. Maintenant, elle en faisait pratiquement état à la télévision.

Mais il y avait autre chose. Le poison instillé par Nicholas Greco insinuant que mon père pouvait être lié à la mort de Susan s'était répandu en moi. Ensuite, la révélation de Peter lors de notre jogging matinal n'avait fait qu'aggraver les choses. Mon père avait été congédié pour n'avoir pas répondu aux avances d'Elaine Walker Carrington. La question était alors la suivante : qu'est-ce qui l'avait amené à se suicider ?

Je devais trouver un moyen de me glisser dehors sans être assaillie par les journalistes si je voulais rendre visite à Maggie. J'avais besoin de l'interroger. Je savais au fond de moi-même que Peter était incapable de faire du mal à une mouche – c'était le genre de certitude fondamentale qu'on ne peut remettre en question. Mais je savais aussi que mon père n'aurait jamais disparu volontairement et j'étais plus convaincue que jamais qu'il ne s'était pas suicidé.

Il me paraissait incroyable qu'après les jours idylliques que nous avions passés, nous nous trouvions Peter et moi plongés dans un tel cauchemar trois semaines seulement après notre mariage.

Nous avions regardé les informations de dix heures et nous apprêtions à éteindre la télévision quand je décidai sans raison particulière d'écouter les titres du bulletin de onze heures.

Le présentateur commença : « Une source provenant du bureau du procureur du comté de Bergen nous apprend à l'instant que Maria Valdez Cruz, une ancienne femme de chambre de la résidence Carrington, reconnaît qu'elle a menti en déclarant avoir donné au teinturier la chemise que portait

103

Peter Carrington le soir où il a raccompagné Susan Althorp chez elle, une chemise dont le procureur estimait à l'époque qu'elle était une clé de l'affaire. »

« Elle ment, dit Peter tout net, mais elle vient de sceller mon destin. Kay, je n'ai plus la moindre chance d'échapper à une inculpation. »

15

À TRENTE-HUIT ANS, Conner Banks était le plus jeune avocat de l'équipe de choc qui défendait Carrington, mais personne, pas même ses confrères les plus célèbres – et les plus encensés –, ne pouvait nier son brio exceptionnel devant une cour d'assises. Fils, petit-fils et neveu de riches avocats d'affaires, il avait clairement fait savoir pendant ses années d'études à Yale qu'il envisageait une carrière d'avocat de la défense. Et cela au grand dam de sa famille. À peine diplômé de la Harvard Law School, il était devenu l'assistant d'un juge de Manhattan, avant d'être engagé par Walter Markinson, un avocat renommé, connu en particulier pour avoir évité la prison à des célébrités de premier plan.

Dans l'une des premières affaires défendues par Banks pour le cabinet Markinson, il avait réussi à convaincre le jury que la flamboyante épouse d'un milliardaire était atteinte d'une maladie mentale quand elle avait abattu la maîtresse de son mari. Le verdict de non-culpabilité pour cause d'irresponsabilité avait été rendu après moins de deux heures de délibérations, presque un record dans une affaire de meurtre faisant appel à ce type de défense.

Le procès avait fait la réputation de Conner Banks, réputation qui n'avait cessé de croître durant les dix années suivantes. Avec son abord sympathique, son imposante carrure et sa belle gueule d'Irlandais, il était devenu une célébrité à part entière, connu pour son esprit de repartie et pour les jolies femmes qui l'accompagnaient dans les événements mondains les plus exclusifs.

Lorsque Gladys Althorp avait sans détour accusé Peter Carrington d'avoir assassiné sa fille, Vincent Slater avait contacté Walter Markinson, lui demandant de réunir une équipe d'avocats de premier plan pour évaluer la possibilité de poursuivre Mme Althorp, puis de se charger de l'affaire s'ils le désiraient.

Peter Carrington avait préféré voir les avocats se réunir chez lui plutôt qu'à Manhattan, afin d'être présent sans avoir à affronter les médias. Aujourd'hui, une semaine plus tard, Conner Banks était un habitué de la résidence des Carrington.

En franchissant la grille de la propriété, l'associé senior de Conner s'était exclamé avec dédain : « Pour l'amour du ciel, qui voudrait se mettre sur les bras un truc aussi grand ? »

Passionné d'histoire, Conner avait répondu : « Moi, sans hésitation. C'est magnifique. »

Lorsqu'ils avaient pénétré dans la vaste salle à manger qui servirait de salle de conférences, Slater était déjà là. Du café, du thé, des bouteilles d'eau et des canapés étaient disposés sur une desserte.

Blocs de papier et crayons étaient en place autour de la table. Les deux autres avocats de la défense, Saul Abramson, de Chicago, et Arthur Robbins, de Boston, la soixantaine et dotés d'un palmarès impressionnant en matière d'affaires criminelles, arrivèrent quelques minutes après Conner Banks et Markinson.

Puis Peter Carrington entra dans la pièce. À la grande surprise de Banks, il était accompagné de sa femme.

Banks n'était pas homme à se fier à ses premières impressions, mais il était indéniable que Peter Carrington était entouré d'une aura particulière. Contrairement aux quatre avocats et à Slater, tous vêtus de costumes classiques, il portait un cardigan sur une chemise à col ouvert. Les présentations faites, il dit : « Oubliez le monsieur Carrington. Je m'appelle Peter. Et voici ma femme, Kay. J'ai l'impression que nous allons nous fréquenter pendant un certain temps, aussi laissons tomber les formalités. »

Conner Banks ne savait pas à quoi s'attendre en rencontrant la femme de Carrington. Il s'était fait une idée préconçue à son sujet : une petite bibliothécaire qui épouse un milliardaire après une histoire d'amour menée tambour battant, autrement dit une croqueuse de diamants à qui la chance avait souri.

Il lui apparut tout de suite que Kay Lansing Carrington n'avait pas ce profil. Comme son mari, elle portait une tenue décontractée, pull et pantalon. Mais le violet du pull à col roulé soulignait un visage dominé par des yeux d'un bleu si sombre qu'ils paraissaient presque aussi noirs que les longs cheveux rassemblés sur sa nuque et qui retombaient ensuite librement sur ses épaules.

Pendant cette première réunion et celles qui suivirent, elle s'assit toujours à la droite de Peter qui présidait la table. Slater occupait la chaise à sa gauche. Placé à côté de Slater, Conner Banks était à même d'observer les échanges entre Peter Carrington et sa femme. Leurs mains s'effleuraient souvent avec tendresse et, voyant l'expression affectueuse de leurs regards quand ils se tournaient l'un vers l'autre, il finit par se demander s'il était vraiment enviable d'être aussi libre et sans attaches qu'il l'était.

Par simple curiosité, Banks avait fait quelques recherches sur l'affaire Carrington avant d'être engagé comme avocat. Son intérêt avait été éveillé par ses rencontres avec l'ancien ambassadeur Charles Althorp dans certaines réunions mondaines où il avait remarqué qu'il n'était jamais accompagné de sa femme.

Pendant les deux premières séances, la discussion se concentra sur l'intérêt de poursuivre Gladys Althorp pour diffamation. « Elle ne se rétractera jamais, dit Markinson. C'est une manière de vous forcer la main. Vous serez obligé de répondre aux interrogatoires, de faire une déposition. Ils espèrent vous piéger le jour où vous déposerez sous serment. Jusqu'à présent, le procureur n'a pas assez d'éléments pour vous inculper. Peter, vous sortiez de temps en temps avec Susan. Vous étiez un ami de longue date de sa famille. Malheureusement, comme vous êtes rentré chez vous par une porte latérale, personne ne peut confirmer votre déclaration selon laquelle vous êtes monté immédiatement vous coucher. »

Personne ? se demanda Conner Banks. Un garçon de vingt ans qui quitte une soirée en plein boum peu après minuit et monte se coucher ? Notre client est innocent, pensa-t-il ironiquement. Bien sûr qu'il l'est. C'est mon boulot de le défendre. Mais ça ne veut pas dire que je sois obligé de le croire.

« J'ai tendance à penser que seule la disparition de votre chemise a permis de ne pas classer l'affaire jusqu'à présent, déclara Markinson. Le fait que la femme de chambre ait affirmé l'avoir prise dans la corbeille à linge et donnée au coursier du teinturier signifie que s'ils ont l'intention d'utiliser cette chemise manquante comme preuve de culpabilité, c'est raté d'avance. Vous n'avez rien à perdre à intenter une action et, si l'on en arrive à plaider, cela permettra de démontrer au public que toute l'affaire est basée sur des accusations sans fondement. »

La troisième séance se déroula le lendemain de l'enterrement de Susan Althorp. Puis vint la nouvelle que Maria Valdez, qui avait affirmé avoir donné la chemise au teinturier, venait de se rétracter.

Cette fois, la fatigue était visible sur le visage des époux Carrington quand ils entrèrent dans la salle à manger. Sans même prendre le temps de saluer ses avocats, Peter dit : « Elle ment. Je ne peux pas le prouver, mais je sais qu'elle ment. J'ai moi-même mis cette chemise dans la corbeille. J'ignore pourquoi elle cherche à me causer du tort.

– Nous tenterons de prouver qu'elle ment, Peter, dit Markinson. Nous allons passer au crible tous ses faits et gestes pendant les vingt-deux dernières années. Nous découvrirons peut-être qu'elle a commis un impair qui la décrédibilisera en tant que témoin. »

Au départ, Conner Banks avait fortement soupçonné Carrington d'être coupable. À présent, tous les indices concordant, il en était pratiquement certain. Personne n'avait vu Carrington revenir chez lui le soir de la réception. À vingt ans, il va directement se coucher alors que les invités dansent encore sur la terrasse. Personne ne le voit garer sa voiture et personne ne le voit rentrer. Le lendemain matin, Susan ne réapparaît pas, et la chemise que portait Carrington à la soirée reste introuvable. Et maintenant le corps de Susan vient d'être découvert sur la propriété. Le procureur va certainement l'inculper. Peter, je vais faire mon possible pour vous tirer de là, pensa-t-il en regardant l'homme qui se tenait devant eux, serrant la main de sa femme dans la sienne, mais j'ai vu une séquence de l'enterrement aux informations du soir. Il faut l'avouer, je préférerais être du côté du procureur dans cette affaire. Et je sais que mes confrères ont le même sentiment.

Kay s'efforçait de contenir ses larmes. Elle soutiendra son mari, pensa Banks. C'est bien. Mais s'il est responsable de la mort de Susan Althorp, tout le monde sera en droit de le soupçonner de la noyade de sa première femme. Est-ce un psychopathe et, si oui, sa nouvelle femme va-t-elle devenir un obstacle ?

Pourquoi trouvait-il également bizarre – bizarrement suspect – le fait que Carrington se soit marié si vite avec une femme qu'il connaissait depuis si peu de temps ?

16

IL EST INQUIET, se dit Pat Jennings en regardant son patron, Richard Walker. Je parie qu'il a joué encore une fois aux courses. Étant donné ce que lui rapporte – ou ne lui rapporte pas – la galerie, je comprends qu'il tente sa chance aux petits chevaux.

Pat était réceptionniste et secrétaire de la Walker Art Gallery depuis six mois. Lorsqu'elle avait été engagée, elle avait pensé que c'était le travail à mi-temps idéal pour une femme qui avait deux petits enfants à l'école. Elle travaillait de neuf heures du matin à trois heures de l'après-midi, mais il était convenu qu'elle devait revenir dans la soirée lors des vernissages. Or il n'y en avait eu qu'un seul depuis qu'elle travaillait à la galerie, et il n'avait guère attiré de monde.

Le problème était que la galerie ne faisait pas assez d'affaires pour couvrir simplement les frais. Richard aurait depuis longtemps fermé boutique sans sa mère, pensa Pat en le regardant aller nerveusement d'une toile à l'autre pour les redresser.

Il est vraiment à cran aujourd'hui, se dit-elle. Je

l'ai entendu engager des paris ces derniers jours ; il a dû perdre beaucoup d'argent. Bien sûr, l'histoire de cette jeune fille que l'on a retrouvée enterrée sur la propriété de son frère par alliance est dramatique. La veille, Richard avait allumé la télévision pour regarder le reportage sur l'enterrement de Susan Althorp. Il la connaissait, lui aussi, pensa Pat. Même si le temps a passé, la vision du cercueil qu'on portait dans l'église a dû lui rappeler des souvenirs douloureux.

Ce matin, elle avait demandé à Richard Walker comment Peter supportait toute cette publicité.

« Je ne l'ai pas vu, avait-il répondu. Je lui ai téléphoné pour lui dire que je pensais à lui. Et toute cette histoire arrive alors qu'il vient de rentrer de son voyage de noces. Ce doit être difficile. »

Ensuite, tout avait été si calme que Pat avait sursauté en entendant le téléphone sonner. Cet endroit me porte sur les nerfs, pensa-t-elle en décrochant.

« Walker Art Gallery, bonsoir. »

Elle leva les yeux et vit Richard Walker s'approcher vivement d'elle en agitant les bras. Elle lut sur ses lèvres : « Je ne suis pas là. Je ne suis pas là. »

« Passez-moi Walker. »

C'était un ordre, pas une demande.

« Il est à un rendez-vous extérieur. Je ne pense pas le revoir cet après-midi.

– Donnez-moi son numéro de portable. »

Pat n'eut pas un moment d'hésitation :

« Il l'éteint quand il est en réunion. Si vous pouvez me laisser votre nom et votre numéro, je lui... »

L'interlocuteur raccrocha si brutalement à l'autre bout de la ligne qu'elle éloigna le récepteur de son oreille. Walker se tenait près de son bureau, le front couvert de sueur, les mains tremblantes. Avant qu'il ne pose la question, Pat dit spontanément : « Il n'a pas donné son nom, mais je peux vous le dire, Richard. Il avait l'air furibard. » Puis, désolée pour lui, elle lui donna un conseil qu'il n'avait pas demandé : « Richard, votre mère a beaucoup d'argent. Si j'étais vous, je lui demanderais de vous donner ce dont vous avez besoin. Ce type faisait peur. Et puis, un dernier conseil : cessez de parier sur les petits chevaux. »

Deux heures plus tard, Richard Walker était chez sa mère. « Il faut que tu m'aides, l'implora-t-il. Ils vont me tuer si je ne les paie pas. Tu sais qu'ils le feront. C'est la dernière fois, je le jure. »

Elaine Carrington regarda son fils, les yeux noirs de fureur. « Richard, tu finiras par me mettre sur la paille. Ma pension me rapporte un million. L'année dernière, entre les frais de la galerie et tes dettes de jeu, tu en as mangé presque la moitié.

– Maman, je t'en prie. »

Elle détourna le regard. Il sait que je suis forcée de lui donner cet argent. Et il sait où je peux trouver la somme dont j'ai besoin si j'y suis acculée.

17

L'EX-AMBASSADEUR Charles Althorp frappa à la porte de la chambre de son épouse. La veille, après l'enterrement, elle était allée directement se coucher. Il ignorait encore si elle avait appris que Maria Valdez, l'ancienne femme de chambre des Carrington, était revenue sur la version des événements qu'elle avait donnée au moment de la disparition de Susan.

Il la trouva assise dans son lit, appuyée sur ses oreillers. Il était presque midi, mais Gladys Althorp n'avait visiblement pas tenté de se lever. Le plateau de son petit-déjeuner, pratiquement intact, était posé sur la table de chevet. La télévision était allumée, mais le volume baissé, et on entendait à peine un murmure.

En regardant la femme émaciée dont il avait été séparé pendant des années, Althorp sentit monter en lui une vague de tendresse à laquelle il ne s'attendait pas. Dans le salon funéraire, le cercueil avait été entouré de photos rappelant les moments heureux de la brève existence de Susan. J'ai tellement voyagé, pensa-t-il. Sur beaucoup de ces photos, en particulier les dernières, ne figuraient que Gladys et Susan.

Il désigna la télévision d'un geste de la main. « Vous avez sans doute entendu la nouvelle concernant Maria Valdez.

— Nicholas Greco m'a téléphoné et j'ai vu les informations sur CNN. Il pense que son témoignage pourrait être décisif pour faire condamner Peter Carrington. Je voudrais seulement pouvoir être présente au tribunal et le voir emmené menottes aux poignets.

— J'espère que vous y serez, ma chère. Et je peux vous assurer que j'y serai aussi. »

Gladys Althorp secoua la tête. « Vous savez très bien qu'il me reste peu de temps à vivre, Charles, mais c'est sans importance. Maintenant que je sais où repose Susan et que je la rejoindrai bientôt, je dois vous confesser quelque chose. J'ai toujours été convaincue que Peter Carrington était responsable de la mort de Susan, mais un doute subsiste dans mon esprit. L'avez-vous entendue sortir cette nuit-là ? Vous étiez en colère contre elle. Vous étiez-vous querellé parce qu'elle avait appris votre liaison avec Elaine ? Susan était tellement protectrice à mon égard.

— Elaine a été une erreur et elle ne vivait plus avec le père de Peter à l'époque, dit Charles amèrement. Elle était libre. C'est la vérité.

— *Elle* était peut-être libre, mais pas *vous*, Charles.

— N'est-il pas un peu tard maintenant pour discuter de tout cela, Gladys ?

— Vous ne m'avez toujours pas répondu. Quel

était le sujet de votre dispute avec Susan cette nuit-là ?

— Tâchez de vous reposer, Gladys », se contenta de répondre Charles Althorp en tournant les talons pour quitter la chambre de sa femme.

18

POUR LA PREMIÈRE FOIS, les avocats restèrent à déjeuner. Jane Barr avait préparé un plateau de sandwichs accompagnés de café. Consternée, elle avait appris en regardant le journal télévisé que Maria Valdez avait modifié son témoignage. C'est la faute d'Elaine, se dit-elle. Si elle ne nous avait pas remerciés, c'est moi qui aurais ramassé le linge le matin. J'aurais su exactement ce qui se trouvait ou non dans la corbeille et ce qu'il fallait confier ou non à la blanchisserie. Comment cette Valdez ose-t-elle changer son histoire aujourd'hui ? Qui la paye ?

J'aurais aimé être là le jour où ce détective, Nicholas Greco, est venu s'entretenir avec Gary. Gary est nerveux depuis. Il se reproche d'avoir raconté que Peter avait paru bouleversé en apprenant que le sac de Susan ne se trouvait pas dans la voiture.

« En quoi cela peut-il nuire à Peter ? » avait-elle demandé à Gary sur le moment, mais elle n'était plus sûre de rien maintenant. Ce détail avait peut-être une importance qu'elle ignorait. Mais elle connaissait Peter Carrington et savait qu'il ne pourrait jamais faire de mal à personne.

Gary et elle avaient assisté à la messe de funérailles de Susan Althorp. Elle était si jolie, si gentille, se rappela Jane en sortant les assiettes et les tasses du vaisselier. J'adorais la voir toute pomponnée pour sortir quand nous préparions les dîners que donnait Mme Althorp.

À l'extérieur de l'église, avant que le corbillard et les limousines transportant la famille s'ébranlent pour gagner le cimetière, les Althorp étaient restés à la sacristie pour recevoir les condoléances de leurs amis. Pourquoi Gary s'était-il esquivé au lieu de se mêler à eux ? Susan avait toujours été adorable avec lui. Durant cette dernière année, il lui avait souvent servi de chauffeur quand elle sortait et que l'ambassadeur ne voulait pas qu'elle ou ses amis conduisent tard le soir. Mais Jane savait que son mari ne faisait pas étalage de ses émotions et peut-être avait-il jugé déplacé de sa part d'aller se mêler à toutes les personnalités qui entouraient les Althorp à l'église.

Gary était resté à passer l'aspirateur à l'étage pendant que Jane préparait les sandwichs. Il entra dans la cuisine au moment où elle s'apprêtait à l'appeler. « Tu tombes à pic, fit Jane. Peux-tu apporter les tasses, les assiettes et les couverts dans la salle à manger ? Et n'oublie pas de frapper.

– Je crois savoir ce genre de choses », dit-il d'un ton sarcastique.

Elle se reprit avec un soupir :

« Bien sûr que tu le sais. Je suis désolée. Je n'ai

plus tous mes esprits. Je pense tout le temps à l'enterrement de Susan hier. C'était une si jolie fille ! »

Elle vit le visage de son mari s'empourprer. Il se détourna. « Oui, elle était ravissante », marmonna-t-il en prenant le plateau et en sortant de la cuisine.

19

LES AVOCATS s'en allèrent à trois heures, après avoir questionné mon mari pendant cinq heures sans interruption en vue de se préparer à ce qui paraissait désormais inévitable – une inculpation pour meurtre dans l'affaire Susan Althorp. Il n'y eut même pas une pause pour le déjeuner, seulement quelques minutes pour grignoter les sandwichs et avaler un peu de café. Chaque détail du dîner dansant et du brunch fut passé au peigne fin.

Parfois Vincent Slater contredisait Peter sur un point. L'un en particulier me surprit. « Peter, Susan était assise à côté de vous au dîner et Grace se trouvait à une autre table. »

J'ignorais que Grace Meredith, la jeune femme que Peter épouserait plus tard, à trente ans, assistait elle aussi à ce fameux dîner. Mais bon, pourquoi pas ? Peter avait invité une vingtaine de ses amis de Princeton. Il expliqua que Grace était venue avec l'un d'eux.

– Qui ? demanda Conner Banks.

– Gregg Haverly, membre comme moi d'un club de gastronomes de Princeton.

– Aviez-vous déjà rencontré Grace Meredith avant cette soirée ? » demanda Banks.

Peter commençait à être épuisé par cette rafale de questions. « Non, je n'avais jamais rencontré Grace auparavant, répondit-il d'un ton froid. En réalité, je ne l'ai revue que neuf ans plus tard, à un match Princeton-Yale. Nous étions tous les deux venus avec un groupe d'amis, mais ni elle ni moi ne sortions à l'époque avec personne et nous avons regardé le match ensemble.

– Y a-t-il d'autres personnes qui savent que vous ne l'aviez pas vue pendant toutes ces années ? » demanda Banks.

Je pense que l'expression qui se peignit sur le visage de Peter ne lui échappa pas car il ajouta : « Peter, je tente d'anticiper ce que vous dira le procureur. C'est le genre de questions qu'ils vont vous poser. Puisque votre future épouse assistait à ce dîner, ils imagineront que vous vous êtes intéressé à elle et que Susan s'en est aperçue. Et qu'ensuite vous vous êtes disputé avec Susan et que la querelle a dégénéré. »

Ce fut alors que Peter repoussa sa chaise et se leva. « Messieurs, dit-il, je pense qu'il est temps d'arrêter pour aujourd'hui. » Je remarquai qu'il se montrait délibérément froid envers Conner Banks au moment où les avocats partirent.

Après leur départ, Peter dit : « Je n'ai pas envie d'avoir ce type, Banks, pour me défendre. Débarrassez-vous de lui, Vince. »

Je savais que Peter faisait une erreur et, heureusement, Vincent partageait mon avis. Il avait compris que Banks préparait Peter au mitraillage sans répit qu'il allait subir. « Peter, ils vont vous interroger sur tout, absolument sur tout, dit-il. Sans parler des insinuations. Il faut vous y habituer.

– Vous voulez dire que le fait d'avoir rencontré Grace ce soir-là peut être utilisé contre moi, que j'aurais pu tomber amoureux d'elle et tuer Susan ? »

Il n'attendit pas de réponse.

J'espérais que Vincent Slater rentrerait chez lui ; je voulais profiter de quelques instants de tranquillité, être seule avec Peter. Nous en avions besoin tous les deux. Mais Peter m'annonça qu'il allait à son bureau. « Kay, je suis obligé de renoncer à mes fonctions de directeur général et de président de la société, bien que je conserve un droit de vote. Toute mon attention doit se concentrer sur ma défense, sur les moyens d'éviter la prison. » Puis il ajouta d'un ton presque désespéré : « Cette femme ment. Je te le jure, je me souviens parfaitement d'avoir mis cette chemise dans la corbeille. »

Il s'approcha pour m'embrasser. J'avais probablement l'air exténué car il suggéra : « Tu devrais faire une sieste, Kay. Cette réunion a été un vrai cauchemar. »

Me reposer était bien la dernière chose que j'avais à l'esprit. « Non, dis-je, je vais aller voir Maggie. »

Je suppose qu'il avait les nerfs à vif, car il dit : « Fais-lui toutes mes amitiés et demande-lui si elle aimerait être témoin de moralité en ma faveur à mon procès. »

20

E N COMPAGNIE de Nicholas Greco et de Tom
Moran, Barbara Krause prit un vol pour
Lancaster, en Pennsylvanie, où ils louèrent
une voiture pour se rendre chez Maria Valdez. Elle
habitait une modeste maison de plain-pied à peu
de distance de l'aéroport. Il avait neigé et les routes
étaient glissantes. Greco, parce qu'il avait déjà
rendu visite à l'ancienne femme de chambre, prit
le volant. Krause était furieuse que la nouvelle de
la rétractation de la femme de chambre ait fait l'objet de fuites dans la presse. Elle avait juré d'en
découvrir l'origine et de faire renvoyer le ou la responsable.

« Quand je suis venu voir Maria il y a deux jours,
je lui ai conseillé de se faire assister par un avocat
lorsque nous la rencontrerions », leur rappela
Greco au moment où ils sonnaient à la porte.

Et ce fut ledit avocat, Duncan Armstrong, un
homme d'une soixantaine d'années à la silhouette
élancée, qui vint leur ouvrir la porte. Une fois les
visiteurs entrés, il se tint avec une attitude protectrice près de sa cliente qu'il dominait de sa haute

taille, et leur fit part de son indignation devant la révélation faite aux médias.

Moran était présent quand on avait interrogé Maria Valdez vingt-deux ans auparavant. C'était une gosse alors, se souvint-il, pas beaucoup plus de dix-neuf ans, le même âge que Susan Althorp. Mais elle s'était montrée têtue, avait répété sans jamais en démordre qu'elle avait donné la chemise au blanchisseur.

Étrangement, la détermination et la fermeté dont elle avait fait preuve à l'époque avaient disparu aujourd'hui. Elle semblait nerveuse quand elle invita ses visiteurs à venir s'asseoir dans son petit salon confortable et impeccablement tenu. « Mon mari a emmené nos filles au cinéma, dit-elle. Ce sont des adolescentes. Je les ai prévenues de votre visite et leur ai expliqué que j'avais fait une bêtise et menti aux autorités lorsque j'étais jeune, mais qu'il n'était jamais trop tard pour réparer.

– Maria veut dire qu'elle a pu faire une erreur quand vous l'avez interrogée à l'époque de la disparition de Susan Althorp, intervint Armstrong, avant de poursuivre : J'aimerais voir quels documents vous avez préparés.

– Nous offrons à Mme Cruz l'immunité en échange de sa totale et fidèle coopération durant cette enquête, répondit Barbara Krause d'un ton ferme.

– Je vais jeter un coup d'œil à ces papiers », dit Armstrong.

Il les lut avec attention. « Écoutez, Maria, vous savez qu'en acceptant, vous vous engagez à témoigner au procès, et que les avocats de la défense prétendront que vous mentez aujourd'hui. Mais l'important est que vous ne serez pas poursuivie pour avoir fait une fausse déclaration à l'origine.

– J'ai trois filles. Si l'une d'elles venait à disparaître et était retrouvée morte, j'aurais le cœur brisé. Quand j'ai appris que le corps de cette jeune fille avait été retrouvé, j'ai été épouvantée à l'idée que ma fausse déclaration avait pu aider son meurtrier à échapper à la justice. Je dois pourtant avouer que je n'aurais pas eu le courage de parler si M. Greco ne m'avait pas retrouvée.

– Vous n'avez donc jamais vu cette chemise et vous ne l'avez pas donnée à la blanchisserie ? demanda Moran.

– Je n'ai jamais vu la chemise. Je savais que M. Peter Carrington avait dit qu'elle était dans la corbeille à linge, et j'avais peur de le contredire. J'étais arrivée depuis peu dans ce pays, je ne voulais pas perdre ma place. J'avais envoyé toutes les chemises de la corbeille au blanchisseur, mais j'étais presque certaine que la sienne ne faisait pas partie du lot. À cette époque-là, quand la police m'a interrogée, je me suis dit que je pouvais me tromper mais, au fond de moi, je savais que non. Il n'y avait aucune chemise de smoking dans la corbeille. J'ai quand même dit à la police qu'elle s'y trouvait, et que la blanchisserie avait dû la perdre.

– Le propriétaire de la blanchisserie a toujours nié avoir reçu cette maudite chemise, dit Barbara Krause. Espérons qu'il existe toujours.

– Si je témoigne, va-t-on vraiment croire que je mens à présent ? demanda Maria timidement. Parce que je peux prouver que non.

126

– Prouver ? Qu'entendez-vous par prouver ?

– J'ai quitté mon travail un mois après avoir été interrogée par la police. Je suis retournée à Manille parce que ma mère était malade. M. Carrington père le savait et, avant mon départ, il m'a donné cinq mille dollars de "prime", comme il disait. Il était tellement heureux que j'aie apporté mon soutien à son fils. Pour être juste, je pense qu'il croyait que je disais la vérité.

– Je pense que vous êtes trop charitable, répliqua Krause. Cet argent était une gratification.

– J'ai encaissé le chèque. En rentrant à la maison avec tant d'argent, j'avais peur que les gens m'accusent de l'avoir volé, aussi ai-je fait une copie du chèque, recto verso, avant de le déposer à la banque. » Maria fouilla dans la poche de sa veste. « La voilà », dit-elle.

Barbara Krause prit la copie du chèque, l'observa attentivement, puis la tendit à Moran. Voilà une preuve qui allait faire l'effet d'une bombe, pensa Greco.

« Maintenant nous savons que cette chemise n'a jamais été mise dans la corbeille, dit Krause. Il est temps d'arrêter Peter Carrington et de le traîner devant le jury d'accusation. »

21

POUR LA PREMIÈRE FOIS depuis plusieurs jours, il n'y avait pas de journalistes attroupés devant la grille d'entrée lorsque je sortis. Peut-être avaient-ils vu Peter et Vincent partir et les avaient-ils suivis. J'avais appelé Maggie pour la prévenir de ma visite. Elle me sembla plus calme au téléphone. Sans doute s'était-elle rendu compte que les propos qu'elle avait tenus aux journalistes étaient un vrai coup bas et que je devais être furieuse.

Il y avait trois semaines maintenant que je ne l'avais pas vue et je constatai tout de suite à quel point elle m'avait manqué. Le séjour était encore plus en désordre qu'à l'habitude, mais Maggie avait l'air en pleine forme. Assise dans son fauteuil favori, elle regardait l'émission de télévision *Judge Judy,* opinant du bonnet en signe d'approbation devant le verdict qui venait d'être rendu, un sourire ravi sur le visage. Elle avait une prédilection pour les coups de gueule du juge à l'adresse des accusés. Le volume était au maximum, car Maggie refusait obstinément de brancher son appareil auditif, mais elle entendit la porte se refermer sur moi et se leva précipitamment pour me serrer dans ses bras.

Comme toujours, elle fut la première à parler. « Comment va-t-il ? demanda-t-elle.

— Je pense que par "il" tu entends mon mari, Peter ? Il est soumis à une pression permanente et réagit formidablement bien.

— Kay, je m'inquiète pour toi. C'est un... »

Je la coupai : « Maggie, si jamais tu prononces le mot que j'ai failli entendre, je m'en vais pour de bon. »

Elle savait que je parlais sérieusement. « Viens prendre une tasse de thé », proposa-t-elle.

Quelques minutes plus tard, j'étais adossée aux coussins du canapé et elle avait repris sa place dans son fauteuil. Ma tasse à la main, je me sentais bien dans cet univers familier et confortable. Je lui demandai des nouvelles de ses amis et lui racontai notre séjour à Saint-Domingue.

Nous n'évoquâmes ni les accusations de Gladys Althorp, ni la rétractation de l'ancienne femme de chambre. J'étais certaine que Maggie n'en ignorait rien. Mais j'orientai la conversation vers le point où je voulais la mener. « Maggie, aussi affreux que ce soit pour les Althorp, je suis heureuse que le corps de Susan ait été découvert. Au moins sa mère pourra-t-elle retrouver un semblant de paix.

— Il a été exhumé sur la propriété des Carrington, ne put s'empêcher de préciser Maggie.

— À l'intérieur des limites de la propriété, mais à l'extérieur de la grille. N'importe qui a pu l'enfouir là. » Sans lui laisser le temps de réagir, j'ajoutai : « Savais-tu que c'était l'idée de papa de reculer la clôture afin que l'agencement du parc ne soit pas affecté par d'éventuels travaux sur la voie publique dans cette zone ?

— Oui. Je me souviens que ton père en avait parlé à cette époque. Il avait l'intention d'aménager la partie extérieure à la clôture, mais il n'en a jamais eu l'occasion.

— Maggie, tu as eu tort sur un point. Papa n'a pas été renvoyé parce qu'il buvait trop. Il a été renvoyé parce que Elaine Carrington s'était entichée de lui et elle s'en est débarrassée en voyant qu'il ne répondait pas à ses avances. C'est Peter qui me l'a raconté. D'où as-tu tiré que c'était à cause d'un problème avec l'alcool ?

— Peu importe ce que t'a dit ton mari. Ton père avait un problème avec l'alcool, Kay.

— En tout cas, d'après Peter, il ne buvait pas quand il travaillait.

— Kay, quand ton père m'a appris qu'il avait été renvoyé, il était bouleversé, terriblement bouleversé.

— C'était à peine quelques semaines après la disparition de Susan Althorp, n'est-ce pas ?

— Oui, exactement quinze jours plus tard.

— Dans ce cas la police a dû interroger papa également. Il travaillait encore à la propriété à ce moment-là.

— Ils ont interrogé tous ceux qui y travaillaient ainsi que tous les visiteurs. Tu étais ici avec moi le soir où Susan a disparu. Ton père avait invité des amis à faire un poker chez vous. Ils sont restés jusqu'à minuit et, d'après ce que je sais, ils étaient plutôt gais lorsqu'ils sont partis. Ce Greco est complètement à côté de la plaque quand il insinue que le suicide de ton père aurait un rapport avec Susan Althorp.

– C'est aussi ma conviction, mais il n'a pas tort sur un point. Le corps de papa n'a jamais été retrouvé. Pourquoi es-tu si sûre qu'il s'est suicidé ?

– Kay, je l'ai accompagné au cimetière pour le sixième anniversaire de la mort de ta mère. Un mois seulement avant qu'il se donne la mort. Six ans s'étaient écoulés et pourtant, il s'est effondré devant sa tombe et a pleuré comme un enfant. Il m'a dit qu'elle lui manquait tous les jours de sa vie et qu'il ne se consolait pas. Il y a autre chose. Il aimait s'occuper des jardins de la propriété des Carrington. Bien sûr, il travaillait pour d'autres familles dans la région, mais les Carrington étaient les seuls à le laisser libre de faire exactement ce qu'il voulait. Être mis à la porte fut un coup terrible pour lui. »

Maggie se leva de son fauteuil, s'approcha de moi et m'entoura de ses bras. « Kay, il t'aimait passionnément, mais il était très déprimé, et la dépression mêlée à l'alcool peut vous pousser à accomplir des actes terribles. »

Nous pleurâmes ensemble. « Maggie, j'ai si peur, confessai-je. J'ai si peur de ce qui peut arriver à Peter. »

Elle n'eut pas besoin de répondre, ce qu'elle pensait sautait aux yeux : « Kay, j'ai peur de ce qui peut t'arriver à toi. »

J'appelai Peter sur son mobile. Il était encore à New York et ne rentrerait pas avant dix heures du soir. « Emmène Maggie au restaurant », dit-il. Il ajouta même en riant : « Dis-lui que c'est moi qui l'invite. »

Maggie et moi allâmes « manger une assiette de spaghettis », comme elle le disait. Au cours de la conversation, nous fûmes amenées à évoquer des souvenirs de ma mère et, une fois de plus, elle me raconta le succès qu'elle avait remporté avec sa chanson. « Elle était si émouvante quand elle chantait le dernier vers : "C'est une chanson que je n'oublierai jamais" », dit Maggie, les yeux brillants, fredonnant l'air d'une voix fausse. J'étais sur le point de lui raconter comment je m'étais jadis introduite dans la chapelle, mais je préférai me taire. Je n'avais pas envie d'entendre un sermon sur mon imprudence.

Après le dîner, je la déposai à sa porte, attendis qu'elle soit rentrée avant de regagner la maison. Voyant de la lumière dans le pavillon des gardiens, je supposai que les Barr étaient là. Il m'était impossible de savoir si Elaine se trouvait chez elle. Sa maison est trop éloignée de la grille d'entrée ou de la résidence principale pour qu'on en aperçoive les lumières.

Il n'était que neuf heures. Entrer seule dans la maison était un peu effrayant. Je n'étais pas loin d'imaginer que quelqu'un était caché dans l'armure du hall d'entrée. L'éclairage extérieur projetait des ombres vagues à travers les vitraux. Je me demandai si c'était celui que mon père avait installé, celui qu'il s'était hâté d'aller vérifier quand il m'avait emmenée avec lui.

Confortablement vêtue d'une robe de chambre et de mes pantoufles, j'attendis le retour de Peter.

132

J'hésitais à allumer la télévision, craignant de tomber sur d'autres commentaires concernant l'affaire Althorp. J'avais commencé un livre dans l'avion en revenant de Saint-Domingue et le repris. C'était sans espoir : les mots défilaient, dénués de sens.

Je pensais à mon père. Tous nos souvenirs heureux me revenaient à la mémoire. Il me manquait toujours autant.

Peter arriva un peu après onze heures. Il paraissait épuisé. « À dater d'aujourd'hui, dit-il, j'ai démissionné du conseil d'administration. Mais je garderai un bureau à la société. »

Il raconta que Vincent leur avait fait livrer un repas, mais qu'il n'y avait pas touché. Nous descendîmes à la cuisine et je lui donnai un bol de soupe au poulet préparée par Jane. Il sembla retrouver un peu de tonus, se leva et alla chercher une bouteille de vin rouge et deux verres dans le bar. Il servit le vin et leva son verre. « Jurons de porter le même toast tous les soirs, dit-il. Nous nous en sortirons. La vérité éclatera.

— *Amen* », dis-je avec ferveur.

Puis Peter me fixa droit dans les yeux et son regard était sérieux et triste. « Nous sommes tous les deux seuls ici, Kay, dit-il. Si quelque chose t'arrivait maintenant, j'en serais certainement accusé, n'est-ce pas ?

— Il ne va rien m'arriver, lui dis-je. Pourquoi dis-tu une chose pareille ?

— Kay, sais-tu si j'ai eu des accès de somnambulisme depuis que nous sommes rentrés à la maison ? »

Sa question me surprit. « Oui, la première nuit.

Tu ne m'as jamais dit que tu étais somnambule et que tu le savais, Peter.

– J'étais enfant. Les crises ont commencé après la mort de ma mère. Le médecin m'a donné un traitement et elles ont cessé pendant un temps. Mais j'ai fait un cauchemar l'autre nuit dans lequel je plongeais mon bras dans une piscine et essayais d'en retirer quelque chose, et je n'arrive pas à me débarrasser de cette image. Comment savoir si c'était un cauchemar ?

– Ce n'était pas un cauchemar, Peter. C'est la réalité. Je me suis réveillée vers cinq heures du matin et tu n'étais plus là. Je t'ai cherché dans l'autre chambre et j'ai regardé par hasard par la fenêtre. Je t'ai vu au bord de la piscine. Tu étais à genoux et ton bras était plongé dans l'eau. Puis tu es rentré et tu t'es recouché. J'ai préféré ne pas te réveiller.

– Kay », commença-t-il d'un ton hésitant.

Il murmurait d'une voix si basse que je n'entendis pas ce qu'il disait. Sa voix se brisa, et il se mordit la lèvre. Je m'aperçus qu'il pleurait.

Je me levai, fis le tour de la table et le serrai dans mes bras.

« Qu'y a-t-il, Peter ? Que veux-tu me dire ?

– Non... ça n'a pas d'importance. »

Mais c'était important, terriblement important. J'aurais pu jurer que Peter avait murmuré : « J'ai fait d'autres cauchemars et peut-être se sont-ils vraiment produits dans la réalité. »

22

Barbara Krause, Tom Moran et Nicholas Greco ne furent pas de retour avant la fin de l'après-midi. Krause et Moran se rendirent directement à leurs bureaux et préparèrent pendant plusieurs heures une déclaration résumant les charges qu'ils avaient réunies au cours de leur enquête. La déclaration servirait à justifier le dépôt d'une plainte pour délit grave et une demande de mandat de perquisition La plainte accuserait Peter Carrington du meurtre de Susan Althorp et le mandat permettrait de passer au peigne fin la résidence et le parc des Carrington.

« Je veux que les chiens de la police fouillent chaque mètre carré de la propriété, dit Krause à Moran. Comment se fait-il qu'on n'ait rien trouvé il y a vingt-deux ans alors que la piste était toute fraîche ? Aurait-il pu l'enterrer ailleurs et la transporter ensuite dans le parc, persuadé que personne ne viendrait plus la chercher là ?

– Peut-être, dit Moran. J'étais présent quand les chiens ont exploré l'endroit où l'on vient de la trouver. Je ne vois pas comment ils auraient pu ne pas repérer sa trace, et je n'imagine pas que nos hommes, sans parler de moi, n'auraient pas remarqué la terre fraîchement remuée.

— Je vais sur-le-champ prévenir le juge Smith, dit Barbara Krause, et demander l'autorisation de nous présenter à son domicile demain à l'aube afin qu'il puisse vérifier les mandats.

— Le juge va sûrement apprécier, fit remarquer Moran, mais cela nous donnera le temps de réunir notre équipe cette nuit et de nous présenter armés du mandat à six heures et demie, certains que Carrington sera bien au chaud dans son lit avec sa nouvelle épouse. Je me réjouis d'être celui qui le réveillera. »

Il était plus de deux heures du matin quand ils en eurent terminé. Moran se leva et s'étira. « Je crois que nous avons oublié de dîner, dit-il.

— Nous avons bu chacun à peu près huit tasses de café, lui répondit Krause. Je vous inviterai à dîner demain soir, lorsque nous aurons mis ce type sous les verrous. »

23

JE NE CROIS PAS avoir fermé l'œil de la nuit. Peter était tellement fatigué qu'il s'endormit immédiatement, mais je restai allongée à son côté, un bras passé autour de lui, m'efforçant de donner un sens à ce que je croyais l'avoir entendu murmurer. Avait-il voulu dire que ce qu'il prenait pour des cauchemars était en réalité des faits survenus pendant ses crises de somnambulisme ?

Peter se réveilla à six heures et je lui proposai d'aller faire un jogging matinal. Je ne suis pas sujette aux maux de tête, mais un début de migraine s'annonçait. Il accepta et nous nous habillâmes rapidement. Nous descendîmes à la cuisine et il pressa des oranges pendant que je préparais du café et mettais un toast dans le grille-pain à son intention. Sans prendre le temps de nous asseoir à table, nous nous apprêtâmes à boire jus d'orange et café debout.

Ce fut la dernière minute à peu près normale que nous passâmes ensemble.

La sonnerie répétée du carillon de la porte d'entrée nous fit sursauter. Nous nous regardâmes ; nous savions tous les deux ce qui nous attendait. La police venait l'arrêter.

Nous sommes capables des réactions les plus absurdes lorsque survient un événement dramatique. Je m'élançai vers le grille-pain et saisis le toast au moment où il était éjecté. Je voulais que Peter avale quelque chose avant qu'on ne l'emmène.

Il secoua la tête. « Peter, tu n'auras peut-être rien à manger pendant longtemps, insistai-je. Tu n'as presque rien pris hier. »

Le carillon de l'entrée résonnait à travers toute la maison et nous étions en train de nous préoccuper de nourriture ! Il prit néanmoins la tranche de pain que je lui tendais et commença à manger. De l'autre main, il remplit sa tasse de café et l'avala d'un trait.

Je courus ouvrir la porte. Devant moi se tenaient au moins six hommes et une femme. J'entendais des aboiements à l'intérieur d'une des voitures de police et des fourgons garés dans l'allée.

« Madame Carrington ?

– C'est moi.

– Je suis l'adjoint du procureur, Tom Moran. M. Carrington est-il là ?

– Oui, me voici. »

Peter m'avait suivie dans l'entrée.

« Monsieur Carrington, j'ai ici un mandat qui m'autorise à perquisitionner les bâtiments et le parc de cette propriété. » Moran le tendit à Peter et poursuivit : « Vous êtes également inculpé du meurtre de Susan Althorp. Vous n'êtes pas obligé

138

de répondre aux questions qui vous seront posées. Tout ce que vous direz pourra être utilisé contre vous devant le tribunal. Vous avez le droit de vous faire assister par un avocat présent lors des interrogatoires. Si vous choisissez de répondre aux questions, vous pourrez les interrompre à n'importe quel moment. Je sais que vous pouvez vous assurer les services d'un avocat, je n'entrerai donc pas dans les détails de la nomination éventuelle d'un avocat commis d'office. »

En mon for intérieur, je m'attendais depuis hier à cette arrestation. Mais s'attendre à une chose et la voir réellement arriver, c'est toute la différence entre un cauchemar et la réalité. Deux inspecteurs passèrent devant moi et encadrèrent Peter. Sans hésiter, mon mari me tendit le mandat de perquisition, puis leur présenta ses deux mains. J'entendis le déclic des menottes. Le visage de Peter était livide, mais calme.

Un des inspecteurs rouvrit la porte d'entrée. Il était clair qu'ils allaient emmener Peter immédiatement. « Laissez-moi aller chercher son manteau, dis-je à Moran. Il fait froid dehors. »

Jane et Gary Barr venaient d'arriver. « J'y vais, madame Carrington, dit Jane d'une voix tremblante.

— Où emmenez-vous mon mari ? demandai-je à Moran.

— À la prison du comté de Bergen.

— Je suivrai dans ma voiture, dis-je à Peter.

— Madame Carrington, je vous conseille d'attendre, dit Moran. Nous allons prendre les empreintes digitales et la photo de M. Carrington et vous ne serez pas autorisée à le voir pendant ce temps. La lecture de l'acte d'inculpation par le juge Smith est prévue aujourd'hui à trois heures de l'après-midi au tribunal du comté de Bergen. Le montant de la caution sera fixé à ce moment-là.

— Kay, téléphone à Vincent et dis-lui d'être prêt à verser la caution », dit Peter.

Tandis que les inspecteurs le pressaient d'avancer, Gary Barr posa un manteau sur ses épaules et Peter se pencha pour m'embrasser. Ses lèvres étaient froides contre ma joue et sa voix s'étrangla quand il dit : « À trois heures. Je te verrai là-bas, Kay. Je t'aime. »

Moran et l'un des inspecteurs sortirent avec lui. Quand la porte se referma derrière eux, je restai debout, incapable de faire un mouvement.

L'atmosphère changea. Il restait encore six policiers dans le hall. Tous, sauf une femme, enfilèrent des gants de plastique et la perquisition de la maison commença. À l'extérieur, retentissaient les aboiements des chiens ; ils exploraient le parc. Je sentis la main de Jane Barr sur mon bras. « Madame Carrington, venez avec moi dans la cuisine, dit-elle.

— Je dois téléphoner à Vincent. Il faut aussi que j'appelle les avocats. »

Ma voix résonna bizarrement à mes oreilles, à la fois basse et perçante.

La policière intervint : « Je me présente, inspecteur Carla Sepetti, dit-elle d'un ton plutôt aimable. Je vous demanderai à tous les trois de ne pas bouger, je resterai avec vous. Si vous le préférez, nous pouvons attendre dans la cuisine qu'ils aient fini de perquisitionner le reste de la maison. Il nous faudra ensuite nous déplacer, quand ils auront besoin d'examiner aussi cette pièce.

– Permettez à Jane de vous préparer quelque chose à manger, madame Carrington », insista Gary.

La nourriture est censée être un réconfort, donner des forces en cas d'épreuve, me dis-je sans réfléchir. Ils veulent me faire manger pour la même raison qui m'a poussée à donner un toast à Peter. Je hochai la tête et suivis les Barr le long du couloir qui mène à la cuisine ; l'inspecteur Sepetti nous emboîta le pas. Nous passâmes devant la bibliothèque de Peter. Deux inspecteurs s'y trouvaient – l'un retirait les livres des rayonnages, l'autre fouillait son bureau. Je me rappelai l'expression de Peter, moins de quatre mois plus tôt, lorsque je m'étais assise dans cette pièce avec lui, admirant l'atmosphère qui y régnait. Il avait l'air heureux.

Dans la cuisine, je m'efforçai de boire une tasse de café, mais mes mains tremblaient tellement que le liquide se renversa. Jane posa sa main sur mon épaule pendant une brève seconde tandis qu'elle remplaçait la soucoupe. Je savais combien elle aimait Peter. Elle l'avait connu enfant quand il avait perdu sa mère. Je savais qu'elle aussi avait le cœur brisé.

Je téléphonai à Vincent Slater. Il accueillit la nouvelle sans émotion apparente. « C'était inévitable, dit-il avec calme. Mais il sera de retour chez vous ce soir, je vous le promets. Dans le New Jersey, un juge est obligé d'accorder la liberté sous caution. Bien entendu, ils vont demander des millions, mais nous nous arrangerons pour les avoir. »

Les avocats étaient attendus à neuf heures. Sans raison particulière, j'appelai Conner Banks plutôt qu'un des trois autres. « Nous nous y attendions, Kay, dit-il, et je sais que c'est horrible pour vous deux. Nous allons obtenir une copie du mandat d'arrêt, et Markinson et moi serons au tribunal à trois heures. Nous vous verrons à ce moment-là. »

Après avoir raccroché, j'allai jusqu'à la fenêtre. La météo avait prévu de la pluie et de la neige fondue à partir de midi, mais les premières gouttes commençaient déjà à tomber. Puis des flocons humides se mirent à frapper la vitre. « N'ai-je pas lu quelque part que les chiens policiers ne peuvent pas travailler sous la pluie ? demandai-je à l'inspecteur Sepetti.

– Tout dépend de ce qu'ils cherchent, répondit-elle. Mais si le temps ne s'améliore pas, je pense qu'ils vont les rentrer.

– Que cherchent-ils exactement ? » demandai-je.

Je me rendis compte que la colère perçait dans ma voix. La question que je voulais réellement poser était la suivante : pensaient-ils que Peter était un meurtrier en série et s'attendaient-ils à trouver des cadavres enterrés dans tout le parc ?

« Je ne sais pas, madame Carrington », dit-elle doucement, et je la regardai.

Elle avait entre quarante et quarante-cinq ans, des cheveux bruns mi-longs qui ondulaient naturellement et adoucissaient son visage plutôt rond. Elle portait une veste bleu marine et un pantalon noir. Des boucles d'oreilles en forme de X étaient ses seuls bijoux, à moins que sa manche ne dissimule une montre.

C'était grotesque de se concentrer ainsi sur ces détails qui n'intéressaient personne. Je m'éloignai de la fenêtre. Il y avait un petit poste de télévision dans la cuisine et je l'allumai à temps pour voir Peter descendre de la voiture de police et entrer dans la prison du comté de Bergen.

« Carrington vient d'être inculpé de meurtre, et les preuves continuent de s'accumuler contre lui, selon une de nos sources, disait le journaliste. L'ancienne femme de chambre des Carrington, Maria Valdez, a non seulement avoué avoir menti à propos de la chemise de smoking de Peter Carrington, mais elle détient aussi la preuve que le père lui a offert un pot-de-vin de cinq mille dollars. »

J'éteignis brusquement la télévision. « Oh, Seigneur! s'exclama Jane Barr. C'est faux. C'est impossible. M. Carrington père était un homme honorable. Il n'aurait jamais versé un pot-de-vin à personne. »

Même pour sauver son fils? me demandai-je. Qu'aurais-je fait à sa place?

Je n'étais pas sûre de la réponse.

24

ELAINE CARRINGTON était encore au lit lorsque les inspecteurs du bureau du procureur sonnèrent à sa porte, peu après six heures et demie du matin. Stupéfaite, elle passa en hâte une robe de chambre et se dépêcha d'aller répondre. Elle craignait qu'il ne soit arrivé quelque chose à Richard. Peut-être n'avait-il pas remboursé ses dettes de jeu ? Redoutant ce qu'elle allait entendre, elle ouvrit la porte d'un coup sec.

Quand on lui remit le mandat de perquisition, elle éprouva d'abord une sensation proche du soulagement. Puis, accompagnée d'un inspecteur dont elle fit mine d'ignorer la présence, elle alla dans le bureau et alluma la télévision.

Quelques minutes plus tard, la vue de Peter sortant de la voiture menottes aux poignets devant la prison la fit sursauter. Il a toujours été bon à mon égard, pensa-t-elle en le regardant tenter de dissimuler son visage aux photographes.

« À vingt-deux ans, après la mort soudaine de son père, Peter Carrington s'est retrouvé à la tête de l'empire familial », disait le commentateur.

Une photo du père et du fils, prise peu de temps avant l'attaque cardiaque qui avait emporté le plus âgé des deux hommes, apparut à l'écran, déclenchant aussitôt une réaction de colère chez Elaine. Aussi jeune qu'ait été Peter, il avait compris ce qu'était pour moi la vie avec ce misérable grippe-sou. Un des hommes les plus riches de la planète, et pourtant nous nous sommes disputés pour des questions d'argent le jour même de son anniversaire. Il me menaçait sans cesse de ne pas régler les factures. « C'est vous qui faites les dépenses. Débrouillez-vous pour les régler. » C'était son sermon favori. Pendant les cinq années où nous avons été mariés, il m'a reproché le moindre centime que je dépensais, se souvint-elle amèrement.

Dès que la séquence concernant Peter fut terminée, Elaine éteignit la télévision. Quand je l'ai épousé, tout ici avait été laissé à l'abandon pendant des années, se rappela-t-elle. La seule chose pour laquelle il était prêt à claquer du fric était le jardin. Un amoureux de la nature.

Chaque fois qu'elle était nerveuse ou inquiète, une bouffée de colère l'envahissait au souvenir de la mesquinerie du contrat prénuptial qu'elle avait eu à signer. Un bruit à l'extérieur l'attira à la fenêtre. De la neige fondue commençait à frapper les vitres, mais elle entendait autre chose. « Il y a des chiens dehors ? » demanda-t-elle, incrédule, au jeune inspecteur qui était assis sur une chaise à l'entrée du bureau.

« Ce sont les chiens qui fouillent le parc, madame, répondit-il d'un ton professionnel.

– On a déjà retrouvé le corps de Susan Althorp.

Que cherchent-ils maintenant ? Ils se croient dans un cimetière ? »

Le policier ne répondit pas.

À midi, les enquêteurs chargés de la perquisition avaient quitté la maison et Elaine monta dans sa chambre. Tout en prenant sa douche et en s'habillant, elle passa en revue les conséquences possibles de l'arrestation de Peter. Qu'arrivera-t-il si Peter est condamné à la prison à vie ? se demanda-t-elle. Kay et lui décideront-ils de vendre la propriété ? Peuvent-ils le faire de mon vivant ? Mon contrat prénuptial peut les en empêcher, au minimum ils devront m'indemniser.

Le contrat qu'elle avait signé lui garantissait ce que son avocat avait pu obtenir de mieux. Dix millions de dollars à la mort de Carrington père ; résidence à vie dans la propriété et jouissance du plus petit des deux appartements des Carrington dans Park Avenue. Un revenu de un million de dollars par an pour le reste de ses jours. Mais, naturellement, il y avait un piège : l'usage de l'appartement et le versement de la pension cesseraient en cas de remariage. Les dix millions étaient envolés depuis longtemps, la plus grande partie dans la galerie de Richard, pensa Elaine avec amertume. Il m'aurait fallu dix millions de plus.

J'ai eu tort de tenter de dissuader Peter d'épouser Kay, songea-t-elle avec inquiétude en prenant un pantalon et un pull de cachemire dans sa penderie. Elle va m'en vouloir. J'aurais dû aller leur rendre visite à leur retour de voyage de noces, mais

146

je n'avais pas envie de la voir se pavaner dans la maison.

Elle ralluma la télévision. Selon les dernières informations, Peter devait être inculpé à trois heures. Elle décrocha le téléphone. Quand Kay répondit, elle commença : « Kay, ma chère, je suis vraiment désolée pour Peter et vous. Je veux être à vos côtés à la lecture de l'acte d'inculpation. »

Kay réagit immédiatement à son témoignage de compassion. « Non, ne venez pas au tribunal, dit-elle, mais comme il est probable que Peter pourra rentrer à la maison ce soir, dès que le montant de la caution aura été fixé, nous serions heureux de vous avoir à dîner avec Richard. Je demanderai à Vincent de se joindre à nous. Je pense que Peter aura besoin de voir autour de la table des gens qui l'aiment et le soutiennent. »

Puis Kay perdit son sang-froid et se mit à sangloter : « J'ai tellement peur pour lui, Elaine. Tellement peur. Et vous aussi, je le sais.

— Kay, je ferai tout, tout au monde pour aider Peter. Je vous verrai ce soir, chérie. »

Elaine raccrocha. Kay, si vous saviez ce que j'ai déjà fait pour aider Peter, pensa-t-elle.

25

« ÊTES-VOUS sûre de vouloir y aller, madame Althorp ? demanda Nicholas Greco. Il fait un temps affreux.

– C'est ce que je lui ai dit, monsieur Greco. »

Le visage empreint d'inquiétude, Brenda, la femme de chambre, aidait Gladys Althorp à enfiler son manteau.

« Je veux assister à l'inculpation de l'assassin de Susan, inutile de discuter davantage. Monsieur Greco, nous prendrons ma voiture. Je présume que mon chauffeur pourra nous déposer près de l'entrée du tribunal. »

Quand elle dit « inutile de discuter », elle ne plaisante pas, pensa Greco. Il vit que Brenda s'apprêtait à protester de nouveau et secoua la tête pour l'en dissuader.

Le chauffeur attendait à l'extérieur, tenant un parapluie ouvert. Sans prononcer un mot, Greco et le chauffeur prirent chacun par un bras la frêle vieille dame et l'aidèrent à monter dans la voiture. En route, Gladys Althorp demanda : « Monsieur Greco, racontez-moi comment se déroule une inculpation. Est-ce que ça dure longtemps ?

– Non, Peter Carrington va être présenté au juge avec son avocat. Il aura attendu auparavant dans une cellule proche du tribunal. Le procureur donnera lecture des charges retenues contre lui.

– Comment sera-t-il habillé ?

– En tenue de prisonnier.

– Portera-t-il des menottes ?

– Oui. Après la lecture de l'acte d'accusation, le juge lui demandera comment il entend plaider. Son avocat parlera à sa place. Naturellement, il répondra : "Non coupable." »

Greco vit que sa cliente se mordait la lèvre pour l'empêcher de trembler. « Madame Althorp, dit-il, tout ceci risque d'être très pénible pour vous. J'aurais aimé que quelqu'un de votre famille vous accompagne.

– Mes fils ne le pouvaient pas cette fois-ci. Ils habitent tous deux en Californie. Et mon mari était déjà en route pour Chicago lorsque nous avons appris la nouvelle de l'arrestation de Peter Carrington. Mais vous savez, monsieur Greco, d'une certaine manière je ne regrette pas d'être la seule de ma famille présente aujourd'hui. Personne n'a pleuré Susan autant que moi pendant ces vingt-deux années. Nous étions très proches. Nous faisions une quantité de choses ensemble. Petite, elle aimait aller dans les musées, à l'opéra ou à des représentations de ballet avec moi. Elle étudiait les beaux-arts à l'université comme je l'avais fait en mon temps. Le jour où elle avait choisi cette matière, elle avait dit en riant que cela nous rapprocherait encore davantage, comme si nous en avions besoin. Elle était jolie, intelligente, douce et

149

aimante, un être humain parfait. Charles et les garçons assisteront au procès de Peter Carrington. Je ne serai plus là pour le voir. Aujourd'hui, c'est moi qui la représente au tribunal. J'ai presque l'impression que Susan sera là en esprit. Cela vous paraît-il stupide ?

– Non, pas du tout, dit Greco. J'ai assisté à quantité de procès et la présence de la victime est toujours forte au moment où parents et amis apportent leurs témoignages. Aujourd'hui, au moment où sera lu l'acte d'accusation de meurtre, chacun dans la salle d'audience se rappellera les photos de Susan qu'il a vues dans les journaux. Elle sera vivante dans les esprits.

– Vous ne saurez jamais combien je vous suis reconnaissante d'avoir retrouvé Maria Valdez. Son témoignage et la copie du chèque de Carrington père seront sûrement des preuves suffisantes pour faire condamner Peter.

– Je pense que Carrington sera finalement condamné, répondit Greco. Je suis très honoré d'avoir travaillé pour vous, madame Althorp, et j'espère qu'après cette journée vous retrouverez un peu de paix.

– Je l'espère moi aussi. »

Elle se laissa aller en arrière et ferma les yeux, visiblement épuisée. Vingt minutes plus tard, la voiture s'arrêtait devant le tribunal.

26

MALGRÉ son manteau, Conner Banks grelot-
tait tandis qu'il se hâtait vers le tribunal
du comté de Bergen, à Hackensack, dans
le New Jersey. Il avait trouvé difficilement une place
dans le parking et à une distance considérable de
l'entrée.

Il accéléra le pas et Walter Markinson, le visage
mouillé par la neige fondue, lui lança : « Ralentissez
un peu. Je ne cours pas trois kilomètres chaque
matin comme vous.

– Désolé.

– Vous auriez pu penser à apporter un parapluie.

– Désolé. »

Pendant le trajet, ils avaient discuté de la déclaration qu'ils feraient aux médias. « L'accusation portée contre M. Carrington est sans fondement et son
innocence sera prouvée devant le tribunal. »
Ou encore : « Notre client n'a cessé de clamer son
innocence. L'accusation repose sur de simples sup-
positions, insinuations et sur les affirmations d'une
femme qui revient sur la déclaration sous serment
qu'elle a faite vingt-deux ans auparavant. »

Avec la tournure que prend cette affaire, nous pourrions aussi bien défendre Jack l'Éventreur, pensa Conner amèrement. Il n'avait jamais assisté à un tel déchaînement des médias.

Un certain nombre d'affaires sensationnelles ont été jugées dans cette salle, se dit-il alors qu'ils atteignaient enfin le tribunal.

L'affaire dite du Cordonnier, par exemple, cet homme de Philadelphie qui parcourait le comté de Bergen, attaquait des femmes, avec son fils de douze ans derrière lui. Sa dernière victime, qu'il avait tuée, était une infirmière de vingt et un ans qui venait soigner un invalide dans une maison que lui-même était en train de cambrioler. Puis il y avait eu l'affaire Robert Reldan. Un dandy de bonne famille, du genre de Peter Carrington. Il avait enlevé et tué deux jeunes femmes. Pendant son procès, il avait frappé le policier qui lui retirait ses menottes sans que le jury s'en aperçoive, avait sauté par la fenêtre, volé une voiture, et profité d'un quart d'heure de liberté. Vingt ou trente ans plus tard, le Cordonnier est mort et Reldan croupit toujours en prison.

Et il est probable que Peter Carrington va passer le reste de sa vie avec lui, conclut-il.

La lecture de l'acte d'inculpation devait se dérouler dans la salle d'audience de l'honorable Henry Smith, le juge qui avait délivré le mandat d'arrêt contre Peter Carrington. Comme Banks s'y attendait, la salle était bondée de spectateurs et de journalistes quand Markinson et lui y pénétrèrent. Les cameramen pointaient leurs objectifs vers une femme assise au milieu de la salle. Consterné, il réalisa qu'il s'agissait de Gladys Althorp, la mère de la victime.

Ils se faufilèrent jusqu'à l'avant de la salle.

Il n'était que trois heures moins vingt, mais Kay Carrington était déjà arrivée, assise au premier rang des spectateurs à côté de Vincent Slater. Banks s'étonna de la voir en tenue de jogging. Puis il comprit, ou crut comprendre, pourquoi : Slater lui avait dit que Carrington s'apprêtait à faire son jogging quand le mandat d'arrêt lui avait été présenté. C'est la tenue qu'il portera quand la caution aura été versée et qu'il rentrera chez lui. Ils feront tous deux front commun.

La mine renfrognée de Markinson avait fait place à une expression bienveillante et paternelle. Le front creusé de rides, les yeux débordant de compréhension, il tapota l'épaule de Kay et dit d'un ton rassurant : « Ne vous inquiétez pas. Nous allons mettre cette Valdez en pièces quand elle sera appelée à la barre. »

Kay sait que la situation est critique, pensa Banks. Walter ne devrait pas lui raconter d'histoires. Il perçut un éclair de colère dans les yeux de Kay quand elle regarda Markinson.

D'une voix basse et tendue, elle lui dit : « Walter, je n'ai pas besoin d'être réconfortée. Je sais ce que nous risquons. Je sais aussi que quelqu'un est responsable de la mort de cette jeune fille et qu'il devrait être dans cette salle à la place de mon mari en ce moment. Peter est innocent, il est incapable de faire du mal à qui que ce soit. Je veux être sûre que c'est votre sentiment, à vous aussi. »

« Heureux ceux qui n'ont pas vu et qui ont cru. »

153

Les paroles des Écritures traversèrent l'esprit de Conner Banks au moment où il accueillait Kay et Vincent. « Peter sera chez lui ce soir, Kay, lui dit-il. C'est au moins une chose que je peux vous promettre. » Markinson et lui prirent place. Derrière eux, Banks entendait la salle se remplir. On pouvait s'y attendre – c'était le genre d'affaire à sensation que les employés du tribunal venaient suivre.

« La cour », annonça le greffier.

Tout le monde se leva quand le juge entra d'un pas rapide et prit place à son banc. Banks avait préparé le terrain dès qu'il avait su quel juge serait désigné pour l'inculpation. Il avait appris que l'honorable Henry Smith avait la réputation d'être impartial, mais dur quand il s'agissait de prononcer une sentence. La meilleure voie à suivre pour Carrington est de faire durer la procédure aussi longtemps que possible car, une fois condamné, il ira droit en prison, pensa Banks. Une fois libéré sous caution, il pourra dormir dans son lit jusqu'à la conclusion du procès.

L'affaire Carrington n'était pas la seule inscrite au rôle : plusieurs détenus attendaient d'être traduits en justice. Le greffier lut les chefs d'inculpation tandis que, l'un après l'autre, ils se présentaient devant le juge. Des bricoles, pensa Banks. Le premier était accusé d'utilisation de chèques sans provision. Le deuxième de vol à l'étalage.

Peter Carrington était le troisième sur la liste. Quand il fut amené au tribunal, vêtu d'une tenue orange et menotté, Banks et Markinson se levèrent et vinrent se placer de chaque côté de lui.

Le procureur Krause lut l'acte d'accusation. On entendit le déclic des appareils photo et le ronronnement des caméras, tandis que, plantant son regard dans celui du juge, l'air grave, Peter disait d'une voix ferme : « Non coupable. »

Conner Banks vit tout de suite que Barbara Krause se réjouissait à l'idée de requérir en personne dans cette affaire. Quand le montant de la caution fut sur le point d'être fixé, elle s'adressa au juge : « Votre Honneur, l'accusé dispose de moyens quasi illimités. Dans son cas, le risque est élevé qu'il décide de ne pas se présenter devant la cour et de quitter le pays. Nous demandons que la caution soit fixée en proportion de ses ressources et que son passeport lui soit retiré ; qu'il lui soit imposé de porter un bracelet électronique en permanence, qu'il soit assigné à résidence à son domicile et que ses déplacements soient limités aux services religieux, visites médicales, réunions avec des avocats, et que ces visites n'aient lieu qu'après avoir été notifiées à l'avance et autorisées par le contrôleur de son bracelet électronique. »

Elle sera une vraie peau de vache pendant le procès, pensa Banks en regardant Krause.

Le juge s'adressa à Peter : « Je me rends compte, monsieur Carrington, qu'en raison de votre fortune, il importe peu que je fixe la caution à un ou vingt-cinq millions de dollars. En conséquence, le montant de la caution s'élève à dix millions de dollars. » Il énuméra la liste des conditions que le procureur avait arrêtées et les approuva dans leur totalité.

« Votre Honneur, dit Peter, d'une voix forte et

claire, je me conformerai exactement à toutes les conditions mises à la caution. Je peux vous assurer que j'attends avec impatience de prouver mon innocence au cours de ce procès et, pour moi comme pour ma femme, de pouvoir mettre fin à ce cauchemar. »

« *Votre femme ? Et votre femme que vous avez noyée ? Hein ? Qu'est-ce que vous en faites ?* » Ces mots furent hurlés, scandés avec passion.

Comme tout le monde, Banks se retourna brusquement. Un homme élégamment vêtu se tenait debout au milieu de la salle d'audience. Le visage déformé par la colère, il tapa du poing sur le siège qui était devant lui. « Grace était ma sœur. Elle était enceinte de quatre mois. Vous avez tué l'enfant que ma famille ne connaîtra jamais. Grace ne buvait pas quand elle vous a épousé. Vous l'avez menée à la dépression. Puis vous vous êtes débarrassé d'elle parce que vous ne vouliez pas courir le risque d'avoir un enfant anormal. Assassin ! Assassin !

– Faites sortir cet homme ! ordonna le juge Smith. Faites-le sortir immédiatement ! » Il frappa plusieurs coups avec son marteau. « Silence dans la salle.

– Vous avez tué ma sœur ! » continua de crier le frère de Grace Carrington, tandis qu'on l'expulsait du tribunal.

Un silence pesant suivit sa sortie. Il fut brisé par les sanglots désespérés de Gladys Althorp, assise dans les premiers rangs, le visage enfoui dans ses mains.

27

IL ÉTAIT six heures du soir et il faisait nuit noire lorsque nous rentrâmes enfin à la maison. Dehors, la pluie tombait toujours aussi dru.

Grâce à la réaction rapide de Vincent, Peter ne fut pas obligé de passer la nuit en prison. Dès que je lui avais téléphoné, il avait fait le nécessaire pour que le montant fixé par le juge soit transféré à une banque proche du tribunal à Hackensack. À peine la lecture de l'inculpation terminée, il s'était précipité dans l'établissement en question, avait retiré un chèque certifié de dix millions de dollars et était revenu aussitôt le déposer au tribunal.

Pendant que nous attendions que Peter soit relâché, je fus autorisée à patienter dans la salle du jury maintenant déserte en compagnie de Conner Banks et de Walter Markinson. Je crois qu'ils avaient été aussi stupéfaits et choqués que moi de la sortie du frère de Grace, Philip Meredith. Ensuite, les larmes de la mère de Susan Althorp avaient accru l'impression générale d'irréalité. Je regardais Peter pendant les accusations de Meredith et les sanglots de Gladys Althorp, je crois n'avoir jamais vu visage aussi douloureux.

J'en fis part à Markinson et à Banks.

Ils s'inquiétèrent de l'effet désastreux produit par ces incidents sur l'assistance et admirent que la couverture de l'événement par les médias allait être redoutable. Même Markinson ne me gratifia pas de ses habituelles tapes réconfortantes sur l'épaule.

Conner Banks me posa alors une question qui me laissa stupéfaite : « À votre avis, est-ce qu'un membre de la famille Meredith a jamais menacé Peter de le poursuivre au civil pour mort arbitraire ?

– Non », répondis-je immédiatement, choquée. Puis je rectifiai : « Du moins, Peter ne m'en a jamais parlé.

– Je vais être cynique, dit-il. Philip Meredith est peut-être un frère assoiffé de ce qu'il prend pour de la justice, ou alors il cherche à obtenir des dédommagements. C'est probablement les deux à la fois. Il sait certainement que Peter n'a pas besoin de voir une autre bataille légale se dérouler en même temps que son procès pour meurtre. »

Lorsque Peter fut relâché, Markinson et Banks s'entretinrent quelques minutes avec lui avant de regagner New York. Ils lui conseillèrent de se reposer et lui annoncèrent qu'ils seraient à la maison le lendemain en début d'après-midi.

Prenant la main de Peter, je sentis le bracelet électronique qui lui enserrait le poignet. Nous parcourûmes le long couloir en direction de la voiture qui nous attendait dehors. J'avais espéré naïvement que les journalistes seraient partis lorsque nous sortirions du tribunal. Je me trompais, bien sûr. Ils étaient là, nombreux. Je me demandai si c'étaient les mêmes qui avaient filmé Peter le matin lorsqu'il avait été conduit à la prison ou s'il s'agissait de nouvelles équipes.

Ils commencèrent à nous bombarder de questions : « Monsieur Carrington, avez-vous quelque chose à déclarer sur... ?, « Madame Carrington, avez-vous rencontré... ? »

Vince se tenait à côté de la voiture, la porte ouverte. Nous nous engouffrâmes à l'arrière, ignorant leurs questions. Une fois hors de la vue des journalistes, Peter et moi nous étreignîmes. Nous n'échangeâmes pratiquement pas un mot durant le trajet du retour.

Peter monta directement dans notre appartement. Il n'eut pas à me dire qu'il avait envie avant toute chose de prendre une douche et de se changer. Je pense qu'après l'épreuve de la cellule, il avait un besoin physique de sentir des litres d'eau se déverser sur ses épaules.

Vincent resta dîner. Prétextant un coup de fil à donner, il passa par son bureau à l'arrière de la maison.

Je me dirigeai vers la cuisine. J'aurais cru que rien ne pourrait me réconforter, mais l'odeur alléchante du rôti en train de mijoter dans la cocotte me revigora, peut-être parce que Peter m'avait dit que c'était son plat préféré. Je sus gré à Jane d'y avoir pensé.

Gary Barr regardait la télévision dans la cuisine. Il l'éteignit dès qu'il m'aperçut, mais pas assez vite. J'eus le temps de voir qu'on interviewait Philip Meredith. Je fus tentée un instant d'écouter ce qu'il disait, mais je changeai d'avis. J'en avais appris suffisamment sur lui pour la journée.

« Où désirez-vous que les cocktails soient servis, madame Carrington ? » demanda Gary.

J'avais failli oublier que j'avais invité Elaine et Richard à dîner. « Dans le salon de devant, je pense. »

Elaine et moi n'avions pas fixé d'heure, pour la simple raison que nous ne savions pas quand Peter serait de retour, mais lorsque je venais dîner ici avant notre mariage, les cocktails étaient servis vers sept heures.

Je montai à mon tour prendre une douche et m'habiller. Je m'étonnai de trouver la porte fermée entre le petit salon et la deuxième chambre, mais Peter avait sans doute voulu s'étendre pendant quelques minutes. Bien qu'il fût déjà tard, je pris le temps de me laver les cheveux. Mon reflet dans la glace me renvoya un visage pâli et fatigué, et je mis un soin particulier à me maquiller. Je laissai mes cheveux flotter librement sur mes épaules, sachant que c'était ainsi que Peter préférait me voir coiffée. Enfin, je choisis un pantalon de velours noir avec une blouse de soie imprimée, une tenue décontractée, même si je n'avais aucune raison de l'être.

Lorsque je fus prête, je n'avais toujours pas entendu un seul bruit provenant de la chambre de Peter. Craignant qu'il se soit carrément endormi, je traversai le salon et ouvris la porte. Je sursautai à la vue de Peter debout près du lit, l'air perplexe, en contemplation devant une valise ouverte.

« Peter, que se passe-t-il ? » Je m'élançai vers lui.

Il me saisit le bras. « Kay, en arrivant dans la

chambre, je me suis allongé. Je voulais juste me reposer un peu. J'ai dû m'endormir. Je rêvais que je partais quelque part quand je me suis réveillé. Et regarde. »

Il désignait l'intérieur de la valise. Des sous-vêtements et des chaussettes y étaient soigneusement empilés.

Nous étions rentrés depuis à peine une heure, et voilà qu'il venait d'avoir une nouvelle crise de somnambulisme.

28

À SEPT HEURES, Nicholas Greco était en train de savourer paisiblement son dîner en compagnie de sa femme, Frances, dans leur maison de Syosset à Long Island. Dans des circonstances normales, elle ne l'aurait pas questionné sur l'affaire dont il était chargé mais, après avoir regardé les informations de six heures où était annoncée l'inculpation de Peter Carrington, elle désirait connaître par le menu ce qui s'était passé lors de l'audience.

Elle avait préparé le repas favori de Greco, une salade, des macaronis au gratin et du jambon de Virginie. Bien qu'il n'eût qu'une envie, oublier cette journée éreintante, il savait qu'il devait à sa femme de lui raconter ses impressions.

« Si j'étais à la place des avocats de Carrington, commença-t-il, je préférerais plaider coupable et négocier. Cette sortie au tribunal a fait une impression épouvantable sur l'assistance. D'après ce que je sais, Philip Meredith n'a pas l'habitude de sombrer dans le pathos. Il vit à Philadelphie, où les siens sont établis depuis des générations. Bonne

162

réputation familiale, pas vraiment fortuné. Sa sœur et lui ont fait leurs études universitaires grâce à des bourses. Philip est cadre dans une société de marketing ; il a épousé une amie d'enfance, a trois enfants, dont deux au collège. Il a quarante-huit ans, sa sœur était de six ans sa cadette. »

Frances lui passa le plat de macaronis. « Ressers-toi. Avec ces allers et retours à Lancaster, tu n'as pratiquement rien avalé. »

Greco lui sourit et, faisant fi de la raison, se resservit. À cinquante-cinq ans, Frances pesait exactement le même poids qu'à vingt-cinq. Ses cheveux avaient gardé leurs reflets blonds, même si le coiffeur, à intervalles réguliers, donnait un coup de pouce à la nature. Mais pour Greco, Frances était la même depuis trente ans.

« J'ai lu le récit de la découverte du corps de Grace Carrington dans la piscine, dit Frances en grignotant un gressin. On a beaucoup écrit sur le sujet il y a quatre ans, au moment des faits. Le magazine *People* a publié un long article. Je me souviens qu'ils avaient souligné le fait que Peter Carrington avait été considéré comme un personnage clé dans la disparition de Susan Althorp. Je suis presque certaine que la famille Meredith a publié alors une déclaration disant : "La mort de Grace n'est pas un mystère. C'est une tragédie." Sais-tu la raison qui pousse le frère à lancer toutes ces accusations précisément en ce moment ? »

Nicholas Greco aurait aimé amener la conversation sur un autre sujet, mais il se souvint que Frances, de même qu'elle avait gardé sa silhouette et sa blondeur, conservait une curiosité intacte.

163

« D'après ce que je sais, les parents de Grace Carrington s'inquiétaient de la voir boire, et ils aimaient beaucoup Peter. À l'époque, ils n'ont pas cru à une intention criminelle, mais aujourd'hui le père est décédé, la mère, atteinte de la maladie d'Alzheimer, est dans une maison de retraite et Philip peut avoir décidé qu'il était temps de manifester ses propres sentiments.

– Si tu n'avais pas retrouvé Maria Valdez, l'inculpation n'aurait pas eu lieu aujourd'hui, fit remarquer Frances. J'espère que Mme Althorp te sait gré d'y être parvenu.

– Maria avait totalement disparu de la circulation quand le bureau du procureur a cherché à la joindre à nouveau. Le gars qui travaille pour moi aux Philippines a vérifié ses anciennes relations, et il s'est trouvé qu'elle était en relation avec un cousin éloigné. Ç'a été un vrai coup de chance de pouvoir remettre la main sur elle.

– En tout cas, c'est toi qui as persuadé Mme Althorp de s'attaquer à Peter Carrington dans l'article de *Celeb*. Tous mes amis ont pensé qu'il allait la traduire en justice. Si tu n'avais pas retrouvé Maria Valdez, tu aurais au moins obligé Peter Carrington à répondre sous serment à un interrogatoire. Et je suis sûre qu'il se serait embrouillé dans ses réponses d'une manière ou d'une autre. »

Se serait-il réellement embrouillé ? se demanda Greco. Un élément de l'énigme n'était toujours pas résolu : la disparition du sac à main. Susan l'avait-elle emporté avec elle en quittant la voiture de Carrington ? Pour une raison inexplicable, cette question le harcelait.

« Merci d'être ma fan numéro un, ma chérie, dit-il à sa femme. Maintenant, si tu le veux bien, parlons d'autre chose. »

Le téléphone sonna. Frances courut prendre l'appareil et fut de retour avant qu'il ait sonné trois fois. « Je ne reconnais pas le numéro, lui dit-elle.

— Dans ce cas laisse le répondeur prendre le message », dit Greco.

Une voix d'homme se fit entendre : « Monsieur Greco, ici Philip Meredith. Je sais que vous avez accompagné Mme Althorp au tribunal aujourd'hui. Je viens de lui parler. J'aimerais vous engager pour enquêter sur la mort de ma sœur Grace. J'ai toujours été convaincu qu'elle avait été assassinée par son mari, Peter Carrington, et, dans la mesure du possible, j'aimerais que vous en fassiez la preuve. J'espère que vous répondrez à ce message. Mon numéro est le... »

Greco prit le téléphone des mains de sa femme et appuya sur la touche de l'appareil. « Ici Nicholas Greco, monsieur Meredith », dit-il.

29

SI QUELQU'UN avait épié par la fenêtre ce soir-là et nous avait vus en train de boire un verre dans le salon, je suis sûre qu'il nous aurait enviés. Naturellement ni Peter ni moi ne mentionnâmes son bref accès de somnambulisme, nous restâmes simplement assis côte à côte sur le canapé qui faisait face à la cheminée. Elaine et son fils, Richard Walker, avaient pris place dans les fauteuils disposés au coin du feu et Vincent Slater, qui préférait une chaise à dossier droit, en avait rapproché une pour se joindre au groupe.

Gary Barr servait les boissons. Peter et moi prîmes un verre de vin, les autres des cocktails. De lui-même, Gary avait refermé les portes de séparation, afin de donner plus d'intimité à la partie dans laquelle nous nous trouvions, si on peut qualifier d'intime une pièce de huit mètres de long.

Durant notre lune de miel, Peter m'avait dit qu'il aimerait me voir engager un décorateur pour réaliser toutes les modifications que je souhaitais dans la maison. Il parlait rarement de Grace, mais je me souviens d'une de ses réflexions : « Lorsque Elaine a épousé mon père, elle a fait quantité de transformations, et je dois dire qu'elle avait un goût parfait. Elle avait pris un grand décorateur pour la seconder. Et évidemment elle jetait l'argent par les fenêtres. Il fallait entendre mon père s'en plaindre. Grace, elle, n'a rien changé. Elle préférait séjourner dans l'appartement de New York. Pendant les huit ans de notre mariage, elle y a passé le plus clair de son temps. »

Je me remémorais ces propos tandis que nous étions assis là, à contempler le feu dans la cheminée. Elaine était superbe, comme à l'accoutumée, maquillée avec soin, ses yeux bleu clair emplis d'indulgence et de tendresse lorsqu'elle se tournait vers Richard.

J'avais une certaine sympathie pour Richard Walker. Ce n'était pas un adonis, mais il dégageait une sorte de magnétisme qui attirait sûrement les femmes. À l'exception de ses yeux, rien dans sa stature d'athlète et ses traits rudes ne permettait de deviner qu'il avait été mis au monde par Elaine Walker Carrington. Peter m'avait raconté que le père de Richard, le premier mari d'Elaine, était né en Roumanie et arrivé aux États-Unis avec ses parents à l'âge de quatre ou cinq ans. Il avait anglicisé son nom à son entrée au collège et était devenu un brillant chef d'entreprise quand elle l'avait épousé.

« Elaine ne se serait jamais mariée avec un homme sans fortune, m'avait dit Peter, mais dans les deux cas elle a joué de malchance. Le père de Richard était intelligent et séduisant, mais c'était un joueur invétéré. Le mariage n'a pas duré longtemps et il est mort quand Richard n'était qu'un adolescent. Elaine a ensuite épousé mon père, qui était tellement radin que ses amis se moquaient de lui en disant qu'il n'avait toujours pas dépensé l'argent reçu à sa première communion. »

Richard avait visiblement hérité du physique de son père, et peut-être de son charme. Pendant que nous finissions nos verres, il nous raconta son premier dîner à la résidence des Carrington, l'impression que lui avait faite le père de Peter. « Peter était en première année à Princeton, me dit-il. Frais diplômé de Columbia, je venais d'obtenir mon premier job de stagiaire chez Sotheby's. Le père de Peter ne s'en émut pas. Il m'offrit une place de stagiaire dans un des départements de l'entreprise Carrington. J'ai oublié lequel. »

Vincent Slater, qui n'était pas très porté sur la conversation, éclata de rire. « Probablement dans le service de courtage. C'est là que j'ai moi-même débuté.

– Quoi qu'il en soit, j'ai refusé, dit Richard, et ce fut le début de la fin d'une magnifique relation. Ton père a toujours pensé que je perdais mon temps, Peter.

– Je sais. »

Peter sourit à son tour. Les efforts de Richard pour le distraire de la sombre réalité de la journée commençaient à porter.

Nous passâmes à table et je fus heureuse d'entendre Peter apprécier les efforts culinaires de Jane : « Je croyais ne pas avoir faim, Jane, mais votre rôti me met l'eau à la bouche. »

Pendant le repas, Richard parla à nouveau de sa première visite dans cette maison. « Ton père m'avait dit d'aller faire le tour de la propriété, dit-il. Il m'avait raconté l'histoire de la chapelle, et je suis allé y jeter un coup d'œil. J'étais stupéfait à la pensée qu'un prêtre y avait vécu au dix-septième siècle. Je me souviens de m'être demandé si elle était hantée. Et vous, Kay, quel effet vous a-t-elle fait ?

– J'avais six ans la première fois que je l'ai vue », commençai-je. Devant son expression stupéfaite, j'expliquai : « Je l'ai raconté à Peter le soir où ma grand-mère est tombée après le cocktail donné au profit du programme d'alphabétisation. Il est resté avec moi à l'hôpital et m'a ramenée ensuite à la maison.

– Oui, Kay était une enfant aventureuse », dit Peter.

Il hésita et je compris qu'il n'avait pas envie de parler de mon père. Je le fis à sa place : « Mon père était revenu un samedi pour vérifier l'éclairage. De nombreux invités étaient attendus dans la soirée pour un dîner dansant. Il m'avait laissée seule un moment et je suis partie explorer la maison. »

L'atmosphère autour de la table changea. Je venais par mégarde de faire allusion au soir où Susan Althorp avait disparu. Cherchant tant bien que mal à me tirer du guêpier où je m'étais fourrée, je continuai précipitamment : « Il faisait un froid glacial et humide dans la chapelle. Soudain, j'ai entendu des gens arriver et je me suis tapie entre les bancs.

– Vraiment ? s'exclama Vincent Slater. Quelqu'un vous a-t-il vue ?

– Non. Je me suis accroupie en cachant mon

visage entre mes mains. Vous savez comment sont les enfants : "Je ne te vois pas, donc tu ne me vois pas."

— Avez-vous surpris un couple d'amoureux ?

— Non, ces gens se querellaient à propos d'argent. »

Elaine partit d'un rire rauque et sarcastique : « Peter, toute la maison a retenti de mes disputes avec votre père pour des questions d'argent, ce jour-là. Pourtant, je ne me souviens pas d'être allée dans la chapelle.

— La femme promettait que ce serait la dernière fois. »

J'aurais tout donné pour changer de sujet.

« Ce qui me ressemble aussi, fit Elaine.

— Bon, cette histoire n'a sans doute pas la moindre importance. Je n'y aurais sans doute pas pensé si vous n'aviez pas évoqué la chapelle, Richard. »

Gary Barr se tenait debout derrière moi, s'apprêtant à remplir mon verre de vin. Au moment où je prononçais ces mots, à la consternation générale, le vin dégoulina le long de mon cou.

30

TENANT la promesse qu'elle lui avait faite le soir de l'inculpation de Carrington, Barbara Krause et Tom Moran fêtaient leur victoire en dînant au Stony Hill Inn, un de leurs restaurants favoris à Hackensack. Tout en dégustant un carré d'agneau, ils commentèrent l'apparition de Philip Meredith et sa tirade en plein milieu de l'audience.

« Voyez-vous, si nous pouvions amener Carrington à avouer le meurtre de sa femme en plus de celui de Susan Althorp, je serais tentée de négocier une remise de peine, dit soudain Krause.

– Il me semble vous avoir entendue dire que vous ne le feriez pour rien au monde, protesta Moran.

– Je sais. Pourtant, même si j'ai la conviction que nous obtiendrons une condamnation dans l'affaire Althorp, elle n'est pas assurée à cent pour cent, loin s'en faut. Il n'en reste pas moins que Maria Valdez s'est rétractée et que Carrington a engagé pour sa défense les meilleurs avocats qu'on puisse se payer. »

Moran hocha la tête. « Je sais. J'en ai vu deux avec Carrington aujourd'hui. Leurs honoraires pour une journée de boulot suffiraient largement à payer l'appareil dentaire destiné à redresser les dents de mes gosses.

– Examinons la situation, dit Barbara Krause. S'il plaidait coupable pour les deux chefs d'accusation, le meurtre de Susan et celui de sa femme, nous pourrions lui proposer au maximum trente ans, sans libération sur parole, les deux peines confondues. Regardons les choses en face, nous n'avons pas suffisamment de preuves pour l'accuser du meurtre de sa femme ; mais il sait que de nouveaux éléments peuvent faire surface. Dans ce cas, il aurait un peu plus de soixante-dix ans à sa sortie de prison, et encore beaucoup d'argent. S'il accepte notre proposition, nous le ferons condamner et, s'il vit jusque-là, il pourra espérer une libération. Vous savez combien j'aimerais requérir contre lui. Mais il y a un autre aspect à considérer. Je pense aux familles des victimes. Vous les avez vues et entendues aujourd'hui. Mme Althorp ne vivra pas assez longtemps pour suivre le procès, en revanche, si Carrington avoue, elle pourra peut-être le voir condamné. Et j'ajouterais autre chose : s'il avoue, c'est la porte ouverte à un procès civil.

– Je ne crois pas que les Althorp aient besoin d'argent, dit Moran d'un ton sec.

– Ce sont des millionnaires pauvres, répliqua Barbara Krause. C'est une belle expression, non ? Elle s'applique à tous ceux qui possèdent moins de cinq millions de dollars. J'ai lu ça dans un magazine. Un compromis au civil leur permettrait de

172

faire une donation importante à la mémoire de Susan à un hôpital ou à son université. Quant à Philip Meredith, autant que je sache, il n'a jamais fait d'étincelles et il a trois jeunes enfants à charge.

— Vous êtes donc sérieuse en parlant de proposer aux avocats de Carrington de négocier ?

— Mettons que j'y réfléchis. Que je suis décidée à me décider, comme on dit. En tout cas, cet agneau était délicieux. Et foin des calories. N'hésitons pas. Passons au dessert. »

31

LE DÎNER avait un peu détendu Peter. Nous prîmes le café dans la bibliothèque et nos invités s'apprêtèrent à partir. Richard passait parfois la nuit chez Elaine, mais il expliqua qu'il était attendu en fin de soirée à Manhattan, il avait rendez-vous au Carlyle avec une jeune artiste. « Elle est très douée, dit-il, et très jolie par-dessus le marché. Deux qualités qui vont rarement de pair.

— Essaye de ne pas tomber amoureux, Richard, dit Elaine d'un ton acerbe. Et si tu donnes un cocktail pour elle à la galerie, laisse-la payer le champagne. »

Au moment où elle prononçait ces mots, Vincent adressa un clin d'œil à Peter qui lui répondit par un léger sourire. Nous les raccompagnâmes tous les trois jusqu'à la porte. Les voitures de Richard et de Vincent étaient garées devant la maison. Les hommes ouvrirent leurs parapluies, Elaine prit le bras de son fils et descendit rapidement les marches du perron.

Peter ferma la porte à double tour derrière eux. Alors que nous nous dirigions vers l'escalier, Gary

Barr apparut. « Madame Carrington, nous allons partir. Mais auparavant je voulais vous dire combien je suis désolé d'avoir taché votre chemisier. Je ne comprends pas comment j'ai pu me montrer aussi maladroit. C'est la première fois que cela m'arrive depuis que je sers à table. »

Lorsque le vin s'était répandu dans mon cou, j'avais accepté ses excuses et j'étais montée me changer en vitesse. Peter était sans doute las de l'entendre exprimer ses regrets car il ne me laissa pas le temps de le rassurer. « Je crois que Mme Carrington vous a déjà dit clairement qu'elle comprenait qu'il s'agissait d'un incident regrettable. Je n'ai pas envie d'en entendre davantage sur le sujet. Bonne nuit, Gary. »

Je n'avais eu jusqu'alors que de rares aperçus de l'aspect sourcilleux – voire intimidant – du caractère de Peter et, d'une certaine manière, je me réjouis d'être témoin de cette scène. Les mois à venir, jusqu'au procès, seraient redoutables et humiliants pour lui. Il m'avait montré sa vulnérabilité parce qu'il avait confiance en moi. Mais je me rendais compte ce soir que le rôle que je remplissais auprès de lui, un rôle protecteur, ne correspondait pas à la réalité profonde du personnage.

En montant l'escalier, un souvenir incongru me revint. C'était un soir, voilà une dizaine d'années. J'étais encore à l'université à l'époque et je venais de rentrer à la maison. Maggie et moi avions regardé à la télévision *La Main au collet,* ce célèbre film d'Hitchcock avec Grace Kelly et Cary Grant. Pendant un des écrans publicitaires, elle m'avait raconté que Grace Kelly avait fait la connaissance du prince Rainier pendant le tournage du film à Monaco.

« Kay, j'ai lu le récit de la visite du prince chez les parents de Grace Kelly à Philadelphie. C'est à cette occasion qu'il leur a demandé la main de leur fille. Le lendemain sa mère a raconté à un journaliste que Rainier était un homme très aimable et combien il était facile d'oublier qu'il était prince. Un journaliste de la rubrique mondaine avait ironisé : "Mme Kelly se rend-elle compte qu'épouser un monarque régnant est autre chose que d'épouser un prince quelconque ?" »

Aujourd'hui, j'avais vu au tribunal un Peter acculé, suivi le soir d'un Peter apeuré debout devant une valise qu'il ne se souvenait pas d'avoir faite. À présent, je voyais un Peter autoritaire, excédé par les explications d'un domestique. Quel était le vrai Peter ? me demandai-je lorsque nous fûmes prêts à nous coucher.

Je ne connaissais pas la réponse.

32

LE TEMPS n'avait pratiquement pas changé le lendemain matin. Il faisait juste quelques degrés de plus et la neige fondue avait fait place à un rideau de pluie tenace et déprimant.

« J'ai l'impression que les chiens vont avoir un jour supplémentaire de congé », fit remarquer Moran en entrant dans le bureau du procureur peu après neuf heures du matin. « Inutile d'aller renifler le parc des Carrington aujourd'hui.

– Sans doute. Ce serait gâcher inutilement l'argent des contribuables, répondit Barbara Krause. En outre, on ne trouvera rien là-bas. J'ai passé en revue le peu qu'ils ont rapporté de la résidence et de la maison de la belle-mère. Zéro. Mais nous ne pouvions guère nous attendre à découvrir quelque chose, après vingt-deux ans. Si Peter Carrington a été assez malin pour se débarrasser de sa chemise de smoking après avoir tué Susan, il est vraisemblable qu'il ne reste aucun autre indice pouvant l'inquiéter.

– Sinon, nous l'aurions récupéré la première fois

que nous avons perquisitionné la maison, dit Moran d'un ton résigné.

– Il y a quand même quelque chose qui a attiré mon attention. Jetez un coup d'œil là-dessus. »

Barbara Krause tendit une feuille de papier à Moran. C'était le plan d'aménagement d'un jardin.

Moran l'examina attentivement. « Et alors ?

– Il se trouvait dans un classeur, dans une pièce au dernier étage de la maison. Au cours des années, la famille a apparemment transformé plusieurs pièces en grenier, un de ces endroits où vous fourrez tous les trucs qui ne vous intéressent plus. Nos hommes m'ont raconté qu'on pourrait meubler une maison entière avec ce qu'il y a là-haut, des divans, des fauteuils, des tapis, de la vaisselle, de l'argenterie, des tableaux, des bibelots, et une correspondance familiale qui remonte au dix-neuvième siècle.

– J'imagine qu'ils n'ont jamais entendu parler des ventes sur eBay, fit remarquer Moran. Attendez. Je vois de quoi il s'agit. C'est un plan de la partie extérieure du parc des Carrington, l'endroit où le corps de la fille a été retrouvé, à la différence qu'elle n'était pas plantée à cette époque.

– Exact. En fait, c'est une copie du dessin original.

– Qu'en pensez-vous ?

– Regardez la signature dans le coin. »

Moran approcha le papier de la lampe posée sur le bureau de Barbara Krause. « Jonathan Lansing ! Le paysagiste ! Ce type qui a fait un plongeon dans l'Hudson peu après la disparition de Susan Althorp. Le père de l'actuelle Mme Carrington.

– En effet. Il a été congédié par les Carrington quelques semaines après la disparition de Susan et s'est apparemment suicidé. Je dis apparemment, parce que son corps n'a jamais été retrouvé. »

Moran regarda sa patronne. « Vous n'êtes pas en train d'insinuer qu'il y a un rapport entre lui et l'affaire Althorp ?

– Non, absolument pas. Nous connaissons l'assassin. Ce que je vois c'est que Lansing a suggéré de reculer la clôture de quinze mètres par rapport à la rue. Et, si l'on regarde bien, il semble qu'il n'avait pas prévu de laisser vierge la surface entre la clôture et le trottoir. Ce dessin indique qu'une haie de conifères devait être plantée à l'extérieur de la clôture.

– Il a ensuite été renvoyé et la famille n'a rien fait sinon semer un peu d'herbe à cet endroit, dit Moran d'un ton détaché.

– C'est possible. » Barbara Krause rangea le dessin dans le dossier. « Je ne sais pas », dit-elle, plus pour elle-même qu'à l'intention de Moran. « Je ne sais vraiment pas... »

33

L E MARDI MATIN, lendemain de l'inculpation, Philip Meredith prit le train à Philadelphie pour New York. Sachant que sa photo risquait de s'étaler en première page des journaux à scandale, il prit la précaution de porter des lunettes noires. Il n'avait aucune envie d'être reconnu ou apostrophé par des inconnus. Il ne voulait la compassion de personne. Il n'avait pas revu Peter Carrington depuis l'enterrement de sa sœur. Il s'était rendu au tribunal pour le seul plaisir de le voir menotté et accusé de meurtre. Son éclat à l'audience l'avait laissé aussi stupéfait que le reste de l'assistance.

Mais maintenant il avait l'intention de poursuivre ses accusations. Si Nicholas Greco avait trouvé un témoin important contre Peter Carrington dans l'affaire Althorp, peut-être pourrait-il apporter la preuve que Grace avait été assassinée elle aussi.

Il descendit du train à la gare de Penn Station dans la 7e Avenue à hauteur de la 33e Rue et avait prévu de se rendre à pied jusqu'au bureau de Greco, situé dans Madison Avenue entre la 48e et la

49ᵉ Rue. Mais la pluie tombait à verse et il décida d'attendre un taxi. Ce temps lui rappelait le jour de l'enterrement de Grace. Pas vraiment froid, en ce début de septembre, mais détestable. Grace était enterrée dans le caveau de la famille Carrington dans le cimetière de Gate of Heaven dans le comté de Westchester. Entre autres choses, il avait aussi l'intention de transporter son corps à Philadelphie. Sa sœur devait reposer en paix avec ceux qui l'aimaient, ses parents et grands-parents.

Quand vint son tour, il monta dans le premier taxi disponible et donna l'adresse de Nicholas Greco. Il n'était pas venu à Manhattan depuis longtemps et fut surpris par la densité de la circulation. Le chauffeur lui demanda neuf dollars pour sa course et fit la grimace en voyant qu'il n'ajoutait pas de pourboire au billet de dix dollars qu'il lui tendait.

Entre le prix du train et des trajets en taxi, il allait se ruiner avant même de s'entretenir avec Greco. Il s'était déjà disputé à ce sujet avec sa femme, Lisa. «J'ai déjà cru mourir de honte en apprenant ta conduite au tribunal, lui avait-elle dit. Tu sais que j'aimais beaucoup Grace, mais tu es obsédé par ce drame depuis quatre ans. Engager un détective privé coûte un prix fou et nous n'avons pas cet argent, mais fais-le. Emprunte s'il le faut mais, d'une manière ou d'une autre, finissons-en avec ça. »

Le 342 Madison Avenue était un building étroit de huit étages. Le bureau de Greco était situé au quatrième, deux ou trois pièces en enfilade avec une petite réception. L'hôtesse dit à Meredith qu'il était attendu et l'introduisit aussitôt auprès du détective.

Après un accueil chaleureux et de brefs commentaires sur le temps, Greco entra dans le vif du sujet : « Quand vous m'avez appelé chez moi hier soir, vous m'avez affirmé détenir la preuve que votre sœur n'était pas morte par accident. Pouvez-vous m'en dire davantage ?

– Le terme de "preuve" est peut-être exagéré, reconnut Meredith. "Motif" serait sans doute plus approprié. La réalité est que Peter n'était pas seulement animé par la peur que Grace donne naissance à un enfant anormal. C'est l'argent qui est à l'origine de la mort de ma sœur.

– Je vous écoute, dit Greco.

– Leur mariage n'a jamais été une de ces histoires d'amour romantiques. Peter et Grace étaient deux êtres très différents. Elle adorait la vie mondaine de New York, lui non. Selon les termes de leur contrat prénuptial, Grace aurait reçu vingt millions de dollars tout rond s'ils divorçaient *à moins* – et c'est une exception de taille – qu'elle donne naissance à un enfant. Ensuite, au cas où ils auraient divorcé, elle aurait touché vingt millions de dollars par an afin que l'enfant soit élevé selon les critères de la famille Carrington.

– À l'époque de la mort de votre sœur, Peter Carrington a proposé de se soumettre au détecteur de mensonge et a passé le test, dit Greco. Ses revenus sont estimés à huit millions de dollars par semaine. Des chiffres aussi extravagants peuvent nous paraître incroyables. Néanmoins, le versement à une épouse divorcée d'une très grosse somme fixée par un arrangement prénuptial n'est pas un motif convaincant pour tuer son enfant qui n'est pas encore né. Même si le syndrome d'alcoolisme fœtal se manifestait, il y aurait eu des moyens financiers largement suffisants pour prendre soin d'un enfant handicapé.

– Ma sœur a été assassinée, s'obstina Philip Meredith. Pendant les huit années de son mariage avec Peter, elle a fait trois fausses couches. Elle voulait un enfant à tout prix. Elle se savait alcoolique et avait commencé discrètement à fréquenter les Alcooliques anonymes. Elle était décidée à s'arrêter de boire.

– Lorsqu'on l'a retrouvée noyée, les tests sanguins ont montré que son taux d'alcoolémie était trois fois plus élevé que la limite légale. Beaucoup de gens rechutent, monsieur Meredith. Vous n'êtes pas sans le savoir. »

Philip Meredith hésita, puis haussa les épaules. « Je vais vous confier une chose que j'ai juré à mes parents de ne jamais révéler. Ils pensaient qu'elle ferait un tort irrémédiable à la mémoire de Grace. Mais mon père est mort et ma mère, comme je vous l'ai dit, est atteinte de la maladie d'Alzheimer, inconsciente de tout ce qui se passe autour d'elle. »

Meredith baissa la voix comme s'il craignait d'être entendu :

« Lorsqu'elle est morte, Grace avait une liaison avec un autre homme. Elle était très prudente. Peter était sans doute possible le père de l'enfant et elle voulait le mettre au monde avant de divorcer. L'homme qu'elle fréquentait n'avait aucune fortune et ma sœur s'était habituée au style de vie que

183

lui offraient les Carrington. Lors de cette funeste soirée, je suppose que quelqu'un a ajouté subrepticement de l'alcool dans son verre, dans le but de l'enivrer, sachant qu'après le premier verre elle ne pourrait plus s'arrêter.

– Grace était ivre quand Carrington est arrivé. Qui aurait eu intérêt à la soûler ? »

Philip Meredith regarda Greco. « Vincent Slater, naturellement. Il aurait fait n'importe quoi pour les Carrington, et je dis bien *n'importe quoi*. Il fait partie de ces courtisans qui s'insinuent dans l'entourage des riches et sont aux ordres de leur maître.

– Il aurait mis de l'alcool dans la boisson de votre sœur avec l'intention de l'enivrer et ensuite de la noyer ? C'est faire preuve de beaucoup d'imagination, monsieur Meredith.

– Grace était enceinte de sept mois et demi. Si elle avait accouché prématurément, l'enfant aurait eu de grandes chances de survivre. Elle avait déjà eu quelques fausses contractions. Il n'y avait pas de temps à perdre. Peter n'était pas encore rentré. Je pense que Slater a ajouté de la vodka au soda que buvait Grace, dans le but de l'enivrer et d'attendre ensuite qu'elle soit ivre morte pour la pousser dans la piscine. En arrivant, Peter a arraché le verre des mains de ma sœur et l'a jeté sur le sol, en proie à la même réaction que celle que j'ai eue hier au tribunal. Je suis convaincu qu'il s'en veut encore amèrement de s'être mis en rage contre elle. S'il avait pris le temps de réfléchir, il aurait joué le rôle du mari bienveillant, compréhensif qu'il était en général chaque fois que Grace avait bu.

– D'après vous, Slater aurait ajouté de l'alcool

dans le verre de votre sœur, puis Peter l'aurait noyée dans la piscine quand elle a perdu conscience ?

– L'un ou l'autre l'a poussée dans la piscine, j'en suis convaincu. Nous n'avons que la parole de Slater pour nous prouver qu'il est rentré chez lui ce soir-là. Je ne serais pas surpris non plus qu'il ait aidé Peter à se débarrasser du corps de Susan Althorp. Et qu'il ait fait disparaître la chemise de Peter ensuite. C'est un serviteur zélé. Sans une once de moralité.

– Pourquoi ne pas aller présenter votre théorie au procureur, maintenant que votre mère n'est plus en mesure de vous reprocher d'avoir rompu votre promesse ?

– Parce que je ne veux pas que le nom de ma sœur soit traîné dans la boue, peut-être en vain. Je peux fournir un motif et une théorie, mais il y aura inévitablement une fuite et un journaliste aura vent de l'histoire. »

Nicholas Greco se souvint de son entretien avec Slater à son domicile. Slater était nerveux ce jour-là. Il cache quelque chose, se dit-il. Un secret qu'il a peur de voir révélé. Se pourrait-il qu'il ait joué un rôle dans la mort de Susan Althorp ou de Grace Carrington, voire des deux ?

« J'accepte de m'occuper de cette affaire, monsieur Meredith, dit-il presque malgré lui. En ce qui vous concerne, dans le cas présent, je vous demanderai des honoraires modérés. Nous pourrons ajouter une clause suivant laquelle, si vous recevez des dommages et intérêts substantiels au civil, vous me verserez une somme complémentaire. »

34

J'AVAIS VU l'attitude de Peter changer peu à peu, comme si on l'avait poussé dans ses derniers retranchements. Épuisés, nous avons dormi d'un sommeil de plomb. Nous avions le sentiment d'être en guerre. La première bataille avait été gagnée par l'ennemi et, à présent, nous devions rassembler nos forces pour affronter la suite.

Lorsque nous sommes descendus à huit heures et demie, Jane Barr avait dressé la table du petit-déjeuner dans la petite salle à manger, placé le jus d'orange et le café sur la desserte.

Nous dûmes accepter les œufs brouillés au bacon qu'elle nous proposait, malgré ma ferme décision de renoncer à ce genre de menus.

Les journaux habituels n'étaient pas sur la table. « Nous les regarderons plus tard, suggéra Peter. Nous connaissons déjà leur contenu. »

Jane servit le café puis regagna la cuisine pour préparer les œufs. Peter attendit qu'elle eût quitté la pièce avant de parler : « Kay, je n'ai pas besoin de te dire que le siège sera long. Le jury d'accusation va m'inculper, tu le sais comme moi. Puis une

186

date sera fixée pour le procès qui pourra se dérouler dans un an ou plus. L'usage du mot "normal" n'a plus beaucoup de sens, mais je vais l'utiliser quand même. Je veux que ta vie soit aussi normale que possible jusqu'à ce que le procès soit terminé et que le jury d'assises ait rendu son verdict. »

Il ne me laissa pas le temps de réagir : « J'ai l'autorisation de m'absenter de cette maison pour consulter mes avocats. J'aurai de nombreuses réunions avec eux et elles auront lieu à leur cabinet sur Park Avenue. Vince sera mes yeux et mes oreilles. Il passera beaucoup de temps là-bas lui aussi. »

Peter but une autre gorgée de café. Pendant les quelques secondes où il se tut, je me rendis compte que je m'étais habituée à la présence de Vincent Slater et que ne plus le voir dans les parages me paraîtrait bizarre.

« Gary nous conduira à Manhattan et viendra nous reprendre, continua Peter. J'ai l'intention d'obtenir l'autorisation d'aller à New York au minimum trois fois par semaine. »

Il y avait dans son ton une détermination qui se reflétait sur son visage. Il ajouta : « Kay, je sais que je ne pourrais jamais faire de mal à un être humain. Tu me crois, n'est-ce pas ?

– Je le sais et je le crois. »

Nos doigts s'enlacèrent par-dessus la table. « Je suis tombée amoureuse de toi dès la minute où je t'ai vu, dis-je. Tu étais plongé dans ta lecture et tu semblais si bien installé dans ton grand fauteuil. Quand tu as levé la tête, tes lunettes ont glissé.

– Et je suis tombé amoureux de la belle jeune femme dont les cheveux avaient glissé sur ses

187

épaules. Un vers du *Highwayman*[1] m'est venu à l'esprit : "Et Bess, la fille de l'aubergiste, la fille de l'aubergiste aux yeux noirs, qui attachait des lacs d'amour rouges à ses longs cheveux noirs." Te souviens-tu de l'avoir appris en classe ?

– Bien sûr. La cadence du poème ressemble au martèlement des sabots d'un cheval. Mais ne l'oublie pas : j'étais la fille du paysagiste, pas celle de l'aubergiste, lui rappelai-je. Et je n'ai pas les yeux noirs.

– Presque. »

Pour une raison que j'ignorais, le souvenir de mon père occupait mon esprit ce matin. Je me rappelai la remarque de Maggie, quelques jours plus tôt, disant qu'il aimait travailler dans le parc des Carrington et appréciait en particulier cette liberté de dessiner de somptueux jardins sans se soucier du prix.

Tout en savourant nos œufs brouillés au bacon, redoutable source de cholestérol, j'interrogeai Peter à ce sujet.

« Mon père était à la fois avare et sujet à des élans de générosité, dit-il. C'est ce que je voudrais faire comprendre à nos avocats. Si Maria Valdez devait rentrer aux Philippines parce que sa mère était gravement malade, il était le genre d'homme à lui donner un chèque destiné à couvrir les frais médicaux. Et le même jour il pouvait piquer une crise à cause d'un service de porcelaine commandé par Elaine. »

Je me rappelai la fois où Peter m'avait proposé de prendre un décorateur pour rénover la maison

---

1. Poème d'Alfred Noyes (1880-1958). (*N.d.T.*)

comme je l'entendais. « Tu ne sembles pas avoir hérité de lui, dis-je. En tout cas pas en ce qui concerne les transformations dans la maison.

– J'imagine pourtant que je lui ressemble par certains côtés. Par exemple, il n'avait pas apprécié qu'Elaine engage chef, maître d'hôtel, gardiens et femmes de chambre. Comme lui, je préfère avoir un couple comme les Barr à notre service en permanence. Mais je n'ai jamais compris qu'il s'inquiète de l'argent consacré à la vie courante. Je présume que c'était un héritage du premier Carrington qui avait débarqué ici sans rien sur le dos et fait fortune dans le pétrole – il avait la réputation d'être d'une avarice crasse. Il n'aurait certainement pas payé un sou pour ensemencer le gazon, et encore moins pour planter des hectares de terrain. »

Nous avions terminé notre petit-déjeuner et Peter commença sa journée comme il l'avait prévu. Il appela Conner Banks sur son mobile et le pria de lui obtenir l'autorisation de se rendre dans l'après-midi au cabinet de ses avocats à New York. Puis il passa plusieurs heures au téléphone avec Vincent Slater et les divers responsables de sa société.

J'étais impatiente d'aller en ville avec Peter. Je n'avais plus aucune raison d'assister aux réunions qu'il aurait avec ses avocats. Je préférais utiliser ce temps pour me rendre dans mon studio. J'y avais laissé plusieurs de mes tenues d'hiver et quelques photos de mon père et de ma mère que je voulais rapporter à la maison.

Peter eut l'autorisation de se rendre à New York et nous partîmes en début d'après-midi. « Bien que ton appartement, Kay, soit sur notre chemin, me dit-il, je préfère que Gary me conduise directement à Park Avenue. Si jamais nous étions suivis par la police ou par des journalistes et que quelqu'un prenne en photo la voiture garée devant chez toi, on pourrait prétendre que je ne respecte pas les conditions de la caution. C'est peut-être de la paranoïa de ma part mais je ne peux pas risquer de me retrouver en prison. »

Je comprenais ses raisons. Lorsque la voiture s'arrêta devant le cabinet des avocats, la pluie s'était enfin calmée. La météo avait prévu des éclaircies et ne s'était apparemment pas trompée.

Peter portait un costume sombre classique. Avec son manteau en cachemire bleu nuit de très belle coupe, il avait indéniablement l'allure du grand dirigeant d'entreprise qu'il était. Quand Gary lui ouvrit la portière de la voiture, Peter me donna un baiser rapide en disant : « Viens me prendre à quatre heures et demie. Nous tâcherons de rentrer avant les encombrements de la fin de journée. » En le regardant franchir le trottoir d'un pas rapide, une vision fugitive et incongrue traversa mon esprit : je le revis vingt-quatre heures plus tôt, dans un uniforme orange de prisonnier, menotté, écoutant la lecture de l'acte d'accusation de meurtre dont il était inculpé.

Je n'étais pas revenue dans mon studio depuis le jour de mon mariage avec Peter. Il me paraissait toujours aussi familier et confortable, mais j'avais oublié à quel point il était petit. Peter y était venu quelquefois au début de notre rencontre. Pendant notre voyage de noces, il m'avait conseillé de rési-

190

lier mon bail et de me débarrasser du contenu de l'appartement, à l'exception de quelques objets personnels.

Je savais que je n'y étais pas encore prête. Certes, j'avais une nouvelle vie, mais quelque chose en moi refusait de se couper aussi définitivement de l'ancienne. Je vérifiai mes messages. Rien d'important, sauf celui que m'avait laissé le matin même Glenn Taylor, le garçon avec lequel je sortais avant de connaître Peter. Je l'avais mis au courant dès que Peter et moi avions commencé à nous voir régulièrement. « Dommage, j'étais sur le point de t'acheter une bague de fiançailles », avait-il dit en riant, mais je savais qu'il ne plaisantait qu'à moitié. « Kay, j'espère que tu es sûre de toi. On raconte beaucoup de choses sur Carrington. »

Le message de Glenn était conforme à ce que j'attendais de sa part – préoccupé et m'assurant de son soutien : « Kay, je suis désolé de ce qui arrive à Peter. Fichu début pour un mariage ! Je sais que tu sauras tenir le coup, mais n'hésite pas à m'appeler si jamais tu as besoin d'aide. »

Entendre la voix de Glenn me fit du bien. Me rappelant que nous partagions le même goût pour le théâtre, je me dis que nous pourrions aller voir une pièce ensemble avec Peter. Mais je revins rapidement à la raison ; Peter n'aurait pas de soirée libre, à moins d'être acquitté. Et je serais assignée comme lui à résidence, car il était hors de question que je le laisse seul le soir.

Je pris quelques vêtements dans la penderie et les déposai sur le lit. Presque tous venaient d'un magasin de prêt-à-porter bon marché. Elaine eût certai-

191

nement préféré mourir que de les porter, pensai-je. Peter m'avait fait cadeau d'une carte Platinum de l'American Express. « Ne regarde pas à la dépense », m'avait-il dit avec un sourire.

Je me mis à pleurer. Je n'avais pas envie d'une montagne de vêtements. Si j'avais pu, j'aurais renoncé à la fortune des Carrington pour voir Peter disculpé des morts de Susan Althorp et de Grace. Et j'aurais tout donné pour me retrouver avec lui dans cet appartement, à tirer le diable par la queue pour rembourser les emprunts de mes études, comme le faisait Glenn. Tout pour pouvoir vivre en paix.

Je me tamponnai les yeux et m'approchai des photos posées sur la commode. Il y en avait une de mon père et de ma mère avec moi, quelques jours après ma naissance. Ils souriaient, ils avaient l'air si heureux. Enveloppée dans une couverture, je les regardais, mon petit visage fripé tourné vers eux. Ma mère paraissait très jeune, elle était ravissante, avec ses cheveux répandus sur l'oreiller. Mon père, à trente-deux ans, avait une beauté juvénile, avec une petite étincelle au fond de l'œil.

J'avais douze ans quand j'ai appris les circonstances de la mort de ma mère, à savoir que mon père l'avait découverte inanimée alors qu'elle me donnait le sein. Je me rappelle avoir serré les lèvres, cherchant à retrouver la sensation que j'avais éprouvée quand elle me nourrissait.

J'avais montré cette photo à Peter la première fois qu'il était venu dans mon studio. « J'espère que nous en ferons un jour une comme celle-ci », avait-il dit.

Puis il avait regardé la photo de mon père prise peu avant sa disparition dans l'Hudson. « Je me souviens bien de ton père, avait-il dit. Je n'y connais pas grand-chose en horticulture, mais j'aimais l'entendre raconter pourquoi et comment il choisissait une plante plutôt qu'une autre. Nous avons eu des conversations passionnantes. »

Sans cesser d'essuyer mes larmes, je choisis d'emporter cette photo à la maison.

Ce soir-là, avec l'accord de Peter, je déplaçai celle de sa mère ainsi qu'une autre où il figurait avec son père et sa mère pour les disposer sur la cheminée de notre petit salon, et j'y ajoutai celles de mes parents. « Les futurs grands-parents, dit Peter. Un jour nous raconterons leur histoire à nos enfants.

– Que pourrai-je leur dire à son sujet ? demandai-je en désignant mon père. Devrai-je leur dire que leur grand-père a quitté volontairement la vie et abandonné sa fille ?

– Essaye de lui pardonner, Kay, dit Peter doucement.

– J'ai beau faire, je n'y arrive pas. »

Je contemplai la photo de mon père et, bizarrement, il me sembla soudain qu'il entendait ce que je disais et me lançait un regard de reproche.

Le lendemain matin, comme prévu par la météo, le soleil brillait et la température s'était adoucie. À neuf heures, j'entendis des aboiements à l'extérieur. Les chiens de la police étaient de retour.

35

NICHOLAS GRECO avait rendez-vous avec Barbara Krause à son bureau le mercredi à trois heures et demie de l'après-midi. « Je n'avais pas l'intention de vous rendre visite aussi tôt, lui avait-il dit en arrivant.

– Franchement, je ne m'attendais pas non plus à vous voir, dit-elle, mais vous êtes le bienvenu.

– Je suis venu parce que Philip Meredith m'a engagé pour enquêter sur la mort par noyade de sa sœur, Grace Meredith Carrington. »

Krause avait depuis longtemps appris à garder un visage impassible pendant les auditions, mais elle ne put réprimer un sursaut à cette nouvelle. « Monsieur Greco, si vous découvrez le moindre élément pouvant impliquer Peter Carrington dans ce décès, je vous en serai infiniment reconnaissante, dit-elle.

– Je ne suis pas un magicien, madame Krause. M. Meredith m'a fait part d'une certaine information qu'il ne m'est pas possible de révéler à ce stade de l'enquête. Je peux seulement affirmer qu'elle constituerait un mobile suffisant pour pousser Carrington à supprimer sa femme. Toutefois, je suis

194

certain qu'aucun jury responsable ne le jugerait coupable sur la base de ce seul élément. C'est pourquoi j'aimerais consulter le dossier que vous possédez sur cette affaire et être autorisé à m'entretenir avec les inspecteurs qui ont enquêté sur place.

– C'est facile. Tom Moran a dirigé cette enquête. Il assiste à un procès en ce moment, mais devrait être libre dans une heure environ. Si vous le désirez, vous pouvez vous installer dans son bureau et y consulter le dossier.

– Je vous remercie. »

Tout en appelant un de ses assistants à l'interphone pour le prier de sortir les documents en question, Barbara Krause dit : « Monsieur Greco, nous avons passé ce dossier au peigne fin. Sans y trouver un seul indice pouvant servir de preuve devant un tribunal. À vous entendre, il est clair que Philip Meredith a gardé pour lui des informations susceptibles d'étayer notre point de vue. Que vous trouviez ou non quelque chose de conséquent, je vous conseille de l'inciter à se montrer coopératif avec nous. Rappelez-lui qu'un aveu de la part de Carrington permettrait à la famille Meredith de réclamer au civil des dommages et intérêts considérables.

– Je suis certain que Philip Meredith en est parfaitement conscient. Je pense aussi que, même si je ne trouve rien d'autre dans le dossier, je parviendrai finalement à le convaincre de vous communiquer ce qu'il m'a dit.

– Je m'en réjouis par avance. »

Nicholas Greco passa l'heure qui suivit dans le petit bureau de Tom Moran, à prendre des notes dans le carnet qui ne le quittait jamais. Parcourant le rapport de Tom Moran, il s'intéressa tout particulièrement à une entrée qui faisait référence à la découverte d'une feuille de papier pliée en quatre dans la poche du tailleur du soir de Grace Carrington, une page du magazine *People* daté du 25 août 2002 qui contenait une interview de la célèbre star de Broadway, Marian Howley. « Howley venait de commencer son one-woman-show, rapportait le compte rendu de Moran. Bien que la page soit trempée, on peut y lire trois mots griffonnés de la main de Grace Carrington : *"Réserver des billets."* Le document se trouve dans le dossier des pièces à conviction. »

Grace Carrington avait donc l'intention d'assister à un spectacle de Broadway, réfléchit Greco en inscrivant la date du magazine. Ce n'est pas l'état d'esprit d'une femme qui envisage de se suicider. »

Un autre couple avait assisté au dîner le soir où Grace s'était noyée, Jeffrey et Nancy Hammond, qui habitaient Englewood quatre ans auparavant. Greco espéra qu'ils étaient toujours dans la région. Dans ce cas, il essaierait de les contacter dans les prochains jours.

C'était Gary Barr qui avait servi à table ce même soir, nota-t-il.

Curieux, ce M. Barr, pensa Greco. Il avait travaillé par intermittence chez les Althorp, faisant parfois office de chauffeur pour Susan et ses amis. C'était lui également qui avait assuré le service chez les Carrington le soir de la disparition de Susan et le lendemain matin lors du brunch. En outre, il habitait un pavillon à l'entrée de la propriété.

L'omniprésent M. Barr. Il mérite peut-être une autre visite de ma part, se dit Greco.

Il était cinq heures et Moran n'était toujours pas de retour à son bureau. Il aura eu envie de rentrer chez lui après l'audience, décida Greco. Je lui téléphonerai demain et fixerai un rendez-vous à une heure plus commode.

Il regagna le bureau de Barbara Krause afin de lui rendre le dossier de Grace Carrington. Moran était avec elle. Mme le procureur regarda Greco comme si elle avait oublié son existence. Puis elle dit : « Monsieur Greco, je crains qu'il nous faille reporter notre entretien. Tom et moi sommes sur le point de partir chez les Carrington. Les chiens y auraient découvert d'autres ossements humains. »

36

J'ORGANISAIS parfois des lectures pour les enfants lorsque je travaillais à la bibliothèque. Et je commençais souvent en leur récitant un de mes poèmes favoris, *L'Heure des enfants,* de Henry Wadsworth Longfellow : « Entre l'obscurité et le jour, quand s'éloignent les ombres de la nuit... »

Le jour baissait lorsque j'entendis les chiens aboyer au-dehors, du côté ouest du parc. Peter était allé rejoindre ses avocats à Manhattan, mais j'avais préféré rester à la maison. J'étais épuisée et j'avais passé une bonne partie de la journée au lit, à somnoler.

Il était quatre heures de l'après-midi lorsque j'avais fini par me lever et m'habiller. J'étais descendue dans la bibliothèque de Peter et m'étais installée dans son confortable fauteuil en attendant son retour.

En entendant les aboiements, je courus à la cuisine. Jane venait d'arriver pour préparer le dîner. « Il y a d'autres voitures de police à la grille du parc, madame Carrington, me dit-elle d'une voix tendue. Gary est allé voir de quoi il retourne. »

Les chiens ont probablement découvert quelque chose, pensai-je. Sans prendre la peine d'enfiler un manteau, je me précipitai dehors dans le froid et partis dans la direction des aboiements. Les policiers étaient déjà en train d'interdire l'accès de l'étang, qui était une réserve de poissons en été. Des voitures de police fonçaient à travers la pelouse gelée, gyrophares en action.

« Un des chiens a déterré des ossements, me chuchota Gary Barr à mon arrivée.

– Des ossements ! S'agit-il d'ossements humains ? » demandai-je.

Vêtue d'un pull léger, je grelottais et claquais des dents.

« C'est à peu près certain. »

J'entendis le bruit des sirènes. D'autres voitures arrivaient en renfort. Qui pouvait être enseveli à cet endroit ? Des tribus indiennes avaient vécu ici jadis. On retrouvait des vestiges de leurs tombes de temps en temps. Les policiers avaient-ils découvert les os d'un de ces premiers autochtones ?

L'un des maîtres-chiens disait : « Il était enveloppé dans un sac en plastique similaire à celui de la fille. »

Je sentis mes jambes se dérober sous moi et quelqu'un s'écria : « Soutenez-la ! » Je ne m'évanouis pas. Un inspecteur et Gary me prirent chacun par un bras et m'aidèrent à rentrer à la maison. Je leur demandai de me conduire dans la bibliothèque. Là, je me laissai tomber dans le fauteuil, frissonnante, et Jane alla chercher une couverture dont elle m'enveloppa. Je priai Gary d'aller se renseigner et de me rapporter ce qui se passait. Il revint enfin et m'annonça qu'ils avaient déterré un squelette humain et trouvé une chaîne avec un médaillon autour de son cou.

Un médaillon ! J'avais déjà pressenti que les restes pouvaient être ceux de mon père. En entendant mentionner le médaillon, je sus que c'était celui dont mon père ne se séparait jamais, qui renfermait le portrait de ma mère. Le corps que les chiens venaient de déterrer était la chair de ma chair, les os de mes os.

37

« JE N'AI PAS BESOIN de preuve supplémentaire, c'est Peter Carrington qui a assassiné ma sœur », annonça Philip Meredith à Nicholas Greco le matin qui suivit la découverte des ossements de Jonathan Lansing dans le parc des Carrington. « Ma femme et moi sommes décidés. Je vais me rendre chez le procureur et tout lui dire. Ce type est un tueur en série. »

L'appel de Meredith n'avait pas surpris Greco. « C'est sage de votre part, dit-il. Et il ne sera peut-être pas nécessaire de rendre publique l'information concernant la relation de votre sœur avec un autre homme. Si nous parvenons à convaincre Carrington d'avouer son crime, les gens croiront qu'il voulait empêcher la naissance d'un enfant anormal.

— Mais ses avocats l'apprendront, n'est-ce pas ?

— Naturellement. Mais sachez-le, lorsqu'ils tenteront de négocier la meilleure réduction de peine pour leur client, ils n'auront pas envie que le public apprenne qu'un homme possédant la fortune des Carrington ait pu tuer pour de l'argent.

« – Et une fois qu'il aura avoué le meurtre de Grace, je pourrai déposer une plainte au civil ?

– Certainement.

– Je sais que je donne l'impression d'être intéressé, mais je dépense une fortune par mois pour la maison de santé de ma mère et je ne veux pas être obligé de la mettre ailleurs.

– Je comprends.

– Je vous remercie de m'avoir aidé, monsieur Greco. Je pense que c'est le procureur qui se chargera de la suite à présent. »

C'est sans doute le job le plus court de ma carrière, pensa Nicholas Greco en acquiesçant aimablement. Après avoir raccroché, il se carra dans son fauteuil. Via l'Internet il avait obtenu une copie de la page de *People* que l'on avait trouvée sur Grace Carrington.

Grace portait un tailleur du soir en satin pour femme enceinte quand on l'avait découverte dans la piscine. Pour quelle raison avait-elle glissé cette feuille dans la poche de sa veste au lieu de laisser le magazine ouvert sur la table ?

Lorsque Greco se représentait une scène, il se demandait parfois ce qu'aurait fait Frances dans pareille situation. Dans le cas présent, il connaissait la réponse. Une femme consciente de son apparence n'aurait pas pris le risque de bourrer inutilement la poche d'un ensemble du soir. Si elle avait voulu relire un article ayant attiré son attention, Frances aurait utilisé une marque-page ou retourné le magazine sur la table, ouvert à ladite page.

Rien dans le dossier du procureur ne mentionnait que cette page de magazine faisait partie des pièces à conviction rassemblées par la police. Il faut que je vérifie à quelle date ce numéro a été mis en vente dans les kiosques ou posté à domicile, pensa Greco. Et j'aimerais aussi m'entretenir avec les autres invités qui assistaient au dîner, comme ce couple d'Englewood, Nancy et Jeffrey Hammond.

Je vais suivre cette piste, même si je déroge à ma règle cardinale, ne jamais travailler gratis, pensa Greco avec un sourire. Comme le disait ma mère : « Toute peine mérite salaire. »

38

CINQ JOURS après la découverte des ossements de mon père, on me remit le médaillon trouvé à son cou. Les enquêteurs l'avaient photographié et analysé en tant que pièce à conviction, puis avaient accepté de me le rendre. Le laboratoire en avait ôté vingt-deux ans de saleté, jusqu'à ce que l'éclat de l'argent brille à nouveau. Le médaillon était fermé, mais l'humidité s'y était introduite et l'on distinguait à peine les traits de ma mère sur la photo assombrie. Je porterais le médaillon à l'enterrement de mon père.

Bien sûr, on accusa Peter de la mort de papa. Vincent Slater avait fait l'aller-retour de Manhattan avec Peter le jour où on avait déterré le squelette et ils étaient arrivés quelques minutes après la découverte macabre. Slater prévint aussitôt Conner Banks qui contacta le procureur Krause. Cette dernière lui annonça qu'elle avait déjà averti le juge Smith, et qu'il avait convoqué une audience extraordinaire le soir même à huit heures. Elle ajouta qu'elle n'avait pas encore délivré de mandat d'arrêt contre Peter pour ce nouveau meurtre, mais qu'elle ne tarderait pas. Elle avait l'intention, dès le soir, de demander au juge d'augmenter le montant de la caution et de modifier les clauses de la libération conditionnelle afin qu'il ne soit plus autorisé à quitter son domicile sauf en cas d'urgence médicale.

Banks dit à Vincent qu'il le retrouverait avec Peter au tribunal. Je voulus les accompagner, mais Peter s'y opposa énergiquement.

J'essayai de lui faire comprendre qu'après le choc de cette découverte, c'était le remords qui m'avait envahie, le regret d'en avoir voulu à mon père pendant tant d'années. Toute la colère que j'avais ressentie à la pensée d'avoir été abandonnée s'était transformée en pitié, accompagnée d'une volonté rageuse de découvrir qui l'avait tué. Blottie contre Peter dans la bibliothèque, la porte fermée, je lui répétai que je savais qu'il était innocent, que j'en étais convaincue du fond de mon âme, de toutes les fibres de mon être.

Maggie téléphona dès qu'elle apprit la nouvelle à la télévision. En l'entendant, Peter me conseilla de l'inviter à la maison. Elle arriva après que Vincent et lui furent partis pour le tribunal. Puis je renvoyai Jane Barr chez elle car la découverte du corps de papa l'avait visiblement bouleversée.

« Votre père était un homme si gentil, madame Carrington, me dit-elle en pleurant. Songer qu'il est resté enfoui là pendant toutes ces années. »

Je lui fus reconnaissante d'avoir sincèrement aimé papa, mais je ne voulais pas en entendre davantage. Je demandai à Gary de partir avec elle.

Maggie et moi restâmes dans la cuisine. Elle prépara du thé et des toasts ; nous ne désirions rien d'autre. Tout en buvant notre thé en silence nous étions conscientes que les hommes continuaient à creuser un peu partout dans la propriété, nous entendions les chiens aboyer dans le parc.

Ce soir-là, le visage de Maggie accusait ses quatre-vingt-trois ans. Je savais qu'elle était inquiète pour moi et je n'en étais pas surprise. Elle pensait que c'était de la folie de ma part de croire à l'innocence de Peter, et elle ne voulait pas que je reste seule à la maison avec lui. Je savais qu'aucun argument de ma part ne pourrait la rassurer.

Vincent téléphona à neuf heures. Il m'annonça que la caution avait été augmentée de dix millions de dollars et qu'un coursier était en route avec un chèque certifié de ce montant.

« Tu ferais mieux de t'en aller, Maggie, dis-je. Je n'aime pas que tu conduises la nuit et je sais que tu n'as pas envie de te retrouver nez à nez avec Peter.

— Kay, je ne veux pas te laisser seule avec lui. Mon Dieu, pourquoi es-tu à ce point aveugle et stupide ?

— Parce qu'il y a une autre explication à tous ces événements et que je veux la découvrir. Dès que nous saurons à quelle date nous sera remis le corps de papa, nous organiserons une messe de funérailles dans l'intimité, Maggie. Tu as sûrement l'acte de concession de la tombe.

— Oui, il est au coffre. J'irai l'y chercher. N'amène pas ton mari à l'enterrement, Kay. Ce serait une insulte à la mémoire de ton père si Peter Carrington était présent, feignant de le regretter. »

Il avait fallu du courage à Maggie pour prononcer ces mots, sachant que je pouvais décider de ne plus jamais lui adresser la parole. « Peter ne sera pas autorisé à y assister, dis-je. Mais s'il l'était, il se tiendrait à mes côtés. » Comme nous nous dirigions vers la porte d'entrée, j'ajoutai : « Écoute-moi, Maggie. Tu croyais que papa avait été renvoyé parce qu'il buvait. Ce n'était pas vrai. Tu pensais que papa s'était suicidé parce qu'il était déprimé. Ce n'était pas vrai. Je sais qu'après sa disparition, tu as été chargée de vider la maison et de la vendre.

– J'ai fait transporter chez moi le mobilier du salon, de la salle à manger et de la chambre, dit Maggie. Tu es parfaitement au courant, Kay.

– Et tu as mis la plupart de tes propres meubles au grenier. Mais qu'as-tu fait du reste ? Qu'est devenu le contenu du bureau de mon père ?

– Il n'y avait qu'un classeur métallique. Ton père n'était pas du genre à garder les choses. Je l'ai fait monter dans le grenier par le déménageur. Il était trop haut, ils ont dû le coucher sur le côté. Mon vieux divan est posé à l'envers, par-dessus. »

Pas étonnant que je ne l'aie jamais remarqué, pensai-je. « Je voudrais voir ce qu'il contient », dis-je. Nous prîmes son manteau dans la penderie de l'entrée. Je l'aidai à l'enfiler, à le boutonner et l'embrassai. « Fais attention sur la route en rentrant, lui recommandai-je. La chaussée est encore verglacée. Prends soin de verrouiller les portières. Et sache-le, un jour, Peter et toi serez les meilleurs amis du monde.

– Oh, Kay », soupira-t-elle en ouvrant la porte et en sortant de la maison. « Il n'y a pire aveugle que celui qui ne veut pas voir. »

39

DEPUIS QUELQUES JOURS, Pat Jennings ne savait plus quoi penser de son patron, Richard Walker. Le lundi, il était arrivé avec cette expression de soulagement qui signifiait en général que sa mère avait réglé ses dettes de jeu. Le même jour, son frère par alliance, Peter Carrington, avait été inculpé de meurtre. Mais le lendemain, mardi, Richard avait parlé de lui avec le plus grand naturel. « Nous avons dîné chez Peter après son retour à la maison », avait-il dit à Pat.

Pat lui demanda ce qu'il pensait de l'ancienne femme de chambre, Maria Valdez.

« Bien sûr, Peter est atterré par cette histoire, expliqua Walker. C'est proprement honteux que cette femme soit revenue sur sa déposition et qu'elle salisse maintenant le souvenir de mon beau-père. J'espère qu'on m'appellera à témoigner. Je pourrai leur donner des exemples de première main des élans de générosité de cet homme. Je me souviens d'un soir où nous dînions au Twenty One avec ma mère. Quelqu'un est venu à notre table pour vanter je ne sais quelle cause charitable et Carrington senior a sur-le-champ sorti son chéquier et fait un chèque de dix mille dollars. Ensuite, il a donné un pourboire minable au serveur. »

Walker parla ensuite à Pat de Kay, la femme de Peter. « Une fille formidable, dit-il avec enthousiasme. Exactement ce qu'il fallait à Peter. D'après ce que j'ai pu constater, il n'a jamais été très heureux malgré toute sa fortune. »

Le mercredi matin, Walker était arrivé à la galerie suivi d'une jolie jeune femme, Gina Black. Comme chaque fois, Gina lui avait été présentée comme une artiste au talent exceptionnel dont il saurait guider la carrière vers le succès

Tu parles, pensa Pat, qui n'était pas dupe.

Elle avait appris la découverte des ossements dans le parc des Carrington en regardant les informations du soir à la télévision avec son mari. Le lendemain matin, Walker lui avait révélé qu'il s'agissait des restes du père de Kay Carrington.

« On n'a donné aucun détail jusqu'à présent, lui confia-t-il, mais il portait une chaîne et un médaillon renfermant un portrait de la mère de Kay. Elaine est horrifiée. Elle était dans son appartement de New York et regardait la télévision. Elle a dit qu'en voyant les enquêteurs fouiller le parc avec leurs chiens l'autre jour, elle leur avait demandé s'ils prenaient le parc pour un cimetière.

– *Deux* corps trouvés sur la propriété, dit Pat. Il faudrait me payer pour que j'habite là-bas.

– Moi aussi, marmonna Walker en passant devant elle pour aller dans son bureau. Je vais être occupé au téléphone pendant un moment, Pat. Ne me passez pas d'appels. »

Pat Jennings le regarda refermer la porte d'un geste décidé. Il va téléphoner à son bookmaker, se dit-elle, et replonger dans les dettes de jeu jusqu'au cou. Je me demande quand sa mère va finir par jeter l'éponge et lui dire de se débrouiller tout seul comme un grand.

Elle sortit son exemplaire du *New York Post* qu'elle avait dissimulé dans le tiroir du bas de son bureau. En prenant le bus jusqu'à la 57e Rue, elle avait parcouru la page 6. Maintenant, elle voulait lire l'article ligne par ligne. Cette pauvre Kay Carrington. Quelle angoisse d'être mariée à un homme qui est visiblement un tueur en série ! Elle doit crever de peur de se réveiller morte un matin, songea-t-elle.

Il n'y eut qu'un seul coup de téléphone pendant l'heure qui suivit, d'une dénommée Alexandra Lloyd. Elle avait appelé la semaine précédente et Walker ne l'avait pas contactée. Avait-il eu son message ?

« Il l'a eu, répondit Pat sans hésiter. Mais je vais le lui rappeler.

– Voulez-vous noter à nouveau mon numéro et lui dire que c'est très important ?

– Bien sûr. »

Trente minutes plus tard, quand Walker ouvrit la porte de son bureau, Pat remarqua qu'il était rouge d'excitation. Je parie qu'il n'y a pas un seul cheval aujourd'hui sur lequel il n'a pas parié, se dit-elle. « Richard, j'ai laissé une note sur votre bureau la semaine dernière disant qu'Alexandra Lloyd avait téléphoné. Elle vient de rappeler, elle insiste pour que vous la contactiez. »

Elle lui tendit la feuille avec le numéro de téléphone de la femme. Richard s'en empara, le
déchira et regagna son bureau. Cette fois, il claqua
la porte.

40

« L E COUP qui a tué Jonathan Lansing a été d'une violence telle que l'arrière du crâne a été enfoncé », dit Barbara Krause en lisant le rapport d'autopsie. « Je me demande ce que pense Kay Carrington lorsqu'elle regarde son mari à présent. »

Tom Moran haussa les épaules. « Si elle n'a pas la chair de poule quand elle se trouve seule la nuit avec ce type, c'est à croire qu'elle est complètement cinglée.

– Cette fois, il est certain que Carrington avait un complice, dit le procureur. Il n'a pas laissé la voiture de Lansing dans cet endroit perdu pour revenir ensuite en stop. Quelqu'un a dû le ramener.

– J'ai consulté nos archives concernant l'époque où Lansing a disparu et où nous avions conclu à un suicide. La compagnie d'assurances avait flairé une arnaque. Ils avaient dépêché leurs inspecteurs dans toute la zone où sa voiture a été retrouvée. Un type comme Peter Carrington ne passe pas inaperçu. Il ne ressemble pas au premier venu. Même vêtu de fripes de l'Armée du Salut, on le remarquerait. Personne répondant à sa description n'a été vu dans un bus, ni n'a loué de voiture dans les environs. Si c'est lui qui a conduit la voiture de Lansing à l'aller, quelqu'un se trouvait sur place pour le récupérer.

– On a prétendu que Lansing avait été viré parce qu'il buvait, dit Barbara Krause, mais supposons qu'il y ait eu une autre raison. Supposons qu'il ait été une menace pour je ne sais qui. Il a été renvoyé deux semaines après la disparition de Susan Althorp. Il s'est en théorie suicidé deux semaines plus tard. À ce moment-là, la police, aidée par des chiens, avait consciencieusement fouillé le parc, y compris la bande de terrain à l'extérieur de la clôture. »

Le procureur avait sur son bureau une copie du projet d'aménagement du parc par Lansing. « La question est la suivante : a-t-il conçu et présenté ce plan après que le corps de Susan a été enterré à cet endroit ? Dans ce cas, il signait son arrêt de mort. » Elle consulta sa montre. « Vous feriez mieux d'y aller. L'enterrement de Lansing est à onze heures. Regardez bien qui assiste à la cérémonie. »

41

J'AVAIS VOULU que les funérailles de mon père soient célébrées dans l'église la plus proche du cimetière de Mary Rest où se trouve la tombe de ma mère, à Mahwah, un village à vingt minutes au nord-ouest d'Englewood. J'avais espéré garder secrets le lieu et l'heure de la messe et de l'enterrement, mais les photographes étaient déjà sur place quand nous sommes arrivés.

Le chauffeur des pompes funèbres nous avait conduites, Maggie et moi. En remontant l'allée, je reconnus des visages familiers : Vincent Slater, Elaine, Richard Walker, les Barr. Je savais qu'ils avaient l'intention de venir, mais je n'avais pas voulu me joindre à leur groupe. Je ne faisais pas partie de leur monde quand mon père était mort. Et aujourd'hui, je voulais rester à l'écart. Pour cet ultime rendez-vous, je voulais garder mon père pour moi seule.

Dans mon chagrin je me sentais même isolée de Maggie. Je savais qu'elle avait aimé mon père et s'était réjouie le jour où il avait épousé ma mère. Je crois qu'elle avait encouragé papa à sortir avec

214

d'autres femmes après la mort de maman mais, la connaissant, je suis persuadée qu'elle n'avait pas été mécontente de voir qu'il n'en faisait rien.

Par ailleurs, Maggie avait toujours reproché à mon père son penchant pour la boisson, même si elle l'avait sans doute exagéré pour expliquer sa disparition.

L'assistance était peu nombreuse, composée surtout d'amis de Maggie, preuve qu'elle n'avait pas tenu sa promesse de taire l'endroit où aurait lieu l'enterrement. Pourtant mon cœur se serra en voyant ses yeux s'emplir de larmes. Elle m'avait confié qu'elle n'assistait jamais à un enterrement sans revivre le chagrin qu'elle avait ressenti à la mort de ma mère.

Je m'assis sur un banc au premier rang, à proximité du cercueil, effleurant de mes doigts le médaillon qui était resté attaché au corps de mon père pendant si longtemps. La même pensée me revenait sans cesse, j'aurais dû savoir qu'il ne se serait jamais suicidé. Qu'il ne m'aurait jamais abandonnée.

Maggie se mit à pleurer quand fut entonné l'*Ave Maria,* comme à la messe pour ma mère.

« *Ave, ave, ave Maria.* » Combien de fois au cours des années avais-je entendu ce cantique ? Comme les dernières notes se fondaient dans le silence, je repensai sans raison à ce lointain incident dans la chapelle de la résidence des Carrington. « J'ai déjà entendu cette chanson. » Cette scène que j'avais surprise pouvait-elle avoir plus de signification que je ne l'avais imaginé ?

L'idée me traversa l'esprit, puis s'effaça. La messe

se termina. Je suivis le cercueil de mon père le long de l'allée.

À la sortie, les journalistes se pressèrent autour de moi : « Madame Carrington, demanda l'un d'eux, n'êtes-vous pas triste que votre mari n'ait pu vous accompagner dans un moment aussi douloureux ? »

Je regardai droit dans l'objectif. Je savais que Peter serait devant la télévision, au cas où les médias couvriraient l'enterrement. « Comme vous ne pouvez l'ignorer, mon mari n'a pas l'autorisation de quitter notre propriété. Il est innocent de la mort de Susan Althorp, innocent de la mort de sa première femme, innocent de la mort de mon père. Je somme Barbara Krause, le procureur du comté de Bergen, de se rappeler le principe légal et moral selon lequel, dans ce pays, une personne est présumée innocente jusqu'à ce qu'elle soit déclarée coupable. Madame Krause, présumez que mon mari est innocent de tout crime, puis considérez les faits d'un œil neuf. C'est, je peux vous l'assurer, ce que j'ai l'intention de faire moi-même. »

Ce soir-là, lorsque nous fûmes couchés, Peter pleura dans mes bras. « Je ne te mérite pas, Kay, murmura-t-il. Je ne te mérite pas. »

Trois heures plus tard, je me réveillai. Peter n'était plus à côté de moi. Saisie d'un pressentiment, je traversai à la hâte le petit salon et pénétrai dans l'autre chambre. Il ne s'y trouvait pas non plus. Alors, provenant de l'allée devant la maison, j'entendis un crissement de pneus. Je me précipitai à la fenêtre, juste à temps pour voir la Ferrari de Peter rouler à toute allure vers la grille d'entrée.

Quinze minutes plus tard, alertées grâce à son bracelet électronique, les voitures de police convergèrent vers lui au moment où il tombait à genoux sur la pelouse gelée de la maison des Althorp. Quand un policier tenta de l'arrêter, il se redressa d'un bond et lui envoya son poing dans la figure.

« Il était en pleine crise de somnambulisme, expliquai-je à Conner Banks plus tard dans la matinée, quand on eut inculpé Peter. Sinon il n'aurait jamais quitté la propriété. »

Une fois encore, Peter fut amené devant la cour vêtu de l'uniforme orange des prisonniers. En plus des menottes, il avait des fers aux chevilles. J'écoutai, hébétée, la lecture des nouvelles charges portées contre lui : « Non-respect des clauses de la mise en liberté sous caution... voies de fait sur un agent de police... tentative de fuite... »

Le juge ne mit pas longtemps à prendre sa décision. La caution de vingt millions de dollars fut confisquée. Peter resterait en prison.

« Il est somnambule, criai-je à Banks et Markinson. Il est somnambule, vous ne comprenez pas !

– Ne parlez pas si fort, Kay, me reprit vivement Banks. Le somnambulisme n'est pas une défense recevable dans ce pays. Si vous voulez savoir, il y a deux condamnés qui purgent actuellement des peines de prison à vie pour avoir assassiné quelqu'un pendant une crise de somnambulisme. »

42

EN REGARDANT la vidéo consternante prise par la police qui montrait Peter Carrington à genoux sur la pelouse des Althorp, puis en train d'attaquer le policier qui s'était approché de lui, Nicholas Greco s'interrogea sur l'utilité de maintenir son rendez-vous avec les Hammond, le couple qui faisait partie des invités le soir où Grace Carrington s'était noyée. Mais il ne put annuler. Expliquant qu'ils revenaient de Californie où ils avaient rendu visite à des parents, Nancy Hammond appela dès qu'elle eut pris connaissance du message de Greco sur son répondeur et l'invita à passer les voir.

Le couple habitait une rue plaisante d'Englewood, bordée de maisons anciennes avec de vastes galeries et des volets blancs, la plupart datant de la fin du dix-neuvième siècle. Greco grimpa les cinq marches du perron et sonna à la porte.

Nancy Hammond vint ouvrir elle-même, se présenta et le pria d'entrer. C'était une petite femme d'une quarantaine d'années, avec un visage couronné de cheveux argentés qui adoucissaient ses traits aigus.

« Jeff vient de rentrer, dit-elle. Il va nous rejoindre d'une minute à l'autre. Tiens, le voilà. »

Jeffrey Hammond descendait du premier étage. « C'est donc ainsi que ma femme me présente ? interrogea-t-il en haussant les sourcils. "Tiens, le voilà !" Quelle désinvolture ! »

L'impression immédiate de Greco fut celle d'un homme de haute taille, proche de la cinquantaine, qui lui rappela l'astronaute John Glenn. Comme Glenn, il avait des rides rieuses au coin des yeux. Et un début de calvitie qu'il ne cherchait pas à dissimuler. Greco s'irritait toujours de voir des hommes refuser d'admettre l'inévitable programmation de leur ADN. Il pouvait repérer une moumoute à un kilomètre. Pire encore à ses yeux, il y avait ceux qui rabattaient de longues mèches par-dessus leur crâne luisant.

Greco avait étudié les antécédents du couple avant de le rencontrer. Leur profil correspondait à peu près à ce à quoi il s'attendait s'agissant d'amis de Grace Carrington. Tous les deux étaient issus de bonnes familles : le père du côté de madame avait été sénateur d'État ; l'arrière-grand-père du côté de monsieur, un membre du cabinet présidentiel. Tous deux avaient fait de solides études, et leur fils de seize ans était actuellement pensionnaire dans un des meilleurs collèges du pays. Jeffrey Hammond était trésorier d'une fondation. Nancy travaillait à mi-temps pour un représentant de l'État au Congrès.

Il leur avait expliqué dans son message et au téléphone pourquoi il désirait les rencontrer. En les suivant dans la salle de séjour, il nota les détails du décor. Visiblement il y avait un musicien dans la maison. Un piano de concert sur lequel s'empilaient plusieurs partitions trônait dans la pièce. Il était couvert de photos de famille. Sur la table basse étaient soigneusement rangés des magazines : *National Geographic, Time, Newsweek.* Tous donnaient l'impression d'avoir été lus. Le canapé et les fauteuils étaient de bonne qualité, mais avaient besoin d'être recouverts.

L'atmosphère générale était celle d'une maison agréable habitée par des gens cultivés. Dès qu'ils eurent pris place, Greco entra dans le vif du sujet : « Il y a quatre ans, vous avez fait une déclaration à la police concernant le comportement de Grace Carrington le soir de sa mort. »

Jeffrey Hammond lança un regard furtif à sa femme. « Nancy, il m'a semblé que Grace était parfaitement sobre lorsque nous sommes arrivés. Tu n'étais pas de mon avis.

— Elle était nerveuse, agitée, dit Nancy Hammond. Grace était enceinte de sept mois et demi et avait eu de fausses contractions. Elle s'efforçait de ne plus boire. Elle était tiraillée par des envies contradictoires. La plupart de ses amis habitaient New York et sortaient énormément. Et Grace était très mondaine. Mais son médecin lui avait prescrit de prendre du repos et je présume qu'elle se sentait plus en sécurité dans la résidence familiale qu'à New York. Mais elle s'ennuyait.

— Vous semblez bien la connaître, fit remarquer Greco.

— Elle a été mariée à Peter pendant huit ans. Nous faisions partie du même club de gymnastique à Englewood. Nous nous y retrouvions quand elle séjournait ici. Nous nous étions liées d'amitié.

— Se confiait-elle à vous ?

— Se confier est beaucoup dire. Elle s'est laissée aller une seule fois. Elle a dit que Peter était le roi des bonnets de nuit.

— Vous pensez donc qu'elle était déprimée ?

— Grace s'inquiétait de son alcoolisme. Elle n'ignorait pas que c'était un problème grave dans son état. Elle désirait désespérément avoir cet enfant et n'oubliait pas qu'elle avait fait trois fausses couches. À mon avis, elle avait déjà bu un verre à notre arrivée, puis, d'une façon ou d'une autre, elle a continué. »

Elle avait plusieurs raisons de vouloir que cet enfant naisse, pensa Greco. Et le fait qu'il était la garantie d'un revenu annuel de vingt millions de dollars n'était sans doute pas la moindre. Il se tourna vers Jeffrey Hammond. « Et *vous*, qu'en pensez-vous, monsieur Hammond ? »

Jeffrey Hammond avait l'air songeur. « Je me remémore souvent cette soirée, dit-il. J'admets que Grace paraissait nerveuse quand nous sommes arrivés. Au fur et à mesure de la soirée, ses propos sont devenus de plus en plus confus et son équilibre incertain.

— Quelqu'un a-t-il tenté de l'empêcher de boire ?

— Lorsque je me suis rendu compte de son état, il était trop tard. Elle s'est approchée du bar et, devant tout le monde, elle a versé de la vodka pure dans son verre. Avant le dîner, elle avait prétendu ne boire que du soda avec un zeste de citron.

— C'était un leurre, dit Nancy Hammond d'un

ton sec. Comme la plupart des alcooliques, elle avait sans doute caché une bouteille quelque part. Peut-être dans les toilettes.

– S'attendait-elle à voir son mari revenir à temps pour le dîner ?

– Il s'agissait d'un dîner impromptu, dit Jeffrey Hammond. Grace avait appelé Nancy la veille pour savoir si nous étions libres. Au début de la soirée, elle nous a dit que l'anniversaire de Richard Walker était proche et que nous n'avions qu'à prétendre que le dîner était donné à son intention. Il n'y avait pas de place réservée pour Peter à table.

– Grace a-t-elle mentionné un article qu'elle avait lu dans le magazine *People* concernant l'actrice Marian Howley ? demanda Greco.

– Oui, répondit vivement Nancy Hammond. En fait, elle était en train de le lire lorsque nous sommes arrivés et elle l'avait laissé ouvert à cette page. Elle nous a dit que Marian Howley était une actrice merveilleuse et qu'elle désirait prendre des billets pour sa nouvelle pièce. Elle a ajouté qu'elle l'avait rencontrée dans des manifestations charitables et qu'elle était d'une élégance parfaite. Après le dîner, au moment du café, elle a encore chanté les louanges de Howley, ressassant, comme le font les alcooliques, à quel point, elle était chic. Ensuite Grace a déchiré la page en question et l'a fourrée dans la poche de sa veste avant de laisser tomber le magazine par terre.

– Je ne l'ai pas vue faire, dit Jeffrey.

– Personne ne la regardait à ce moment-là. C'était quelques secondes avant l'arrivée de Peter, et ensuite tout a basculé. Nous sommes partis quelques minutes plus tard. »

Greco se sentit déçu. Il avait espéré récolter plus de détails, vérifier si la page froissée dans la poche de Grace avait une signification particulière. Il s'apprêta à s'en aller. « Je ne veux pas vous déranger davantage, dit-il. Vous avez été très aimables.

– Monsieur Greco, dit Nancy Hammond, pendant quatre ans je n'ai pas pensé une minute que la mort de Grace puisse être autre chose qu'un accident. Mais depuis que j'ai vu cette vidéo de Peter Carrington en train de frapper le policier devant la maison des Althorp, j'ai changé d'avis. Cet homme a l'esprit dérangé, et je peux l'imaginer soulevant Grace effondrée ivre morte sur le canapé, la portant jusqu'à la piscine et la lâchant dans l'eau. J'aimerais pouvoir vous aider à prouver sa culpabilité.

– Moi aussi, assura Jeffrey Hammond. Il est regrettable que le New Jersey soit sur le point de supprimer la peine de mort. »

Greco était sur le point d'en convenir quand quelque chose éveilla son attention. Une lueur de pure angoisse venait de traverser le regard de Jeffrey Hammond. Avec un instinct rarement pris en défaut, Greco sut qu'il venait de découvrir l'identité de l'homme qui avait été l'amant de Grace Carrington.

43

APRÈS L'INCULPATION, le procureur m'autorisa à me rendre à la cellule du tribunal où était détenu Peter avant qu'on ne le ramène à la prison.

Les mains et les pieds entravés, il se tenait debout au milieu de la minuscule pièce. Il avait la tête penchée, les yeux fermés et sa vue me brisa le cœur. Tout son corps paraissait si maigre qu'il semblait avoir perdu dix kilos pendant la nuit. Ses cheveux étaient en désordre et son teint livide sous une barbe de deux jours.

La cellule comportait un W.-C. malpropre dans un angle et une odeur désagréable flottait dans l'air.

Peter dut percevoir ma présence car il leva la tête et ouvrit les yeux. D'une voix posée, malgré son regard implorant, il dit : « Kay, je n'essayais pas de m'enfuir la nuit dernière. Je rêvais que je devais absolument trouver quelque chose, puis j'ai cru que quelqu'un m'attaquait. Kay, j'ai donné un coup de poing à ce policier et je l'ai blessé. Peut-être suis-je... »

Je l'interrompis : « Je sais que tu n'essayais pas de fuir, Peter. Ils finiront par comprendre. »

Peter avait reculé d'un pas en me voyant comme s'il craignait que je le rejette. Il s'approcha des barreaux et leva ses mains vers les miennes. Je remarquai que son bracelet électronique avait disparu. Il avait rempli son office, pensai-je amèrement. Grâce à lui la police avait été avertie que Peter avait quitté la résidence. De l'argent bien employé par l'État du New Jersey.

« Kay, je voudrais que tu divorces et que tu refasses ta vie. »

Ce fut la goutte d'eau qui fit déborder le vase. Je m'effondrai complètement, sanglotant sans retenue, furieuse contre moi-même d'aggraver les choses. « Oh, Peter, Peter, ne dis pas ça, ne le pense jamais, jamais. »

Il me calma. « Chuut. Kay, ils vont venir me chercher dans une minute. Écoute-moi. Je ne veux pas que tu restes seule dans la maison. Demande à ta grand-mère de venir habiter avec toi. »

Je secouai la tête. « Non ! »

Un policier apparut. « Je regrette, madame Carrington, vous devez partir. »

Tentant désespérément d'étouffer mes sanglots, je dis à Peter : « Je vais me renseigner pour les visites. Je... »

Il m'interrompit :

« Je veux que tu prennes des mesures immédiatement, Kay. Je veux que tu dises à Vincent d'engager une société de surveillance dès aujourd'hui. Je veux que la maison soit gardée vingt-quatre heures sur

225

vingt-quatre. *Il n'est pas question que tu y demeures seule.* »

C'étaient les propos d'un mari désireux de me protéger. Peter avait peur pour moi.

Je plongeai mon regard dans le sien. Le policier me prenait par le bras pour me faire sortir de la zone de détention. Je ne bougeai pas. J'avais quelque chose à dire et il m'importait peu que cet homme l'entende. « Peter, j'organiserai une grande fête pour ton retour à la maison quand ce cauchemar aura pris fin. »

Je fus récompensée par un sourire triste. Puis Peter dit : « Oh, Kay, Dieu sait si j'aimerais y croire. »

Le lendemain matin, toute l'équipe des avocats chargés d'assurer la défense de Peter se réunit à la maison. Walter Markinson et Conner Banks étaient présents, bien entendu. Les deux autres conseillers étaient arrivés en avion, Saul Abramson de Chicago et Arthur Robbins de Boston.

Vincent Slater prit sa place habituelle à la table de la salle à manger. Les Barr avaient préparé du café et des pâtisseries, disposé les bouteilles d'eau sur la desserte. Tout était comme les autres jours, sauf que Peter ne présidait pas. Je m'assis dans son fauteuil.

Si l'atmosphère avait été tendue la semaine précédente, aujourd'hui elle était lugubre. Conner Banks ouvrit la séance. « Kay, si cela peut vous apporter un peu de réconfort, le rapport de police concernant les événements de l'autre nuit indique que Peter semblait désorienté et hébété, qu'il avait

226

un regard vide, qu'une fois menotté, il a fallu le pousser pour qu'il avance. Dans la voiture de police, il a demandé ce qui s'était passé et pourquoi il se trouvait là. Il a même ajouté : "Je n'ai pas le droit de sortir de ma propriété, je ne veux pas avoir d'ennuis." Ils ont fait un test pour voir s'il était drogué et ils n'ont trouvé aucune trace dans son organisme. Au moins n'ont-ils pas cru qu'il jouait la comédie.

– Il ne la jouait pas.

– Nous devons obtenir son dossier médical complet, dit Markinson. A-t-il des antécédents de somnambulisme ? »

Avant que je puisse prononcer un mot, Vincent Slater répondit : « Oui. »

Je vis des gouttes de sueur perler sur le front et la lèvre supérieure de Slater. « Les chevaux suent. Les hommes transpirent. Les dames rougissent. » – une vieille plaisanterie que débitait Maggie chaque fois que je rentrais d'un match de tennis en disant que j'étais en sueur. Comment ce souvenir saugrenu pouvait-il me revenir en ce moment ? Je me demandai si ce n'était pas moi qui perdais la tête.

« Comment le savez-vous ? demanda Markinson à Slater.

– Comme je vous l'ai dit, je travaille pour la famille Carrington depuis que je suis sorti de l'université. Peter avait douze ans à la mort de sa mère. J'en avais vingt-quatre et M. Carrington m'avait demandé de tenir, en quelque sorte, le rôle de grand frère auprès de Peter. C'est moi qui le conduisais à la pension, par exemple, et l'aidais à

227

s'installer dans sa chambre. Ce genre de choses. Pour les petites vacances, son père étant souvent en voyage, je l'emmenais faire du ski ou de la voile quand il n'était pas invité chez un ami. »

Le cœur lourd, j'écoutai l'histoire de ce garçon qui avait besoin de quelqu'un à son service pour s'occuper de lui dans les moments que la plupart des gosses passent en famille. Slater avait-il pris plaisir à jouer ce rôle ou s'en était-il servi pour se faire apprécier par le père de Peter et, finalement, par Peter lui-même ?

« C'est un sujet que je n'aurais jamais abordé, sauf dans l'espoir d'aider Peter, continua Vincent. J'ai été témoin d'au moins deux épisodes de somnambulisme.

– Quel âge avait-il ? questionna Banks.

– Il avait treize ans la première fois. C'était ici, à la maison. Il était allé se coucher et regardait la télévision dans la pièce qui me sert à présent de bureau. J'ai entendu un bruit et suis sorti pour voir ce qui se passait. Peter était dans la cuisine, assis à la table devant un verre de lait et des biscuits. Son père m'avait averti qu'il avait déjà eu quelques accès de somnambulisme, et je devinai tout de suite que j'assistais à l'un d'eux. Peter a bu le lait, mangé les biscuits, mis le verre et l'assiette dans l'évier et il est sorti de la cuisine. Il est passé tout près de moi sans me voir. Je l'ai suivi dans sa chambre et l'ai regardé se recoucher.

– Y a-t-il eu des épisodes où il a fait preuve de violence ? demanda encore Banks.

– Peter avait seize ans, je l'avais emmené faire du ski à Snowbird pendant les vacances scolaires. Nous avions une petite suite de deux chambres à l'hôtel. Nous avions skié toute la journée et étions montés nous coucher vers dix heures. Une heure plus tard, je l'ai entendu bouger et j'ai jeté un coup d'œil dans sa chambre. Il était en tenue de ski. Je savais qu'il ne fallait pas le réveiller et je l'ai suivi pour m'assurer qu'il ne lui arriverait rien. Il est descendu au rez-de-chaussée. Il y avait encore du monde au bar, mais il n'y a pas prêté attention et il est sorti. J'avais enfilé une grosse veste par-dessus mon pyjama et je l'ai suivi – pieds nus. Ses skis étaient rangés dans un râtelier dehors, cadenassés, mais il avait la clé et il les a détachés.

– Il a ouvert le cadenas tout en dormant ? s'étonna Markinson.

– Oui. Puis il a commencé à se diriger vers le remonte-pente. Je ne pouvais pas le laisser continuer. J'étais sûr que le remonte-pente ne fonctionnait pas, mais j'ignorais ce qu'il allait faire. En plus, j'étais pieds nus. J'ai couru derrière lui et l'ai appelé. »

Je redoutais d'entendre ce que Vincent allait nous apprendre.

« Peter s'est retourné brusquement et, tout comme il s'est précipité sur le policier la nuit dernière, il s'est rué sur moi. J'ai fait un bond de côté, mais la pointe de sa spatule m'a heurté le front au-dessus de l'œil. » Slater désigna son sourcil gauche. « Cette cicatrice est la preuve de ce qui est arrivé ce soir-là.

– Y a-t-il eu d'autres crises par la suite ? »

Cette fois la question provenait d'Arthur Robbins, l'avocat de Boston.

229

« Pas à ma connaissance. Si j'ai rapporté ces incidents, c'est qu'ils sont peut-être la manifestation répétée d'automatismes dont pourrait se servir la défense.

– A-t-il été suivi par un médecin après l'épisode des sports d'hiver ? demanda Conner Banks.

– Oui, un vieux médecin de l'hôpital d'Englewood. Il y a plus de vingt-cinq ans, et je doute qu'il soit toujours en vie, mais le dossier médical de Peter est peut-être encore conservé quelque part.

– D'après ce que je sais, les garçons sont plus sujets au somnambulisme que les filles, et les crises se manifestent surtout à l'adolescence, fit remarquer Markinson. Cependant, je ne suis pas certain qu'il faille informer le procureur que Peter a eu un accès violent de somnambulisme il y a vingt-six ans. Je ne pense pas que cela puisse l'aider.

– Il y a eu un autre épisode la semaine dernière, leur dis-je alors. Juste après le retour de Peter à la maison, à la suite de la première inculpation. »

J'expliquai comment je l'avais trouvé devant sa valise ouverte dans sa chambre.

Je tus ce qui s'était passé le soir de notre retour de voyage de noces, lorsque j'avais vu Peter au bord de la piscine, tentant d'en retirer ou d'y enfoncer quelque chose. Ces avocats étaient payés pour assurer la défense de mon mari, mais mon information pouvait les inciter à croire que Peter était responsable de la mort de Grace.

Même s'ils s'efforçaient de le faire acquitter, je craignais qu'ils ne le pensent coupable en leur for intérieur, comme le soutenait l'accusation.

44

« LES AVOCATS ont décidé de rester pour le déjeuner », dit Jane Barr à son mari quand il revint avec les achats dont elle l'avait chargé. « Trois heures d'affilée. Tu ne crois pas que c'est suffisant ? Mme Carrington a une mine épouvantable. Je te parie qu'elle va tomber malade.

– Elle en a vu de toutes les couleurs », convint Gary Barr en accrochant son manteau dans la penderie près de la porte de la cuisine.

« J'ai préparé un consommé de poulet », annonça Jane sans nécessité. Le fumet du poulet, des oignons et du céleri emplissait la cuisine. « Je vais mettre au four quelques biscuits et servir une salade et du fromage. Aucun d'eux n'est végétarien à ma connaissance. »

Gary Barr connaissait sa femme. Depuis deux semaines, depuis que les restes de Susan Althorp avaient été découverts, Jane était abattue. Il la regarda aller jusqu'à l'évier et commencer à laver la salade. Il s'approcha d'elle. « Tu te sens bien ? » demanda-t-il timidement.

Jane se retourna brusquement, le visage crispé

par la culpabilité et le ressentiment. « Il n'y a jamais eu sur terre un homme meilleur que Peter Carrington et il est en prison en ce moment même parce que...

– Tais-toi, Jane », ordonna Gary, les traits déformés par la colère. « Tu ne dois pas le dire, ni même le *penser*. Parce que ce n'est pas vrai. Je jure sur ce que j'ai de plus sacré que ce n'est pas vrai. Tu m'as cru, il y a vingt-deux ans. Tu ferais mieux de me croire aujourd'hui, si tu ne veux pas que nous nous retrouvions tous les deux sous le même toit que Peter Carrington, et ce n'est pas à cette maison que je pense. »

45

« JE N'AI TROUVÉ dans le dossier aucune mention du magazine que lisait Grace Carrington avant sa mort, dit Nicholas Greco à Barbara Krause.

– D'après ce que je sais, on l'a jeté, répondit le procureur. Grace en avait déchiré une page comme pense-bête, parce qu'elle voulait acheter des billets pour ce spectacle qui venait de débuter à Broadway.

– C'est en effet ce que j'ai compris. J'ai rencontré les Hammond, le couple qui assistait au dîner, et nous avons abordé ce sujet.

– Nous les avons interrogés à l'époque, se rappela Barbara Krause. Dans leur déposition, ils ont tous les deux confirmé que Grace avait bu et que Peter était arrivé à l'improviste et avait fait une scène. Les Hammond sont partis peu après. Dommage que Philip Meredith ne nous ait pas dit il y a quatre ans que Grace avait une liaison avec un autre homme, même s'il n'a jamais su qui c'était. »

Il était clair que Barbara Krause ne soupçonnait pas que Jeffrey Hammond avait été l'« autre homme » que Grace avait eu l'intention d'épouser après son divorce, une information que Greco n'avait pas l'intention de partager avec elle. Il ne voyait aucune raison de mêler Hammond à cette affaire. Du moins pour l'instant. Cet homme devait se ronger les sangs s'il croyait que Peter Carrington avait appris leur liaison et que c'était peut-être la raison qui l'avait poussé à tuer sa femme.

« Mme Hammond est certaine que le magazine se trouvait sur la table basse quand ils sont partis, dit Greco. J'ai pris la liberté d'appeler Mme Barr ce matin. Elle affirme ne pas avoir jeté ce magazine, et elle dit que son mari et elle ont regagné leur pavillon à l'entrée de la propriété avant le départ des Hammond. C'est elle qui a découvert le corps dans la piscine le lendemain matin. Elle appelé la police avant de réveiller Peter Carrington.

– Il aurait eu le temps de se débarrasser du magazine avant l'arrivée de la voiture de police, mais pour quelle raison aurait-il agi ainsi ? demanda Barbara Krause. Il était facile de s'en procurer un autre exemplaire. Tout ça n'a aucun sens décidément. »

Il était visible que le procureur commençait à s'énerver. Greco se leva. « Je ne veux pas vous retarder plus longtemps, dit-il. Je souhaitais simplement m'assurer que j'avais bien tout enregistré.

– Je comprends. » Barbara Krause se leva à son tour et lui tendit la main. « Monsieur Greco, vous avez soulevé un lièvre. Je ne vous cacherai pas que nous suivons toutes les pistes possibles pour tenter de retrouver l'amant de Grace Carrington. Si jamais nous y parvenons, son témoignage ne sera pas suffisant pour que Carrington soit reconnu coupable de l'avoir assassinée, mais il apportera un sérieux mobile. Plus nous en saurons sur cette histoire, plus nous aurons de chances d'amener Peter à se mettre à table et à plaider coupable. »

La question n'était pas de savoir qui était l'amant, pensa Greco. C'était de savoir ce que représentait ce magazine. Ce matin, il avait voulu voir le procureur pour une seule raison – s'entendre confirmer que le magazine avait disparu soit juste avant, soit juste après que Grace Carrington s'était noyée.

46

C'EST AU MOMENT où Kay aurait le plus besoin de moi, qu'elle me tient justement à l'écart, pensait Maggie en errant sans but dans sa maison. Si seulement elle m'avait écoutée et n'avait pas épousé Peter Carrington. Grâce à Dieu, il est en prison où il ne peut pas lui faire de mal. La vue de cette vidéo prise par la police m'a rendue malade, surtout la manière dont il a bondi et attaqué l'agent de police. J'espère qu'ils vont le mettre à l'ombre pour le restant de ses jours.

Il est neuf heures, se dit-elle. Kay se lève tôt – je vais lui téléphoner. Quand j'ai appelé hier, les avocats étaient en réunion chez elle, mais elle ne m'a pas rappelée ensuite.

La mort dans l'âme, sentant s'accentuer la distance qui la séparait de sa petite-fille, Maggie composa le numéro du mobile de Kay. Il n'y eut pas de réponse. Peut-être est-elle à nouveau avec les avocats, songea-t-elle. Je vais essayer le numéro de la maison. Cette fois, Jane Barr répondit : « Mme Carrington est restée au lit ce matin. Je suis montée dans sa chambre pour m'assurer qu'elle n'était pas malade, et elle m'a dit qu'elle ne s'était pas sentie bien pendant la nuit. Les avocats ne viendront pas aujourd'hui.

– Dites-lui que je viendrai dîner, que cela lui plaise ou non », déclara Maggie d'un ton décidé.

La sonnette de la porte d'entrée retentit au moment où elle raccrochait. À travers le panneau vitré de la porte, elle vit deux hommes à l'extérieur. Dès qu'elle leur ouvrit, ils lui présentèrent leurs badges. C'étaient des inspecteurs du bureau du procureur.

À regret, Maggie les invita à entrer. « Madame O'Neil, dit poliment le plus âgé, nous avons appris qu'à l'époque de la disparition de Jonathan Lansing, ses meubles ont été transportés chez vous. Parmi les affaires qu'ils contenaient, avez-vous trouvé des dossiers ou des archives provenant de son bureau et, dans ce cas, les avez-vous conservés ? »

Maggie songea à son grenier bourré à craquer. Elle esquiva la question. « J'ai donné ses vêtements, dit-elle. Et j'ai utilisé les meubles. Ils étaient en meilleur état que les miens et, après tout, sa fille Kay habitait ici avec moi. La maison lui était plus familière ainsi. » Je me demande s'ils me soupçonnent d'avoir volé le mobilier, se demanda-t-elle, inquiète. Peut-être aurais-je dû payer des impôts dessus.

Le plus jeune des inspecteurs la rassura :

« C'est très compréhensible, mais y a-t-il des papiers d'affaires ou des dossiers personnels appartenant à Jonathan Lansing que vous auriez gardés ?

– Kay me l'a déjà demandé. Il y avait un classeur

métallique à tiroirs dans la pièce qui servait de bureau à Jonathan. Il est maintenant par terre dans le grenier, sous mon vieux canapé. Kay a dit qu'elle avait l'intention de venir regarder ce qu'il contient, mais il faut que je fasse appel à quelqu'un de costaud pour déplacer le canapé et redresser le classeur.

– Si vous nous permettez de jeter un coup d'œil à son contenu, nous nous ferons un plaisir de le mettre à un endroit où Mme Carrington pourra aisément l'examiner. Vous n'êtes pas obligée d'y consentir, naturellement, mais nous aimerions le voir.

– Je n'y vois pas d'inconvénient. »

Maggie conduisit les deux hommes au grenier en s'excusant du désordre et de la poussière. « J'ai toujours eu l'intention de ranger un peu ici et de me débarrasser de tout ce fatras », expliqua-t-elle, les regardant faire de la place autour du classeur et le redresser sans effort. « Mais vous savez ce que c'est. Il y a des choses qu'on ne fait jamais. Kay dit que je ressemble à un hamster et elle n'a pas tort. »

Les inspecteurs ne lui répondirent pas. Chacun avait pris un dossier dans le tiroir du haut et le feuilletait.

Mal à son aise, Maggie les observa, se demandant si elle avait bien fait de les laisser monter. Peut-être aurait-elle dû en parler à Kay avant. Je ne voudrais pas qu'elle ait une nouvelle raison d'être fâchée contre moi, se dit-elle. Mais d'un autre côté, si c'est Peter Carrington qui a tué son père et qu'ils en découvrent une preuve ici, elle serait folle de continuer à se faire du souci pour lui.

« Regarde-moi ça », dit le plus âgé des inspecteurs à son collègue en lui tendant une feuille de papier. C'était la copie d'une note et d'un plan de jardin adressée à Peter Carrington par Jonathan Lansing. La note était rédigée ainsi :

Cher Peter,

Il me semble qu'il serait dommage de ne pas aller au bout de ce projet. Vous le savez sans doute, votre père et moi avions envisagé un plan très simple pour le terrain qui se trouve au-delà de la clôture. Comme je ne travaille plus pour vous désormais, et que je pense que Mme Elaine Carrington ne souhaite pas que je sois en contact avec votre père, pourriez-vous être assez aimable pour lui transmettre ce plan ? J'y joins la carte d'un paysagiste de ma connaissance qui pourrait réaliser ces travaux suivant les indications de votre père.

J'ai beaucoup apprécié nos conversations et vous prie d'agréer mes meilleurs sentiments.

Jonathan Lansing.

Tandis que le plus jeune inspecteur lisait la note, le plus âgé se tourna vers Maggie. « Ne vous excusez jamais de ressembler à un hamster, madame O'Neil. »

47

CONNER BANKS était assis face à son client dans la petite pièce réservée aux entretiens des détenus avec leurs avocats à la prison du comté de Bergen. C'était lui qui avait été choisi pour passer en revue avec Peter Carrington les options qui leur étaient offertes.

« Peter, voici ce qui nous attend, dit-il. Commençons par la bonne nouvelle : alors que vous avez été qualifié de personnage clé dans la mort de votre femme, il s'agit aujourd'hui d'une affaire séparée. On ne pourra en faire mention durant le procès car elle ne peut être associée aux homicides précédents. Mais il n'en reste pas moins que, les corps de Susan Althorp et de Jonathan Lansing ayant été retrouvés dans le parc de votre propriété, le ministère public va essayer de lier ces différentes affaires. En fin de compte, nous pensons qu'ils ne seront pas capables de prouver la culpabilité "hors de tout doute raisonnable".

– Qu'est-ce qui constitue un "doute raisonnable", étant donné toutes les charges rassemblées contre moi ? demanda Peter tranquillement. J'ai été la dernière personne à rencontrer Susan en vie. Maria Valdez va témoigner que la chemise que j'ai juré avoir mis dans la corbeille ne s'y est jamais trouvée, et que mon père l'a payée pour qu'elle garde le silence. Maintenant vous me dites que le père de Kay m'a envoyé une note accompagnant un plan d'aménagement de la bande de terrain extérieure à la clôture où l'on a trouvé le corps de Susan. En admettant que je l'aie tuée, j'aurais pu prendre peur à la pensée que ce projet entraînerait à coup sûr la découverte du corps. Ce qui me donnait une raison de me débarrasser de Jonathan Lansing. Je ne m'en sortirai jamais.

– Il est vrai que la situation ne se présente pas bien, mais écoutez-moi, Peter. Quelqu'un d'autre peut avoir intercepté cette lettre. Il n'existe aucune preuve que vous l'ayez reçue.

– On a la preuve que mon père a donné cinq mille dollars à Maria Valdez.

– C'est votre parole contre la sienne. Et n'oubliez pas qu'elle est revenue sur son précédent témoignage prononcé sous serment. Les jurys se montrent en général sceptiques avec les gens qui reviennent sur leurs déclarations. C'est vrai, votre père lui a remis un chèque, mais nous mettrons en avant d'autres exemples de sa générosité spontanée tendant à prouver qu'il avait peut-être voulu lui manifester sa bienveillance et l'aider à soigner sa mère mourante.

– Le jury n'avalera pas ça, dit Peter.

– Peter, souvenez-vous qu'il suffit de faire douter un seul juré de votre culpabilité pour que le jury soit bloqué. Si nous n'obtenons pas un acquittement en bonne et due forme, je suis absolument certain que nous vous obtiendrons au moins ça.

– Un jury dans l'impasse – il n'y a pas grand-chose à en espérer. »

Peter Carrington regarda son avocat sans ciller, détourna les yeux, puis, au prix d'un effort visible, le regarda à nouveau. « Je ne me croyais pas capable d'un acte de violence envers un être humain, dit-il, choisissant avec soin chaque mot. Mon comportement avec ce policier démontre le contraire. Vincent Slater vous a-t-il dit que je l'avais agressé lorsque j'avais seize ans ?

– Oui.

– Que se passera-t-il si, en dépit de vos efforts, le jury est dans l'impasse et que je ne suis pas acquitté ?

– Le ministère public demandera et obtiendra probablement deux peines de prison à perpétuité consécutives. Vous ne sortirez jamais.

– Supposons qu'ils parviennent à m'impliquer dans l'assassinat de Grace. Quel est le risque dans ce cas ?

– Trente ans, parce que sa mort sera jugée suivant les règles du nouveau code pénal, et qu'il vous faudra purger plus de soixante-six pour cent d'une autre peine de prison à perpétuité. Mais personne ne peut prouver que vous l'ayez tuée.

– Conner, croyez-moi. Rien n'est impossible. Jusqu'à présent j'étais absolument certain de mon innocence. Je n'en suis plus sûr désormais. Je sais que je ne pourrais jamais faire du mal volontairement à un autre être humain, mais j'ai blessé ce policier l'autre nuit. J'ai agi de même avec Vincent

Slater il y a des années. Qui sait s'il n'y a pas eu d'autres cas semblables ? »

Conner Banks sentit sa bouche se dessécher. « Peter, vous n'êtes pas obligé de répondre à cette question, et réfléchissez avant de le faire. Croyez-vous réellement que, dans un état second, vous auriez pu tuer Susan Althorp et Jonathan Lansing ?

– Je ne sais pas. L'autre nuit je croyais chercher le corps de Susan sur la pelouse de ses parents. J'étais donc sûr qu'elle était morte. Était-ce un rêve ou étais-je en train de revivre ce qui s'est passé autrefois ? Je n'en sais rien. »

Le visage de Peter avait une expression que Banks avait déjà vue chez d'autres clients, des gens certains qu'ils n'échapperaient pas à la prison à vie.

« Il y a plus. » La voix de Peter devint plus basse, plus hésitante : « Kay vous a-t-elle dit que, le jour où nous sommes rentrés de notre voyage de noces, elle m'a vu au bord de la piscine en train de glisser mon bras dans l'eau, sous la bâche ?

– Non, elle n'a rien dit.

– Étais-je simplement en train de rêver ou de répéter un geste que j'avais accompli ? Je n'en sais rien.

– Peter, rien de tout cela ne sera évoqué au tribunal. Nous nous concentrerons sur le doute raisonnable.

– Vous pouvez garder votre doute raisonnable. Je veux que ma défense repose sur le fait que, si j'ai commis ces meurtres, j'étais en proie à une crise de somnambulisme et inconscient de mes actes. »

Banks le regarda. « Non ! Il n'en est pas question ! Il n'y a pas une chance sur mille que vous soyez acquitté avec ce système de défense. Ce serait offrir votre tête au procureur sur un plateau.

– Et moi je dis qu'il n'y a pas une chance sur mille que je sois acquitté avec le système de défense que vous avez concocté. Et même si cette chance existe, regardez les choses de mon point de vue. Mon procès va avoir un retentissement énorme. C'est une occasion unique de démontrer que si, par malheur, vous êtes sujet au somnambulisme et que vous commettez un crime inconsciemment, vous pouvez ne pas en être responsable.

– Vous ne parlez pas sérieusement !

– Je n'ai jamais été aussi sérieux de ma vie. J'ai demandé à Vincent de consulter les statistiques. Suivant les lois anglaise et canadienne, un crime commis pendant un accès de somnambulisme est considéré comme un automatisme qui ne relève pas de la folie. D'après les lois de ces pays, l'acte n'entraîne pas la responsabilité de son auteur, à moins qu'il ne soit coupable en esprit. Si, au moment du délit, existe une absence de contrôle mental et que l'acte a été commis automatiquement, alors il est légal d'invoquer l'automatisme.

– Peter, écoutez-moi. C'est peut-être vrai dans les systèmes anglais et canadien, mais cela ne marche pas ici. Je serais le dernier des inconscients si j'utilisais devant la cour ce type de défense. Nous connaissons deux cas dans ce pays où des hommes ont été accusés d'avoir tué des personnes qu'ils aimaient pendant une crise de somnambulisme. L'un a battu sa femme à mort puis jeté son corps dans la piscine. L'autre a pris sa voiture pour aller chez ses beaux-parents auxquels il était très attaché.

Il a agressé sauvagement son beau-père avant de poignarder sa belle-mère. Il s'est réveillé alors qu'il rentrait chez lui, s'est rendu aussitôt au commissariat le plus proche et leur a dit qu'il craignait que quelque chose de terrible soit arrivé, car il était couvert de sang et avait le vague souvenir d'avoir aperçu un visage de femme.

– Vincent m'a déjà raconté tout ça, Conner. N'oubliez pas que je suis "un personnage clé" depuis l'âge de vingt ans. Même si j'étais acquitté, je serais traité comme un paria qui a contourné le système, un assassin qui s'en est tiré impunément. Je n'ai pas envie de vivre plus longtemps ce genre de vie. Si vous ne voulez pas me défendre sur cette base, je trouverai quelqu'un d'autre. »

Suivit un long silence, puis Banks demanda : « Avez-vous discuté de tout ceci avec Kay ?

– Oui.

– Je suppose donc qu'elle est d'accord.

– Oui, après avoir beaucoup hésité. Elle a aussi accepté une autre condition.

– Laquelle ?

– Je la laisserai me soutenir pendant le procès. Mais si je suis condamné, et il est probable que je le serai, elle a accepté de divorcer et de refaire sa vie. Dans le cas contraire, je ne lui aurais pas permis de me rendre visite. »

48

ÉTRANGEMENT, au bout d'un ou deux jours, je commençai à apprécier d'être seule la nuit. Si Peter ne pouvait être avec moi, alors je préférais la solitude. Quelque chose chez Jane et Gary Barr me mettait mal à l'aise. Jane tournait sans cesse autour de moi. Je savais qu'elle s'inquiétait de me voir abattue, mais je n'avais pas envie de me sentir observée comme un insecte sous un microscope.

Après avoir reçu la visite des deux inspecteurs, Maggie arriva à la maison en pleurs, s'efforçant d'expliquer qu'elle ne les aurait jamais laissés monter dans le grenier si elle avait su que j'en serais contrariée.

Je lui dois trop et l'aime trop profondément pour la culpabiliser davantage. Même si cette lettre était adressée à Peter, rien ne prouvait qu'elle n'avait pas été ouverte par quelqu'un d'autre. Pendant la perquisition de la maison, une autre copie de ce plan avait été trouvée dans les dossiers du père de Peter.

Je réussis à convaincre Maggie que je ne cherchais pas à l'éviter et à lui faire comprendre pourquoi je préférais qu'elle n'habite pas avec moi. Elle finit par reconnaître qu'elle était bien mieux dans sa maison, dans son fauteuil, dans son propre lit. J'étais bien gardée ici – il y avait en permanence des vigiles à la grille et dans le parc. Ne fut pas mentionné le fait que, puisque Peter était détenu, elle n'avait pas à s'inquiéter pour ma propre sécurité.

Mes visites à Peter me fendaient le cœur. Il s'était si bien convaincu qu'il était coupable des morts de Susan et de mon père qu'il semblait prendre moins d'intérêt à sa défense. Il paraissait souvent détaché. Le jury d'accusation avait décidé de l'inculper des deux meurtres et le début du procès était fixé en octobre.

Les avocats, principalement Conner Banks, s'entretenaient avec lui à la prison et désormais je les voyais moins. Les gens qui travaillaient avec moi à la bibliothèque commençaient à m'appeler, ainsi que d'autres amis. Tous prenaient mille précautions pour s'adresser à moi, se montraient attentionnés mais embarrassés, ne sachant que dire.

« Je suis vraiment désolée pour ton père. Je serais allée à la messe si j'avais su où elle était célébrée... »

« Kay, si je peux faire quelque chose, si tu as envie de venir dîner, d'aller au cinéma... »

Je devinais la question que se posaient ces braves gens : comment peut-on affronter ce genre de situation en gardant toute sa raison ? J'étais Mme Peter Carrington, la femme d'un des hommes les plus riches du pays, et j'étais aussi Mme Peter Carrington, la femme d'un double – ou peut-être triple – assassin.

Je repoussai toutes les invitations. Je savais que même un simple déjeuner nous mettrait tous mal à l'aise. La seule personne que je regrettais de ne pas voir était Glenn. Il avait un ton tellement naturel quand il m'appela : « Kay, tu dois vivre un enfer », dit-il.

Entendre sa voix me réconforta. Je ne m'en cachai pas. « Oui c'est vrai.

– Kay, tu vas te fiche de moi, mais j'ai essayé d'imaginer ce que je ferais si j'étais à ta place. Et j'ai la réponse.

– Qui est ?

– Dîner avec un vieux copain comme moi. Bon, je sais que je n'ai jamais été rien d'autre pour toi, mais c'est bien ainsi. Et tu choisiras les sujets de conversation. »

Il parlait sérieusement. Glenn savait qu'il n'avait jamais été l'homme de ma vie. À dire vrai, j'avais toujours pensé que je n'étais pas la femme de sa vie non plus. Je le pensais toujours.

J'aurais volontiers accepté son invitation à dîner mais, d'un autre côté, je n'osais même pas imaginer ce que j'aurais ressenti si l'inverse s'était produit avec Peter et que j'avais appris qu'il avait dîné avec une ancienne petite amie. « Glenn, lui dis-je, c'est très tentant, mais je ne crois pas que ce soit une bonne idée », et je fus surprise de m'entendre ajouter : « Du moins, pas encore. »

À quel moment ai-je commencé à croire que Peter avait raison, qu'il avait commis les crimes dont il était accusé au cours d'une crise de somnambulisme ? S'il en était lui-même aussi convaincu, comment pourrais-je le nier ? Cette constatation me laissa anéantie.

Je me représentai mon père dans les dernières semaines de sa vie. De nature perfectionniste, il avait tenu à ce que soit achevée la dernière partie des travaux d'aménagement qu'il avait conçus pour la propriété, même s'il ne pouvait pas les accomplir lui-même.

Selon le rapport de police, le coup qui lui avait été porté à la tête avec un objet lourd avait enfoncé la boîte crânienne. Était-ce Peter qui avait frappé ?

Des souvenirs heureux me revinrent alors, des souvenirs de mon père que j'avais tenté d'effacer de mon esprit parce que je m'étais crue abandonnée.

... Les dimanches matin, quand il m'emmenait faire un tour de poney au Van Saun Park après la messe.

... Les repas que nous préparions tous les deux dans notre cuisine. Il me racontait que Maggie était une piètre cuisinière et que ma mère avait appris à accommoder les plats dans les livres de recettes. Maggie fait toujours très mal la cuisine, papa, pensai-je.

... La lettre qu'il avait écrite à Peter : « J'ai beaucoup apprécié nos conversations, et vous prie d'agréer mes meilleurs sentiments. »

... Le jour où je m'étais introduite dans la maison et faufilée jusqu'à la chapelle.

Depuis que j'étais seule, j'avais pris l'habitude de monter à la chapelle. Rien n'avait changé. J'y retrouvais la même statue éraflée de la Vierge Marie, la même table qui avait fait office d'autel, les deux rangées de bancs. J'apportai une nouvelle bougie électrique que je plaçai devant la statue. Il m'arrivait de rester assise pendant une dizaine de minutes, priant vaguement, me rappelant cette brève querelle que j'avais surprise vingt-deux ans plus tôt.

Un jour, alors que je m'attardais là, une idée me vint soudain à l'esprit. Et si c'était Susan Althorp que j'avais entendue ce jour-là réclamer de l'argent ? Pourtant elle venait d'une famille fortunée. On m'avait dit qu'elle était bénéficiaire d'un legs important.

Mais si *c'était* Susan ? Qui était l'homme qui avait répliqué en ricanant : « J'ai déjà entendu cette chanson » ? Lorsque la femme avait quitté la chapelle, l'homme avait siffloté les dernières mesures de la chanson. Je n'avais que six ans, mais j'avais bien perçu dans son ton qu'il était furieux.

C'est alors, dans cette chapelle, que naquit en moi un fol espoir, l'espoir qu'il y avait peut-être une autre solution à l'énigme des meurtres dont Peter était accusé.

Je ne voulais pas que Peter ait le moindre soupçon de mes réflexions. S'il commençait à me croire et admettait qu'il était innocent, il en conclurait immédiatement que le vrai coupable pouvait encore rôder dans les parages. Et il s'inquiéterait pour moi.

Pour l'heure, il coopérait activement à la préparation de sa défense. Ses avocats l'avaient persuadé qu'il était inutile de s'attendre à autre chose qu'à un verdict de culpabilité. Depuis un certain temps, il me pressait de m'éloigner de lui, de divorcer tranquillement. « D'une certaine manière, tu es aussi prisonnière que moi, Kay, disait-il. Je n'ignore pas que tu ne peux aller nulle part sans que les gens te dévisagent et parlent de toi. »

Je l'aimais si tendrement. Il était confiné dans une étroite cellule et s'attristait de me voir terrée dans notre immense maison. Je lui rappelai que nous avions conclu un accord. Je pouvais venir le voir à la prison et je serais présente à son procès. « Ne gâchons pas le peu de temps que nous pouvons passer ensemble en parlant de divorce », lui dis-je. Naturellement, je n'avais aucune intention pour ma part de respecter notre soi-disant accord. Si Peter était condamné, je savais que je ne l'abandonnerais jamais, pas plus que je ne divorcerais ni ne cesserais de croire à son innocence.

Mais il s'entêtait. « S'il te plaît, Kay, je t'en supplie, vis ta vie », me dit-il au cours d'une visite à la fin du mois de février.

J'avais quelque chose à lui annoncer, quelque chose dont j'avais acquis la certitude depuis peu, mais que je n'avais pas trouvé le moment de lui dire. Je compris alors qu'il n'y en aurait pas de meilleur, que c'était maintenant ou jamais. « Peter, je vis ma vie, dis-je. Je vais avoir un enfant de toi. »

49

S ON TRAVAIL à temps partiel à la galerie de
Richard Walker donnait à Pat Jennings l'occasion de se faire valoir. Maintenant que
Peter Carrington était inculpé non seulement de
meurtre, mais de violation des règles du cautionne-
ment et de coups et blessures envers un représentant des forces de l'ordre, tous ses amis étaient
avides de connaître les rumeurs qu'elle pouvait
recueillir sur la famille Carrington.

Pat était muette comme une carpe avec tout le
monde sauf avec Trish, son amie de cœur depuis
vingt ans. Elles avaient partagé la même résidence
à l'université et s'étaient beaucoup amusées à choisir des variations différentes de leur prénom
commun, Patricia.

Trish travaillait aujourd'hui dans les services
administratifs de Bergdorf Goodman, le grand
magasin de luxe de la Cinquième Avenue, à l'angle
de la 57e Rue, à un bloc seulement de la galerie.
Une fois par semaine, les deux jeunes femmes
déjeunaient ensemble sur le pouce et Pat faisait partager à son amie les potins qu'elle avait récoltés.

Elle confia ainsi à Trish qu'elle soupçonnait Richard Walker d'avoir une liaison avec une jeune peintre, Gina Black. « Il a donné un cocktail pour elle qui a fait un flop. Quand elle vient à la galerie, ça crève les yeux qu'elle est folle de lui. Je la plains parce que je peux t'assurer qu'elle ne va pas faire long feu. À l'entendre, il a eu une quantité de petites amies. Tu imagines – deux fois marié, dans les deux cas, le mariage a rapidement tourné au vinaigre. Je suppose que les deux femmes en ont vite eu assez de le voir courir les jupons et perdre tout son fric au jeu. »

La semaine suivante, Pat aborda le sujet d'Elaine Carrington. « Richard m'a raconté que sa mère séjournait la plus grande partie de son temps dans son appartement de New York. Elle fait la tête parce qu'elle pense que la nouvelle femme de Peter Carrington, Kay, ne souhaite pas la voir à la résidence à moins d'y être spécifiquement invitée. Je ne pense pas que Richard mette souvent les pieds dans le New Jersey lui non plus, poursuivit-elle. Il m'a dit qu'il plaignait Kay d'être mariée à un homme qu'elle savait responsable de la mort de son père, même s'il ne se souvient pas de l'avoir tué. D'après Richard, les choses ont dû se passer comme lors de l'attaque du policier. Tu as vu comme moi la vidéo de la télévision. Peter Carrington avait complètement perdu la boule. Il faisait vraiment peur.

– Tu parles qu'il faisait peur, renchérit Trish. C'est malheureux d'épouser un type aussi riche et de découvrir ensuite qu'il est fou. À propos, en dehors de l'artiste peintre, est-ce qu'il y a du nouveau dans la vie amoureuse de Richard ?

– J'ai de vagues indices, mais je ne suis pas sûre qu'il y ait rien de bien nouveau. Une femme l'a appelé, sans doute une ex... Elle s'appelle Alexandra Lloyd.

– Alexandra Lloyd. Drôle de nom, fit remarquer Trish. À moins que ce soit un pseudo. Elle fait peut-être du théâtre. Tu l'as déjà rencontrée ?

– Non. À mon avis, c'est une artiste peintre. En tout cas, il ne prend pas ses appels. »

Trois jours plus tard, Pat Jennings n'eut pas la patience d'attendre son déjeuner hebdomadaire avec Trish. Elle l'appela. « Richard est dans tous ses états, murmura-t-elle dans l'appareil. Je sais qu'il a perdu gros aux courses à deux reprises. Ce matin sa mère est passée à la galerie. À mon arrivée, ils étaient enfermés dans son bureau et, crois-moi, ça bardait ! Il lui disait qu'il lui fallait cet argent, et elle hurlait qu'elle ne l'avait pas. Alors il a hurlé à son tour quelque chose du genre : "Tu sais très bien où en trouver", et elle a crié : "*Richard, ne me force pas à jouer cette carte-là.*"

– Qu'est-ce qu'elle voulait dire ? interrogea Trish, haletante.

– Pas la moindre idée, dut admettre Pat. Mais j'aimerais vraiment le savoir. Si jamais je le découvre, je t'appellerai. »

50

L'INFIRMIÈRE qui attendait Nicholas Greco à la porte de la chambre de Gladys Althorp lui recommanda de ne pas s'attarder. « Elle est très faible et parler la fatigue. »

Sa cliente était couchée sur un lit médical installé près de son grand lit habituel. Ses mains reposaient sur le couvre-lit et Greco remarqua que l'alliance qu'elle portait habituellement n'était plus à son doigt.

Est-ce que son doigt est devenu trop maigre pour l'empêcher de glisser ou a-t-elle définitivement rejeté son mari ? se demanda-t-il.

Gladys Althorp avait les yeux fermés, mais elle les ouvrit quelques instants après que Greco se fut approché du lit. Ses lèvres bougèrent à peine et c'est d'une voix presque inaudible qu'elle l'accueillit.

Greco alla tout de suite au but : « Madame Althorp, je ne voulais pas vous déranger, mais il y a une chose que j'aimerais vérifier. Cela pourrait concerner une personne qui a peut-être aidé Peter Carrington à cacher le corps de Susan.

– J'ai entendu les sirènes de la police le soir où il est venu ici. J'ai demandé à l'infirmière de me conduire à la fenêtre. Je les ai vus le faire monter dans la voiture... et... »

La poitrine de Gladys Althorp se souleva comme si elle cherchait de l'air.

L'infirmière s'élança vers elle. « Madame Althorp, je vous en prie, n'essayez pas de parler. Respirez lentement. »

Je n'aurais pas dû venir, se reprocha Greco. Il posa sa main sur celle, amaigrie, de sa cliente. « Je regrette. Je suis confus de vous avoir bouleversée ainsi.

– Ne partez pas. Vous aviez une raison de venir. Dites-la-moi. »

Greco comprit qu'il devait parler sans détour. « J'aimerais connaître les noms des meilleures amies de votre fille, celles qui l'accompagnaient aux soirées auxquelles votre mari les faisait conduire par son chauffeur. »

Si Gladys Althorp fut étonnée de sa demande, elle n'en montra rien. « Elles étaient trois. Elles faisaient leurs études à l'école Elizabeth-Morrow en même temps que Susan. »

Mme Althorp parlait plus doucement, reprenant sa respiration entre chaque mot : « La plus proche était Sarah Kennedy. Elle a épousé Stuart North. Les deux autres étaient Vernie Bauer et Lenore Salem. J'ai bien peur de ne pas pouvoir... » Elle soupira et ferma les yeux.

« Monsieur Greco, je crois vraiment que vous ne devriez plus lui poser de questions », intervint l'infirmière d'un ton ferme.

Susan aurait eu quarante et un ans aujourd'hui, les autres avaient le même âge qu'elle, à un ou deux ans près. Leurs parents avaient sans doute entre soixante-cinq et soixante-dix ans. Greco aurait souhaité demander à la mère de Susan si les familles de ces jeunes femmes habitaient toujours dans la région, mais il hocha la tête à l'adresse de l'infirmière et s'apprêta docilement à partir. Il vit alors Gladys Althorp rouvrir les yeux.

« Ces filles étaient toutes présentes à l'enterrement de Susan », dit-elle. Un sourire furtif apparut aux coins de ses lèvres. « Elles s'étaient baptisées les quatre mousquetaires...

– Elles habitent donc toujours par ici ? demanda vivement Greco.

– Sarah est restée. Quand elle a épousé Stuart, ils ont acheté la maison voisine. Ils y vivent toujours. »

En la quittant, Greco douta qu'il reverrait jamais Gladys Althorp. Il se reprochait de l'avoir importunée, même s'il n'était resté que quelques minutes. Mais d'un autre côté, il avait l'étrange sensation que les éléments du puzzle s'étaient trop facilement mis en place. Et il en concluait qu'il manquait encore des pièces importantes.

Certains des faits qui ne concordaient pas commençaient à retenir toute son attention. Il était arrivé à la conclusion que Peter Carrington s'était sûrement fait aider pour cacher le corps de Susan pendant les jours où les chiens de la police avaient exploré le parc.

Et si Peter avait *effectivement* tué Jonathan Lansing, quelqu'un avait dû l'escorter loin à l'intérieur du parc des Palisades où il avait abandonné la voiture de Lansing, réfléchit Greco.

Et il y avait cet exemplaire du magazine *People* qui avait disparu alors qu'il se trouvait sur la table le soir où Grace Carrington était morte. Greco croyait savoir ce qui s'était passé. Nancy Hammond avait vu Grace en déchirer une page. Son mari, Jeffrey, déclarait qu'il n'avait pas remarqué son geste. Nancy expliquait que l'attention des invités avait été détournée par l'arrivée subite de Peter. Elle pense avoir été la seule à avoir vu Grace arracher la page et la fourrer dans sa poche, songea le détective.

Celui, ou celle, qui s'était emparé du magazine plus tard croyait-il que la page s'y trouvait toujours ?

Si c'était le cas, cela résolvait plusieurs questions.

Mais en posait aussi une autre. Peter Carrington n'était pas au courant de cette histoire de magazine. D'après les gens qui avaient assisté à la scène – Elaine, son fils Richard, Vincent Slater, les Hammond –, il était monté directement se coucher après avoir vertement reproché à Grace d'avoir bu et lui avoir retiré son verre des mains.

Greco consulta sa montre ; il était cinq heures. Il prit son mobile et demanda les renseignements. Il avait craint que le numéro de téléphone de Sarah et Stuart North ne soit sur liste rouge, mais il n'en était rien. Il entendit une voix numérisée lui annoncer : « Nous vous mettons en communication avec le 201-555-1570... »

Le téléphone fut décroché dès la deuxième sonnerie. Son interlocutrice lui répondit aimablement et Greco s'empressa de se présenter et d'expliquer qu'il sortait de chez Gladys Althorp. « Elle m'a engagé pour reprendre l'enquête sur la mort de sa fille. Êtes-vous Mme Sarah Kennedy North ? demanda-t-il.

– C'est moi-même. Et vous êtes sans doute le détective qui a retrouvé la femme de chambre. L'ambassadeur Althorp nous a parlé de vous.

– Ma demande va peut-être vous paraître inopportune, mais je suis dans ma voiture devant la maison des Althorp. Je sais que vous êtes voisins. Me serait-il possible de passer vous voir pendant quelques minutes ? Mme Althorp m'a dit que vous étiez la meilleure amie de sa fille. J'aimerais beaucoup vous poser quelques questions au sujet de Susan.

– J'étais, en effet, la meilleure amie de Susan. Je vous recevrai volontiers. Nous habitons la première maison à la droite de celle des Althorp. »

Trois minutes plus tard, Nicholas Greco remontait l'allée qui menait à la maison des North. Sarah North l'attendait sur le seuil, tenant la porte entrouverte.

C'était une grande femme à la silhouette sportive, avec des yeux écartés et une couronne de cheveux roux. Elle portait avec décontraction un pull et un jean. Souriant chaleureusement, elle invita Greco à la suivre dans le bureau qui donnait dans l'entrée. La maison lui fit l'impression d'être meublée luxueusement et avec goût.

« Mon mari rentre rarement avant six heures et demie », lui expliqua-t-elle en prenant place sur le canapé tout en lui désignant un fauteuil. « Son bureau est situé en bas de Manhattan, et il préfère faire le trajet en voiture. Pendant les heures de pointe, cela peut prendre des heures.

— Il paraît qu'au dix-neuvième siècle Englewood était surnommé le dortoir de Wall Street.

— C'était le cas, et c'est encore vrai. Comment va Mme Althorp ?

— Mal, je le crains. Madame North, il est exact que j'ai retrouvé la femme de chambre dont le témoignage aidera peut-être à faire condamner Peter Carrington, mais tout n'est pas clair. Certaines choses clochent dans toute cette affaire, et j'ai l'impression qu'il a eu un complice. Je me suis penché sur l'année qui a précédé la mort de Susan. J'ai appris que son père engageait un chauffeur lorsqu'elle sortait avec ses amies. N'étiez-vous pas en âge de conduire ?

— Si, mais si nous nous rendions à une fête loin de chez nous, l'ambassadeur insistait pour que Susan ait un chauffeur. Mes parents étaient ravis, bien entendu. Ils n'aimaient pas nous voir monter en voiture avec des jeunes gens qui risquaient de boire un verre de trop et de rouler à une vitesse excessive au retour. Nous passions la majeure partie de notre temps sur le campus, naturellement, et l'ambassadeur ne pouvait vérifier ce qui s'y passait. Mais à la maison, c'était comme ça et pas autrement.

— Pourtant, il a laissé Peter Carrington reconduire Susan chez elle, le soir de la réception.

— Il aimait beaucoup Peter. Il avait confiance en lui. Peter était différent à ses yeux. En été, quand nous étions tous en train de jouer au tennis ou au golf, Peter était en costume-cravate et travaillait aux côtés de son père.

— Il y avait donc deux autres jeunes filles avec

Susan et vous dans la voiture que conduisait le chauffeur de M. Althorp ?

– Oui. Susan s'asseyait à l'avant avec Gary, et Vernie, Lenore et moi montions à l'arrière.

– Gary ? »

Greco ne voulait pas que Sarah North soupçonne que c'était justement la personne sur laquelle il voulait en savoir davantage.

« Gary Barr. Sa femme et lui venaient prêter main-forte lorsque les Althorp avaient des invités. Il servait aussi de chauffeur quand il fallait nous conduire quelque part.

– Comment se comportait-il ? Se montrait-il amical ?

– Tout à fait. Susan le traitait comme un copain.

– Se pourrait-il qu'il y ait eu... (Greco hésita) une sorte d'attirance *romantique* entre eux ? Susan avait-elle ce que l'on appelait jadis le béguin pour lui ?

– Pour *Gary* ! Oh non, rien de tel. Elle disait qu'elle se sentait bien avec lui, mais elle voulait dire qu'elle se sentait protégée, en sécurité.

– Madame North, sachez que je ne cherche pas à être indiscret en vous posant ce genre de questions auxquelles vous ne souhaitez peut-être pas répondre. Mais quelque chose me tracasse. Je pense que Peter Carrington s'est fait aider pour se débarrasser du corps de Susan. Sauriez-vous quelque chose qui pourrait expliquer pourquoi elle est repartie de chez elle après avoir annoncé à ses parents qu'elle était rentrée ?

– J'ai passé vingt-deux ans à chercher une réponse à cette question, répondit Sarah North. Il

261

semblait peu vraisemblable que Peter ait pu aider Susan à tromper ses parents. En réalité, j'ai douté de sa culpabilité jusqu'à l'autre nuit, quand j'ai entendu les sirènes de la police et qu'ils l'ont trouvé dans le jardin des Althorp. Mon mari et moi avons enfilé nos robes de chambre et couru voir ce qu'il se passait. Je l'ai vu frapper le policier. L'homme était sérieusement blessé. Peut-être s'est-il comporté de la même façon avec Susan au cours d'une crise de somnambulisme ? Ce n'est pas impossible.

– Assistiez-vous au dîner dansant chez les Carrington ?

– Nous y étions toutes.

– Jusqu'à quelle heure êtes-vous restée ?

– Jusqu'à minuit et demi, ou une heure moins le quart au plus tard. Je devais être à la maison à une heure.

– Mais Susan était la Cendrillon du bal ce soir-là. Elle avait reçu l'ordre de rentrer à minuit.

– Pendant le dîner, son père s'était montré très dur avec elle. Je pense que c'était simplement de la méchanceté de sa part.

– Pour quelle raison ?

– Je l'ignore.

– Susan a-t-elle semblé attristée par l'attitude de son père ?

– Oui. En vérité, elle n'était pas tout à fait elle-même ce soir-là. Mais il fallait la connaître pour s'en rendre compte.

– L'ambassadeur a la réputation d'avoir un caractère difficile, n'est-ce pas, madame North ?

– Enfants, nous l'appelions le diplo-niet. Nous

l'entendions toujours crier après Susan et ses frères. C'est un vrai casse-pieds.

– Vous êtes-vous jamais demandé quelle aurait été sa réaction s'il avait vu Susan se glisser en douce hors de la maison ?

– Je crois qu'il l'aurait tuée. » Sarah North parut stupéfaite de sa réponse. « Pas au sens propre, bien sûr », rectifia-t-elle.

Greco la rassura :

« Bien sûr. »

Il se leva pour prendre congé. « Vous avez été très aimable. Pourrais-je vous demander de me recevoir à nouveau si nécessaire ?

– Certainement. Je crois qu'aucun de nous ne sera satisfait avant que toute la vérité soit faite sur la mort de Susan et celle du père de...

– Vous voulez dire le père de Mme Carrington ?

– Oui. »

Le visage de Sarah North trahissait un profond désarroi. « Monsieur Greco, dit-elle, Kay Carrington est venue me voir. Elle m'a posé les mêmes questions que vous. Je lui ai promis de ne révéler à personne qu'elle était venue me voir.

– Vous avez ma parole. »

Nicholas Greco était perplexe quand il regagna sa voiture. Il se posa les deux questions qui lui paraissaient élémentaires quand il menait une enquête : « Supposons que... ? » « Et si... ? »

Supposons que Peter Carrington ne soit impliqué dans aucun de ces trois meurtres ?

Et si quelqu'un d'autre, dans l'entourage des Carrington, était le véritable assassin ? Que ferait cet individu en apprenant que la jeune épouse de Peter

Carrington posait des questions pouvant conduire à la découverte de la vérité ?

Kay Carrington n'a peut-être pas envie de me parler, mais je vais m'arranger pour la rencontrer, décida Greco en montant dans sa voiture. Il faut la mettre en garde.

51

PETER fut à la fois fou de joie et inquiet en apprenant que nous attendions un enfant. « C'est merveilleux, Kay, mais tu dois absolument te reposer. Le climat de tension qui t'entoure est nocif autant pour toi que pour le bébé. Mon Dieu, pourquoi tout cela nous arrive-t-il ? Pourquoi ne puis-je être à la maison auprès de toi ? »

Il pensait que la défense qu'il avait choisie lui rendrait justice aux yeux de son enfant. « Kay, plus tard, je veux qu'elle ou il comprenne que je n'étais absolument pas maître de mes actes lorsque j'ai commis ces crimes dont on m'accuse sans doute justement. »

Il tint à ce que ses avocats présentent une requête auprès du tribunal afin qu'il passe un test dans un centre des troubles du sommeil. Il voulait que soit officiellement reconnu qu'il était sujet à des crises de somnambulisme et inconscient de ses actes lorsqu'il était sous leur empire.

Ce point devint un sujet de conflit entre lui et ses avocats. « Choisir devant un tribunal le somnambulisme comme ligne de défense revient à dire : "Non coupable pour cause d'aliénation mentale", lui rétorqua Conner Banks. Autant proclamer : "Je suis coupable. Je l'ai fait mais je ne peux pas l'expliquer."

– Présentez la requête », s'entêta Peter.

Il en était résulté une nouvelle comparution devant le juge Smith. Je posai ma main sur mon ventre, cherchant le réconfort dans ce petit être qui grandissait en moi, tandis que je regardais son père que l'on amenait à nouveau devant la cour, les mains et les pieds entravés, dans son uniforme orange.

Ce fut Conner Banks qui plaida. « Votre Honneur, dit-il en s'adressant à la cour, je sais qu'il s'agit de circonstances extraordinaires, et je ne nie pas que M. Carrington a quitté son domicile, ce qui, en apparence, est une violation des conditions de sa mise en liberté sous caution. »

Vincent Slater était assis à côté de moi. Je savais qu'il n'était pas favorable à cette requête.

« Cependant, Votre Honneur, poursuivit Banks, je crois que même les rapports de police ont fait une description détaillée de l'état d'hébétude de Peter Carrington au moment de son arrestation. Des tests pratiqués peu après ont montré qu'aucune trace d'alcool ou de drogue n'avait été décelée dans son sang. Il est impératif pour notre défense que M. Carrington soit examiné par un service spécialisé dans les troubles du sommeil. Ce qui nécessiterait une hospitalisation d'une nuit afin de contrôler son comportement durant son sommeil. »

« Impératif pour notre défense, murmura Vincent. Une expression sur laquelle vont se jeter les médias. »

« Votre Honneur, nous vous demandons d'autoriser cet examen. Nous serions prêts alors à verser une caution de vingt-cinq millions de dollars. Nous reconnaissons qu'il n'est pas de la responsabilité du chef de la police d'escorter l'accusé pendant qu'il étaye ses moyens de défense, et sommes donc prêts à rembourser à l'État les salaires des agents de police qui seront affectés à sa garde. Nous sommes également disposés à utiliser une entreprise de surveillance qui engagera une demi-douzaine de policiers à la retraite pour s'assurer de la garde de M. Carrington au cas où il chercherait à s'échapper, ce qui, nous pouvons vous l'assurer, ne sera pas le cas.

« Votre Honneur, une personne sur deux cents est sujette au somnambulisme. Le danger potentiel que représente un somnambule pour lui-même et pour les autres n'est en général ni reconnu ni bien compris. Je doute que beaucoup dans cette assistance sachent que les somnambules n'ont pas le droit de servir dans l'armée de ce pays. La raison en est qu'ils peuvent avoir accès à des armes et des véhicules et être inconscients de leurs actes quand ils se déplacent en dormant. »

La voix de Conner Banks se fit plus forte et plus pressante en concluant sur ces derniers mots. Lorsqu'il reprit, après un bref silence, ce fut d'un ton moins impératif : « Permettez à Peter Carrington de faire la démonstration, grâce à l'examen de ses ondes cérébrales, qu'il est victime de troubles liés au somnambulisme. Donnez-lui cette chance. »

Le visage du juge Smith resta impassible. Je me demandais quoi penser. Mais je savais moi aussi que Peter était satisfait. Il avait fait passer son message. Il commençait à défendre sa propre cause vis-à-vis des médias.

Banks et Markinson étaient visiblement inquiets. Pendant la suspension d'audience, ils vinrent me parler. « Le juge ne va pas accéder à la requête, mais nous avons abattu notre jeu. Tout le monde dans cette salle est persuadé que nous voulons plaider l'aliénation mentale mais sous un angle différent. »

Le juge regagna son banc. En vingt ans de carrière, commença-t-il, il n'avait jamais été confronté à une demande reposant sur ce type d'argument. Il ajouta que, bien que l'État puisse craindre de voir le prévenu prendre la fuite, le procureur ne mettait pas en doute le rapport de police indiquant que M. Carrington était dans un état d'hébétude au moment de son arrestation. Il conclut en disant qu'à condition qu'un membre de la défense soit présent, ainsi qu'un garde pour empêcher Peter de s'échapper, il donnait son accord à une hospitalisation de vingt-quatre heures dans un service spécialisé dans les troubles du sommeil.

Pour Peter, la décision du juge était une victoire. Pas pour ses avocats. Même si les spécialistes fournissaient une explication médicale à son somnambulisme, je savais moi aussi qu'elle n'aurait aucune influence sur le verdict final. Dans ce sens, nous nous trouvions dans une impasse.

Après la suspension d'audience, je décidai de m'entretenir avec Banks et Markinson et leur demandai de me retrouver à la maison. À nouveau, j'eus l'autorisation de voir Peter dans la cellule de détention provisoire.

« Je sais que, pour toi, c'est une victoire à la Pyrrhus, me dit-il.

— Il n'y a qu'une seule victoire, Peter, répondis-je farouchement, c'est que tu reviennes à la maison. Et nous y arriverons.

— Oh, mon amour, tu ressembles à Jeanne d'Arc. Il ne te manque que l'épée. »

Il eut un bref et véritable sourire qui me rappela le Peter de notre voyage de noces.

Je mourais d'envie de lui raconter que j'avais entrepris de passer au crible la moindre information, le moindre indice se rapportant aux morts de Susan et de mon père, que je partais de l'hypothèse que c'était peut-être Susan que j'avais entendue dans la chapelle. Mais je savais que le simple fait d'émettre ces hypothèses aurait un effet négatif – il s'inquiéterait à mon sujet.

Je lui racontai plutôt que je m'étais mise à explorer le deuxième étage de la maison. « Peter, ces pièces ressemblent à une version raffinée du grenier de Maggie, dis-je. Qui était collectionneur dans ta famille ?

— Ma grand-mère, je crois, mais c'est mon arrière-grand-mère qui est à l'origine d'une partie de la collection. Tout ce qui a de la valeur se trouve sur les murs des pièces du rez-de-chaussée. Mon père avait fait évaluer l'ensemble de ces œuvres.

— Qui collectionnait les porcelaines ? Il y en a beaucoup là-haut.

— C'est surtout mon arrière-grand-mère.

– Il y a un service de Limoges magnifique. Il est encore en caisse. J'en ai sorti quelques pièces. Le motif est ravissant. C'est la vaisselle que j'aimerais utiliser pour nos dîners. »

Le gardien se tenait dans l'embrasure de la porte. « Madame Carrington.

– Je sais. » Je regardai Peter. « Bien sûr, si tu n'aimes pas cette vaisselle, nous en chercherons une autre. Le choix ne manque pas. »

Je vis une expression de sympathie dans le regard du gardien lorsque je passai devant lui. Il aurait pu aussi bien me dire : « Ma p'tite dame, il n'aura pas plus que moi l'occasion de manger dans ce service. » J'aurais aimé qu'il le dise tout haut. Je lui aurais répondu que le jour où Peter reviendrait à la maison, je l'inviterais à dîner.

Conner Banks et Walter Markinson étaient déjà arrivés lorsque Vincent me déposa. Une réunion du conseil d'administration de Carrington Enterprise était prévue plus tard dans la journée, et il devait y représenter Peter. Vincent Slater était « les yeux et les oreilles » de mon mari, mais il n'avait pas le droit de vote, naturellement, et se contentait d'informer Peter de tout ce qui se passait dans cette société aux activités multiples.

Comme toujours, Jane Barr avait introduit les avocats dans la salle à manger où je les rejoignis. Je décidai de leur dire que la femme que j'avais entendue vingt-deux ans auparavant dans la chapelle pouvait être Susan Althorp.

Ils n'étaient pas au courant de mon escapade et leur réaction en m'entendant la raconter me stupéfia. Ils parurent horrifiés. « Kay, vous rendez-vous compte de ce que vous dites ? me demanda Banks.

— Je dis seulement que c'était peut-être Susan qui se trouvait dans la chapelle ce jour-là et qu'elle paraissait vouloir faire chanter quelqu'un.

— Peut-être faisait-elle chanter votre mari, répliqua sèchement Markinson. Avez-vous la moindre idée de ce que le procureur pourrait faire de cette information ?

— De quoi parlez-vous ? » J'étais sincèrement étonnée.

« Ce que nous vous disons, expliqua Banks gravement, c'est que, si votre supposition se révèle juste, vous venez de fournir un mobile à Peter pour avoir tué Susan.

— Avez-vous dit à Peter que vous aviez surpris cette conversation dans la chapelle ?

— Oui. Pourquoi ?

— Quand le lui avez-vous dit, Kay ? »

J'avais l'impression d'être interrogée par deux procureurs hostiles. « Je le lui ai dit le soir de la réception en faveur du programme d'alphabétisation. Ma grand-mère avait fait une chute et Peter m'avait accompagnée à l'hôpital et ramenée ensuite à la maison. Il est entré un moment et nous avons bavardé.

— Cette réception a eu lieu le 6 décembre, si je me souviens bien, dit Markinson en consultant ses fiches.

— C'est exact. »

Je commençais à me sentir sur la défensive.

« Et vous vous êtes mariés le 20 janvier, moins de sept semaines après.

– Oui. » J'étais à la fois découragée et furieuse. « Voudriez-vous m'expliquer où vous voulez en venir ? demandai-je.

– Ce à quoi nous voulons en venir, Kay – et cette fois le ton de Conner Banks était sérieux et empli de regret –, c'est que nous nous sommes tous interrogés à propos de votre idylle soudaine. Vous venez de nous en donner l'explication. Si c'était Susan Althorp qui était dans la chapelle et qu'elle faisait chanter Peter, vous êtes devenue un danger potentiel pour lui dès l'instant où vous lui avez révélé que vous aviez entendu leur querelle.

« Il ne pouvait courir le risque de vous voir parler de cette histoire à quelqu'un qui ferait immédiatement le rapport. Souvenez-vous, la réception a eu lieu juste après la parution de l'article de *Celeb* qui reprenait toute l'affaire. En vous proposant un mariage précipité, il vous empêchait de témoigner contre lui au cas où il serait un jour poursuivi. Il pourrait alors invoquer la confidentialité entre époux devant le tribunal. En outre, il a probablement tout fait pour que vous tombiez amoureuse de lui et vous sentiez incapable de l'abandonner. »

En l'écoutant, je sentis la rage m'envahir au point que si j'avais eu quelque chose à leur jeter à la figure, je l'aurais fait sans hésiter. Je me mis à hurler : « Dehors ! Dehors, et ne remettez plus jamais les pieds ici ! Je préférerais que ce soit le procureur qui défende mon mari plutôt que l'un ou l'autre de vous. Vous ne croyez même pas que s'il a effectivement tué Susan et mon père, il ait pu le faire en étant inconscient de ses actes. Et maintenant vous affirmez qu'il m'a épousée par pur calcul, pour m'empêcher de parler. Allez au diable, tous les deux ! »

Ils se levèrent. « Kay, dit doucement Banks, si vous alliez voir un médecin, qu'il diagnostique un cancer et vous dise que vous vous portez à merveille, il vous mentirait. La seule façon de défendre Peter est de connaître tous les facteurs capables d'influencer un jury. Vous venez de jeter un pavé dans la mare, une information qu'heureusement nous ne sommes pas obligés de révéler au procureur parce que c'est nous qui l'avons découverte. Nous devrions lui en parler uniquement si nous voulions l'utiliser comme élément de la défense au procès. Bien sûr, il n'en est pas question. Mais pour l'amour du ciel, Kay, je vous en prie, ne révélez à personne ce que vous venez de nous dire. »

Toute mon agressivité m'abandonna. « Je l'ai déjà fait. Le soir où Peter est rentré à la maison après son inculpation.

— Vous avez dit à quelqu'un que Susan se trouvait peut-être dans la chapelle ? À qui ?

— Elaine, Richard et Vincent Slater étaient présents. Cependant, je n'ai pas mentionné le nom de Susan. Je leur ai simplement dit que je ne savais pas qui c'était. Elaine a même plaisanté, disant que cela aurait pu être elle et le père de Peter parce qu'ils s'étaient disputés toute la journée à propos de l'argent qu'elle avait dépensé pour la réception.

— Vous me rassurez. Mais ne faites plus jamais allusion à votre visite à la chapelle devant personne. Si l'un de ceux que vous avez informés soulève la question, insistez sur le fait que vous n'avez aucune idée de la personne qui se trouvait là, car vous n'en savez *rien* en réalité. »

Je vis les deux hommes échanger un regard. « Il faudra que nous en discutions avec Peter, dit Banks. Je voudrais le persuader de renoncer à cette histoire farfelue d'hospitalisation dans un centre du sommeil. Sa seule chance de rentrer chez lui est le "doute raisonnable". »

Je leur avais confié que j'étais enceinte. En partant, Markinson dit : « Maintenant qu'il sait qu'il va être père, il nous laissera peut-être prendre en main sa défense et tenter de le faire acquitter. »

52

NICHOLAS GRECO était assis dans le hall de réception de la Joined-Hands Foundation, une organisation charitable créée au bénéfice des victimes de catastrophes. Jeffrey Hammond en était vice-président, et d'après les recherches de Greco, son rôle n'était pas de distribuer l'argent, mais de lever des fonds.

Les bureaux de l'organisation étaient situés dans le nouveau Time Warner Center sur Columbus Circle dans Manhattan, une adresse prestigieuse qui grevait certainement les frais généraux, pensa Greco. Hammond avait un salaire de cent cinquante mille dollars par an, un salaire certes royal pour la moyenne des Américains, mais pas pour ceux dont le fils faisait ses études dans un établissement qui coûtait quarante mille dollars par an.

La femme de Jeffrey, Nancy, travaillait à temps partiel pour le représentant du New Jersey au Congrès. Sans connaître son salaire, Greco imagina qu'il devait être peu important. Il savait aussi que le salaire du représentant en question était trop peu élevé pour lui permettre de se montrer généreux avec ses employés. Il n'était pas étonnant que, sans fortune personnelle, beaucoup des membres du Congrès partagent des appartements à Washington.

Ces pensées traversaient l'esprit de Greco tandis qu'il attendait que la jeune et dynamique réceptionniste l'invite à entrer dans le bureau de Hammond. Quatre-vingt-dix-neuf pour cent des réceptionnistes sont pleines d'entrain de naissance, se dit-il en la suivant dans le couloir.

Aucune ride malicieuse au coin des yeux de Jeffrey Hammond aujourd'hui. Son sourire était forcé et sa paume légèrement moite quand il serra la main de Greco et le pria de prendre un siège. Puis il alla s'assurer que la porte de son bureau était bien fermée avant de s'asseoir lui-même dans son fauteuil pivotant.

« Monsieur Hammond, j'ai demandé à vous rencontrer à votre bureau, estimant préférable ne pas aborder le sujet qui m'amène devant votre épouse. »

Hammond hocha la tête sans répondre.

« Avant de venir, j'ai fait un peu de travail préparatoire, dirons-nous, et c'est ainsi que j'ai découvert que Grace Carrington avait été un soutien très actif de votre organisation.

— Mme Carrington se montrait généreuse envers de nombreuses organisations charitables. »

Le ton de Hammond était ostensiblement neutre.

« Bien sûr. Cependant, elle a été présidente de votre fondation pendant deux ans et a aidé à lever des sommes d'argent considérables, ce qui a certainement été favorable à votre situation. Pour être franc, votre job dépend de votre capacité à collecter de l'argent, me semble-t-il ?

– J'aime à penser que mon job, comme vous dites, consiste à collecter de l'argent parce que cet argent est utile à des nécessiteux, monsieur Greco. »

Peut-être, pensa Greco. « Peter Carrington n'assistait pas aux dîners de gala qu'appréciait tant sa femme, n'est-ce pas ?

– Il avait horreur de ça. Il lui importait peu que sa femme subventionne ces événements tant qu'il n'était pas obligé d'y participer.

– Ainsi, durant des années, vous l'avez officiellement escortée dans un grand nombre de ces réceptions.

– C'est exact.

– Qu'en pensait Mme Hammond ?

– Elle pensait que cela faisait partie de mon travail. Elle comprenait. »

Greco soupira. « Je crois que nous tournons autour du pot. Vous feriez un très mauvais espion, monsieur Hammond. L'impassibilité n'est pas votre point fort. Le jour où je vous ai rendu visite à votre domicile et où nous avons parlé de la mort de Grace Carrington, je vous ai observé et j'ai perçu dans votre regard quelque chose qui ressemblait fort à de l'angoisse. »

Le regard de Hammond fixa un point dans le vague. D'une voix blanche, il dit : « Vous avez raison. Grace et moi nous nous aimions. Par de nombreux côtés nous étions semblables – même milieu familial, une bonne éducation, pas de fortune. Elle n'a jamais été amoureuse de Peter. Il lui plaisait et elle profitait de son argent. Elle avait commencé à combattre son problème d'alcoolisme. Elle s'était même inscrite aux Alcooliques anonymes. Si elle avait divorcé de Peter, elle aurait reçu vingt millions de dollars, une somme considérable pour vous et moi, mais dont les revenus ne lui auraient pas permis de conserver le mode de vie auquel elle s'était habituée : jet privé, palais en Toscane, appartement à Paris, avantages qui n'intéressaient nullement Peter Carrington, à l'exception du jet qu'il utilisait pour ses voyages d'affaires.

– Vous imaginiez donc que votre liaison durerait ?

– Non. J'étais décidé à rompre. Je sais ce que vous pensez de moi mais, croyez-le ou non, je ne suis pas un gigolo. J'aimais Grace de tout mon cœur, mais j'étais conscient que nous nous comportions mal envers Peter et Nancy. »

Jeffrey Hammond se mordit la lèvre, se leva et alla à la fenêtre où il se tint le dos tourné à Greco. Après un moment, il poursuivit : « J'ai téléphoné à Grace et lui ai dit que nous devions mettre un terme à notre liaison. Elle m'a raccroché au nez, mais m'a rappelé le lendemain matin. Elle m'a dit qu'elle allait demander le divorce, que l'argent n'était pas ce qui comptait le plus pour elle. Elle a dit en plaisantant qu'elle abandonnait un homme qui avait de l'argent pour un autre qui le collectait. Peter était parti pour un de ses longs voyages. Mon fils allait rentrer au lycée. Nous avons préféré attendre un an avant d'annoncer notre décision à Peter et à Nancy. C'est alors que Grace a su qu'elle était enceinte.

– Elle projetait donc de quitter Peter Carrington avant de savoir qu'elle était enceinte ? demanda Greco. C'était un changement radical.

– C'était son choix. Elle n'était pas heureuse, tout ce luxe ne compensait pas la solitude et l'insatisfaction dont elle souffrait. Tout a basculé lorsqu'elle a appris qu'elle était enceinte. Elle avait fait trois fausses couches précédemment et abandonné l'espoir d'avoir un enfant. Mais elle se rendait compte désormais qu'en donnant naissance à l'héritier de Peter Carrington, non seulement elle aurait l'enfant qu'elle avait toujours désiré, mais elle pourrait ensuite divorcer de Peter et conserver le style de vie qu'elle aimait. J'étais sur le point d'annoncer à Nancy que je voulais reprendre ma liberté, et Grace d'en faire de même avec Peter. Nous avons décidé d'attendre.

– Était-il possible que l'enfant de Grace soit le vôtre ?

– Non. Nous prenions toutes les précautions nécessaires pour que cela n'arrive pas.

– Votre femme soupçonnait-elle votre relation avec Grace ?

– Vers la fin, oui, je pense qu'elle s'en doutait.

– Je le pense aussi. Votre femme m'a paru très perspicace. Pourtant, elle ne vous a jamais questionné, ni avant ni après la mort de Grace Carrington ?

– Jamais. Au début de notre mariage, Nancy m'avait raconté que son père avait eu une ou deux aventures. Elle disait que sa mère avait eu raison de prétendre qu'elle n'était pas au courant. Après avoir atteint la cinquantaine, il s'était assagi et ils avaient eu une vie heureuse ensemble. Je pense qu'après la mort de Grace, Nancy a espéré que nous nous rapprocherions.

– Grace buvait-elle beaucoup pendant sa grossesse ?

– Au début, oui, mais elle faisait des efforts pour s'arrêter. Elle n'a pas bu un seul verre d'alcool durant le mois qui a précédé sa mort.

– Et le soir du dîner, en présence de plusieurs personnes, elle s'est remise à boire. Monsieur Hammond, si, comme vous l'avez suggéré, votre femme était au courant de votre liaison, est-il possible qu'elle ait versé de l'alcool dans le verre de Grace ce soir-là ?

– C'est peu probable, mais possible. Quelqu'un l'a fait, en tout cas. Grace ne se serait jamais risquée à boire devant Elaine ou Vincent Slater. Ils l'auraient rapporté à Peter – elle le savait.

– Vous m'avez dit que vous étiez rentrés chez vous quelques minutes après que Peter fut monté se coucher. La grille d'entrée de la propriété était-elle ouverte ?

– Oui. Elle était rarement fermée, même la nuit. La plupart du temps, Peter et Grace ne pensaient même pas à brancher l'alarme. »

Greco se demanda si c'était exact ou si Hammond voulait souligner, pour des raisons qui lui étaient propres, que le parc et la résidence étaient facilement accessibles.

« Vers quelle heure êtes-vous rentrés chez vous ? demanda-t-il.

– Un peu après onze heures. Comme vous l'avez vous-même constaté, nous n'habitons pas loin de chez les Carrington, bien que nous ne fassions pas partie des grandes propriétés du coin.

– Qu'avez-vous fait une fois rentrés ?

– Je suis allé me coucher. Nancy n'était pas fatiguée et elle est restée en bas à lire.

– Vous souvenez-vous de l'heure à laquelle elle est montée se coucher ? »

Le visage de Jeffrey Hammond s'empourpra. « Je ne saurais pas vous répondre. Nous nous étions disputés et j'étais allé dormir dans la chambre de notre fils. Il passait la nuit chez un ami.

– Vous vous êtes montré d'une rare franchise avec moi, monsieur Hammond. Je me demande pourquoi.

– Je vais vous le dire. » La voix de Jeffrey Hammond trahit soudain une fureur que Greco avait remarquée chez lui quand il avait exprimé le souhait que la peine de mort soit maintenue dans le New Jersey. « *J'aimais* Grace. Nous aurions pu avoir une vie heureuse ensemble. Je veux que l'on découvre son assassin. S'il y a quelque chose de certain, c'est que je n'avais aucun mobile pour la tuer. Je pense que vous le savez et que je n'ai pas à me soucier d'être soupçonné de sa mort. Peut-être est-elle sortie plus tard, peut-être a-t-elle perdu l'équilibre au bord de la piscine. C'est une possibilité. Mais si quelqu'un a attenté à sa vie, je veux qu'on le trouve et qu'il soit condamné, même si je dois pour cela dévoiler publiquement notre relation, avec tout ce que cela implique. J'aime mon fils, mais pas au point de laisser impunie la mort d'une femme aussi merveilleuse que Grace.

– Pensez-vous que Peter Carrington ait pu la tuer ?

– Oui et non. Pas pour des questions d'argent en tout cas – elles lui importaient peu. Peter n'est pas le fils de son père sur ce point-là. Je ne pense pas qu'il l'aurait tuée pour des raisons d'amour-propre non plus, l'indignation du mari trompé n'était pas son genre. Je ne le vois pas agissant ainsi. Il était consterné plutôt que furieux quand il lui a pris son verre des mains. Aujourd'hui, d'après ce que je sais, il est en effet possible qu'il l'ait tuée lors d'un accès de somnambulisme. Après avoir vu cette vidéo où il se rue sur le policier, je pense que c'est même probable.

– Pensez-vous que votre femme aurait pu retourner à la résidence, réveiller Grace, lui proposer d'aller respirer l'air frais dehors et la pousser ensuite dans la piscine ?

– Nancy n'aurait jamais fait une chose pareille, s'écria Hammond. Elle a la tête trop solide pour perdre ainsi son sang-froid. Elle ne prendrait jamais le risque de se retrouver en prison, car elle serait alors séparée de moi et de son fils pour toujours. L'ironie ultime de cette situation est que Nancy éprouve à mon égard les sentiments que j'avais pour Grace. Elle espère toujours me voir retomber amoureux d'elle.

– Et vous, monsieur Hammond ?

– Je le voudrais bien. »

53

APRÈS LE DÉPART de Banks et de Markinson, je montai dans ma chambre et m'étendis sur mon lit pour me reposer. Il était presque cinq heures. Je savais qu'un garde était posté à la grille et qu'un autre surveillait le parc. J'avais renvoyé Jane chez elle, prétextant que j'étais fatiguée et que je réchaufferais un peu de potage plus tard. Dieu merci, elle ne protesta pas. Je pense que mon attitude indiquait clairement que je désirais être seule.

Seule dans cette vaste maison où jadis, des siècles plus tôt, dans un autre pays, un prêtre avait été traîné dehors avant d'être roué de coups et décapité. Allongée sur mon lit, moi aussi j'avais l'impression d'avoir été rouée de coups.

Était-il possible que mon mari m'ait conduite jusqu'à l'autel pour s'assurer que je ne témoignerais jamais contre lui ?

Était-il possible que toutes ses déclarations d'amour ne soient rien d'autre que les calculs d'un assassin plein de sang-froid qui, plutôt que de courir le risque de me tuer, avait préféré m'épouser ?

Je revoyais Peter debout dans sa minuscule cellule, fixant sur moi des yeux remplis d'amour. Se moquait-il de moi alors, de Kay Lansing, la fille du paysagiste, qui avait l'incommensurable stupidité de croire qu'il était tombé amoureux d'elle au premier regard ?

Il n'y a pas pire aveugle que celui qui ne veut pas voir, me rappelai-je.

Je posai la main sur mon ventre, un geste devenu réflexe quand m'assaillaient des pensées que je refusais d'envisager. J'étais certaine que le bébé était un garçon, non parce que je le souhaitais, mais simplement parce que je le savais. Je portais le fils de Peter.

Peter m'aime, me dis-je farouchement. Il n'y a pas d'autre réponse.

Suis-je en train de me bercer d'illusions ? Non, non et non.

Ne laisse pas échapper ce que tu as, car c'est le bonheur. Qui a dit ça ? j'ai oublié. Mais je ne laisserai pas échapper mon amour pour Peter ni sa foi en moi. Je le dois, tout mon instinct me dit que c'est la vérité. La réalité.

Je finis par me calmer. Je pense que je somnolai un peu, car la sonnerie du téléphone près de mon lit me réveilla en sursaut. C'était Elaine.

« Kay », dit-elle. Je perçus un tremblement dans sa voix.

« Oui, Elaine. » J'espérais qu'elle n'avait pas l'intention de me rendre visite.

« Kay, il faut que je vous parle. C'est très important. Puis-je passer vous voir cinq minutes ? »

Je n'avais pas d'autre choix que d'accepter. Je me

levai, m'aspergeai le visage d'eau froide, puis me maquillai légèrement avant de descendre. Que je me donne cette peine pour la belle-mère de Peter pouvait paraître stupide, mais j'avais le sentiment qu'allait se déclencher une lutte d'influence entre Elaine et moi. Avec Peter en prison, elle reprenait l'habitude de venir ici à tout bout de champ comme si elle était à nouveau chez elle.

Mais lorsque je la vis apparaître un moment plus tard, rien dans son attitude n'évoquait la châtelaine du lieu cherchant à rétablir sa position. Elaine était d'une pâleur mortelle et ses mains tremblaient. Elle était manifestement dans tous ses états. Je remarquai qu'elle portait un sac en plastique sous le bras.

Elle ne me laissa pas le temps de lui dire bonsoir : « Kay, Richard a de graves ennuis. Il a joué aux courses à nouveau. Il me faut immédiatement un million de dollars. »

Un million de dollars ! C'était plus d'argent que j'en aurais gagné en une vie entière à la bibliothèque. « Elaine, protestai-je, je ne possède pas une somme pareille, et il est inutile de la demander à Peter. Il trouve insensé que vous continuiez ainsi à éponger ses dettes. Il m'a dit que le jour où vous refuseriez de payer, Richard serait enfin obligé de mettre fin à sa passion du jeu.

— Si Richard ne paie pas cette dette, il ne vivra pas assez longtemps pour mettre fin à sa passion », répliqua Elaine. Elle semblait au bord de la crise d'hystérie. « Écoutez-moi, Kay. J'ai protégé Peter pendant presque vingt-trois ans. Je l'ai vu rentrer à la maison le soir où il a tué Susan. Il marchait dans son sommeil et il y avait du sang sur sa chemise. Je ne savais pas dans quelle histoire il s'était fourré, mais je savais que je devais le protéger. C'est moi qui ai pris la chemise dans la corbeille à linge afin que la femme de chambre ne la voie pas le lendemain. Si vous croyez que je mens, regardez. »

Elle déposa le sac en plastique sur la table basse et en retira quelque chose. C'était une chemise de smoking blanche. Elle la déplia sous mes yeux. Il y avait des traces sombres sur le col et autour des trois boutons du haut. « Vous comprenez ce que sont ces taches, n'est-ce pas ? » demanda-t-elle.

Craignant de m'évanouir, je me laissai tomber sur le canapé. Oui, je voyais ce qu'elle brandissait devant moi. Je ne doutai pas un instant qu'il s'agissait de la chemise de Peter, ni que les taches brunes étaient le sang de Susan Althorp.

« Trouvez l'argent pour demain matin, Kay », dit Elaine.

L'image de Peter brutalisant Susan m'emplit soudain l'esprit. L'autopsie avait montré qu'elle avait reçu un coup violent à la bouche. C'était ainsi qu'il avait attaqué le policier. Mon Dieu, pensai-je, mon Dieu. Il ne reste plus aucun espoir.

« Avez-vous vraiment vu Peter revenir ce soir-là ? demandai-je.

— Oui.

— Vous êtes *sûre* qu'il marchait comme un somnambule ?

— Sûre et certaine. Il est passé près de moi dans le couloir sans me voir.

— À quelle heure environ est-il rentré ?

— À deux heures du matin.

– Que faisiez-vous dans le couloir à cette heure-là ?

– Le père de Peter ne cessait de vitupérer à cause du coût de la réception, et j'avais décidé d'aller dans une des autres chambres pour ne plus l'entendre. C'est à ce moment-là que j'ai vu Peter qui montait l'escalier.

– Et ensuite vous êtes allée dans sa chambre pour y chercher la chemise. Supposons qu'il vous ait vue, Elaine ? Qu'auriez-vous fait ?

– Je lui aurais dit que je l'avais vu marcher dans son sommeil et que je voulais m'assurer qu'il avait retrouvé son lit. Mais il ne s'est pas réveillé. Grâce à Dieu, j'ai pu emporter sa chemise. Si on l'avait trouvée dans la corbeille, le lendemain matin, il aurait été arrêté et condamné. Il serait probablement encore en prison. »

Elaine me parut plus calme. Elle se disait sans doute que j'allais tout faire pour trouver cet argent. Elle replia soigneusement la chemise et la rangea dans le sac, comme l'aurait fait une vendeuse dans un magasin.

« Si vous vouliez réellement aider Peter, n'aurait-il pas été plus simple de jeter cette chemise ? lançai-je.

– Non, car c'était la preuve que j'avais vu Peter cette nuit-là. »

Une police d'assurance, en quelque sorte. Une provision pour les mauvais jours.

« Je trouverai l'argent, Elaine, lui promis-je, mais à condition que vous me donniez cette chemise.

– Vous l'aurez, Kay. Je regrette d'avoir dû en venir là. J'ai protégé Peter parce que je l'aime.

Maintenant vous devez protéger mon fils. Quand vous aurez un enfant, vous comprendrez. »

Peut-être puis-je déjà comprendre, pensai-je. Je n'avais annoncé la nouvelle à personne excepté aux avocats de Peter. C'était trop tôt, et je ne voulais pas que la presse l'apprenne. Je n'avais aucunement l'intention de dire à Elaine que j'étais enceinte, pas au moment où j'étais en train de négocier l'achat de la chemise tachée de sang qui prouvait que le père de mon enfant était un assassin.

54

VINCENT SLATER rentra chez lui trop tard pour répondre au message urgent de Kay. « Si vous ne pouvez pas me joindre ce soir, appelez-moi sans faute demain matin à la première heure. »

Il était onze heures et demie. Il savait que Kay se couchait tôt et n'eut pas le cœur de la réveiller. Mais qu'y avait-il donc de si urgent ? se demanda-t-il. Cette nuit-là, bien qu'il fût en général bon dormeur, il se réveilla à plusieurs reprises.

Son téléphone sonna à sept heures. C'était Kay. « Je ne peux pas parler au téléphone, dit-elle. Pouvez-vous passer chez moi en allant à New York ?

– Je m'apprêtais à partir. Je viens tout de suite. »

Kay lui demanda de la suivre dans la cuisine où elle prenait son café matinal. « Je voulais vous voir avant que Jane n'arrive à huit heures, dit-elle. Le mois dernier, le jour où nous sommes rentrés de notre voyage de noces, Peter et moi avons fait un jogging tôt dans la matinée. Nous avons pris une tasse de café avant de quitter la maison. C'était merveilleux d'être tous les deux seuls, monsieur et

289

madame Jeunes-Mariés dans cette belle maison. Il me semble que des siècles se sont écoulés depuis. »

Dans la lumière crue du matin, Slater s'aperçut que Kay avait maigri. Ses pommettes étaient plus saillantes, ses yeux dilatés. Inquiet, il lui demanda ce qui était arrivé pour la bouleverser à ce point.

« Qu'est-il arrivé ? Pas grand-chose. Simplement la très aimante belle-mère de Peter prétend l'avoir protégé pendant des années et, à présent, elle a besoin d'une petite aide financière en retour.

— Que voulez-vous dire ?

— Elle est disposée à me vendre un objet qui pourrait être extrêmement compromettant pour Peter s'il tombait entre de mauvaises mains – c'est-à-dire celles du procureur. Le prix est d'un million de dollars, et elle le veut aujourd'hui.

— Quel objet ? » interrogea vivement Slater.

Kay se mordit la lèvre. « Je ne peux pas vous le dire, ne me posez pas la question. Il lui faut cet argent parce que son merveilleux fils croule sous les dettes de jeu. Je sais que Peter nous avait ouvert un compte joint. Que contient-il ? Assez pour que je lui fasse un chèque ?

— Réfléchissez, Kay. Il faut un minimum de temps pour transférer de l'argent. Le seul moyen pour qu'elle dispose rapidement de cette somme est de la virer électroniquement sur son compte. Êtes-vous sûre de vouloir le faire ? Vous savez ce que pense Peter de la passion du jeu de Richard. Il refuserait de l'encourager. C'est peut-être simplement du bluff de la part d'Elaine.

— Elle ne bluffe pas ! Elle ne bluffe pas ! » s'écria Kay.

Elle enfouit son visage dans ses mains en sanglotant.

Stupéfait, Slater la regarda essuyer rapidement
ses larmes, s'efforcer de maîtriser son émotion. « Je
suis désolée. C'est seulement...

— Allons, allons, Kay, dit-il d'une voix apaisante.
Tout va s'arranger. Ne vous mettez pas dans cet
état. Je vais m'en occuper.

— Je ne veux pas que Peter le sache », dit Kay
d'une voix basse mais ferme. « Du moins pas maintenant. Il va être hospitalisé dans ce centre pour
troubles du sommeil ce soir. Il n'a pas besoin de se
préoccuper de cette histoire par-dessus le marché.

— Il n'est pas obligé de l'apprendre tout de suite.
J'ai une procuration pour faire les virements. Mais
réfléchissez encore. Une fois l'argent encaissé, vous
ne pourrez pas le récupérer. Vous remettra-t-elle
cet objet avant le transfert ?

— Laissez-moi finir mon café avant de l'appeler.
Je ne veux pas avoir l'air émue en lui parlant. »

Slater regarda Kay entourer la tasse de ses mains
comme pour les réchauffer. Ils demeurèrent
quelques minutes sans parler. « Je vais mieux à
présent », dit-elle enfin. Elle composa le numéro
d'Elaine et attendit. Le téléphone sonna longuement. « J'éprouve une certaine satisfaction à la
pensée de la réveiller, dit-elle amèrement. Elle était
complètement défaite quand elle est venue me
trouver hier soir, mais elle s'est remise en un clin
d'œil quand je lui ai promis de lui faire parvenir
l'argent dans la journée. Ah, elle décroche. »

Slater vit l'expression de Kay se durcir tandis
qu'elle parlait avec Elaine. Il comprit, en entendant

une partie de l'échange entre les deux femmes, qu'Elaine ne se séparerait pas de l'objet qu'elle détenait avant d'avoir sur son compte la somme promise.

Que se passait-il donc ?

Il se souvint qu'Elaine habitait encore la maison la nuit de la disparition de Susan. Son appartement se trouvait à l'angle du couloir qui desservait l'ancienne chambre de Peter.

Serait-il possible qu'elle ait vu Peter rentrer et remarqué du sang sur sa chemise ?

Peut-être.

Slater se remémora les épisodes de somnambulisme dont il avait été témoin des années auparavant, quand il accompagnait Peter en vacances. Il y avait eu cet incident à la montagne, le soir où Peter s'était jeté sur lui. Chaque fois, dès que Peter regagnait son lit, il s'endormait aussitôt d'un sommeil profond. Elaine aurait pu entrer dans sa chambre et s'emparer de la chemise dans la corbeille sans qu'il s'en rende compte.

Kay raccrocha. « Elle ne me fait pas confiance. Elle dit que son banquier l'appellera à l'instant où l'argent sera sur son compte et, alors seulement, elle viendra m'apporter le paquet en question.

— Est-ce la chemise de smoking de Peter, Kay ? demanda Slater.

— Je ne répondrai pas à cette question. Je ne peux pas.

— Je comprends. Très bien. Je pars dès maintenant pour New York. Je dois signer certains documents pour le transfert de l'argent.

— L'argent ! C'est la cause de la plupart des

crimes, non ? L'amour et l'argent. Susan avait besoin d'argent, n'est-ce pas ? »

Slater la regarda fixement. « Comment diable le savez-vous ?

– Oh, comme ça, je n'en suis pas sûre en réalité. » Elle détourna la tête, évitant de croiser son regard. Soudain, elle sursauta. « Tiens, Gary, je ne vous ai pas entendu arriver.

– Je me suis arrêté pour parler au vigile à la porte, madame. Je lui ai proposé une tasse de café, puis je suis entré par là. »

Il veut dire qu'il est passé par la porte de devant, pensa Slater. Ce n'est pas dans ses habitudes. S'était-il attardé dans le couloir ? Et qu'avait-il entendu de leur conversation ? Nul doute que Kay se posait la même question.

Elle se leva. « Je vous accompagne jusqu'à la porte, Vincent », dit-elle.

Elle ne dit rien jusqu'à ce qu'ils aient atteint le hall, puis elle chuchota : « Pensez-vous qu'il ait pu surprendre ce que nous disions ?

– Je l'ignore, mais il n'avait aucune raison d'entrer par la porte de devant. Je pense qu'il a vu ma voiture, nous a aperçus par la fenêtre de la cuisine, puis a rebroussé chemin et trouvé une excuse pour nous écouter subrepticement.

– C'est aussi mon avis. Téléphonez-moi quand l'argent aura été viré et je... – Kay hésita – ... et je vous dirai si l'échange a bien eu lieu. »

À midi Slater appela Kay pour lui dire que le million de dollars avait été versé sur le compte d'Elaine.

À midi trente, Kay le rappela. Elle semblait hors

d'elle. « Elle refuse de respecter son engagement. Elle dit que la somme qu'elle a demandée était trop modeste. Elle dit que les clauses de son contrat prénuptial n'étaient pas assez avantageuses. Elle veut discuter d'un montant correspondant à ses futurs besoins. »

55

« C'EST une manière comme une autre de sortir de prison », fit observer Peter Carrington à Conner Banks tandis que, menotté et fers aux pieds, escorté par quatre gardes et deux huissiers de police, il était conduit à travers les couloirs de l'hôpital de Bergen Valley jusqu'au centre des troubles du sommeil.

– Pas vraiment la manière que j'aurais choisie personnellement, dit Banks.

– Je suis bien conscient que tout cela vous paraît absurde, dit Peter.

– Ce n'est pas ce que je voulais dire. Mais j'aurais préféré que vous rentriez chez vous au lieu de venir ici.

– Bon, il semblerait que je doive y passer la nuit. Désolé de vous avoir dérangé. »

Il était huit heures du soir. Banks s'était renseigné sur tout le processus. Peter serait interrogé par un spécialiste du sommeil, répondrait à une série de questions, puis serait conduit dans une chambre au laboratoire du sommeil. Là, un polysomnographe enregistrerait les données physiologiques :

rythme cardiaque, ondes cérébrales, respiration, mouvements oculaires et mouvements des membres inférieurs durant les cinq phases du sommeil. Une caméra de télévision placée dans la chambre le filmerait toute la nuit. Il regagnerait la prison le lendemain matin.

Une chaîne de sécurité avait été fixée à l'extérieur de la chambre de Peter. Banks et trois des gardes resteraient assis sur des chaises dans le couloir, tandis que le quatrième ainsi qu'un technicien du sommeil observeraient l'écran montrant l'intérieur de la chambre où était installé Peter. Des huissiers de justice se tiendraient devant sa porte.

À une heure du matin, la poignée de la porte de la chambre tourna. Les gardes s'apprêtaient à bondir, mais la chaîne empêcha le battant de s'ouvrir de plus d'un centimètre. La poussée provenant de l'intérieur dura une longue minute, puis la porte se referma.

Banks se précipita vers l'écran. Il vit Peter assis sur le lit. Il regardait en direction de la caméra, le visage dépourvu d'expression, le regard fixe. Il le vit ensuite essayer de se rebrancher au capteur respiratoire, s'allonger et fermer les yeux.

« C'est une crise de somnambulisme, n'est-ce pas ? demanda Banks au technicien.

– Vous venez d'en observer un exemple classique », lui fut-il répondu.

56

POUR la deuxième matinée consécutive, Vincent Slater reçut un appel téléphonique à sept heures, cette fois de Conner Banks. « Nous avons un problème, annonça ce dernier sans préambule. Peter a eu une crise de somnambulisme cette nuit, au centre, et a tenté d'ouvrir la porte de sa chambre. Cette tentative pourrait être considérée comme une violation des conditions de sa mise en liberté sous caution. Dès que le procureur l'apprendra, il y aura une nouvelle audience. Barbara Krause va demander que la caution soit confisquée. »

Slater s'assit au bord de son lit. « Que puis-je faire ?

— Rien, si ce n'est prier pour que les juges adoptent notre point de vue — c'est-à-dire que Peter ne savait pas ce qu'il faisait. Sinon vous pouvez à nouveau dire adieu à vingt-cinq millions de dollars.

— Vous ne pouvez pas laisser faire ça !

— Croyez-moi, je vais tenter le tout pour le tout. Je vous ai prévenu dès le début, Vince, que ce système de défense basé sur le somnambulisme était

297

de la folie. Il n'y a aucune chance que le juge nous suive. C'est à contrecœur qu'il a autorisé Peter à se faire examiner dans ce centre des troubles du sommeil, même gardé. Ce que je redoute, c'est que ce soit interprété comme un subterfuge pour attirer l'attention du tribunal sur le somnambulisme de Peter. Si les juges adoptent ce point de vue, votre argent va servir à réduire le déficit budgétaire de l'État du New Jersey.

— Avez-vous mis Mme Carrington au courant ?

— Je n'ai pas voulu l'inquiéter pour le moment. Je l'ai vue lundi, et elle était déjà très perturbée.

— Elle n'était pas beaucoup mieux hier. Laissez-moi lui parler.

— Je suis convaincu que le procureur va demander une audience d'urgence concernant la liberté sous caution de Peter. Il vaut mieux prévenir Mme Carrington. Elle voudra y assister. Je vous communiquerai l'heure. »

Prévenir Kay, se dit Slater en se rasant après sa douche. Hier, j'ai dû virer un million de dollars à Elaine parce qu'elle prétend détenir quelque chose de compromettant contre Peter. Ensuite elle veut faire monter les enchères. Du chantage qui s'ajoute au chantage.

Je suis sûr que c'est la chemise, pensa-t-il.

À moins que ce soit autre chose ?

Il n'irait pas au bureau à Manhattan aujourd'hui. Si une audience concernant la caution devait être tenue d'urgence, il avait l'intention d'y assister. Plutôt que d'aller en ville, il travaillerait dans son bureau à la résidence, puis conduirait Kay au tribunal.

Téléphoner à Kay et lui raconter l'incident survenu au centre du sommeil ne lui fut pas facile. Une heure plus tard, il franchissait la grille du parc des Carrington. Le garde de la sécurité lui adressa un geste amical de la main. Devant la maison, l'autre garde lui fit signe de passer et il alla garer sa voiture à l'arrière. Il utilisa la clé de son bureau pour entrer. Il était à peine à l'intérieur que son téléphone sonna.

C'était Nicholas Greco qui demandait à le rencontrer à l'heure qui lui conviendrait.

« Monsieur Greco, dit Slater, je ne vois aucune raison pour m'entretenir avec vous aujourd'hui ni un autre jour. Peter Carrington a été inculpé de meurtre parce que vous avez retrouvé cette femme de chambre qui a déclaré avoir menti il y a vingt-deux ans. Pourquoi voudrais-je échanger ne serait-ce qu'un seul mot avec vous ?

– Monsieur Slater, je ne suis l'employé de personne à l'heure actuelle. Mais, pour ma propre satisfaction, je n'aime pas laisser des questions sans réponse quand j'enquête sur une affaire. D'après mes informations, Peter Carrington s'apprêterait à reconnaître devant la cour qu'il a peut-être commis ces crimes sans être conscient de ses actes. Mais n'y a-t-il pas une autre explication ? En tant qu'ami et bras droit de Peter Carrington, accordez-moi une demi-heure. J'ai quelque chose à vous dire. »

Sans répondre, Vincent Slater raccrocha brutalement.

« Qui était-ce, Vince... ? »

Il se retourna. Kay se tenait dans l'encadrement de la porte.

« Rien d'important, Kay. Un de ces détraqués qui se débrouillent pour se procurer les numéros personnels des gens. »

57

QUAND les huissiers rapportèrent à Barbara Krause que mon mari avait tenté de s'échapper en essayant d'ouvrir la porte de sa chambre, elle demanda aussitôt une audience d'urgence concernant sa mise en liberté sous caution. Exactement comme Conner Banks l'avait prévu.

À 14 heures 30, les avocats et le procureur se retrouvèrent donc à nouveau devant le juge Smith. Et, comme la fois précédente, la salle était bondée de journalistes et de spectateurs.

Je pris place à côté de Vincent Slater, derrière Conner Banks et Walter Markinson. Il m'est difficile de décrire ce que je ressentais. Hébétude serait le mot approprié. En l'espace de quelques jours – en laissant entendre que c'était peut-être Susan que j'avais surprise autrefois dans la chapelle –, j'avais, selon les avocats, fourni un mobile au meurtre qu'on voulait imputer à Peter. J'avais vu la chemise tachée de sang qu'il portait la nuit où elle avait disparu et j'avais payé un million de dollars à sa belle-mère pour la récupérer. C'était du pur chantage, mais je n'avais pas le choix. Et, après avoir versé l'argent, j'avais dû affronter un chantage supplémentaire. J'avais, en outre, rendu visite à la meilleure amie de Susan et appris que celle-ci considérait Gary Barr comme un « copain ». Tout se bousculait, j'en étais encore à essayer de comprendre.

Je regardai Peter, mon mari, l'homme que j'aimais, entrer dans la salle du tribunal, abattu, humilié, jeté en pâture au public qui le verrait au journal télévisé du soir.

Barbara Krause avait un air triomphant autant qu'indigné quand elle se leva et prit la parole. À chacun des mots qu'elle prononçait, je sentais grandir en moi la haine que j'éprouvais envers elle.

« Votre Honneur, c'est la deuxième fois que cet homme, qui est inculpé pour un assassinat et soupçonné d'en avoir commis au moins un autre, contrevient aux conditions de sa mise en liberté sous caution. La première fois, il a quitté son domicile et s'est introduit dans la propriété de la famille de Susan Althorp, ce qui les a profondément bouleversés. Un des agents de police qui tentaient de l'arrêter a été violemment agressé. La nuit dernière, Peter Carrington a essayé d'ouvrir de force la porte de sa chambre d'hôpital dans une nouvelle tentative d'évasion. Les huissiers ont rapporté qu'il a tiré sur la porte avec acharnement pendant plus d'une minute. Heureusement en vain. »

Peter, pensai-je, Peter. Que nous arrive-t-il ? Pourquoi faut-il que nous vivions ce cauchemar ?

« Votre Honneur, poursuivait le procureur, l'État

302

requiert que la caution de vingt-cinq millions de dollars versée par Peter Carrington dans le but d'être autorisé à passer une nuit au centre des troubles du sommeil soit confisquée. Nous demandons à ce qu'il reste confiné dans la prison du comté de Bergen jusqu'à l'ouverture de son procès. Il est difficile d'imaginer un individu présentant un plus grand risque de fuite. »

Conner Banks avait attendu avec impatience la fin du réquisitoire. C'était maintenant son tour. Je l'observai tandis qu'il se levait de son siège et se préparait à s'adresser au juge. Il émanait de lui une impression de confiance qui me donna un peu d'espoir. Il jeta au procureur Barbara Krause un regard étonné, comme s'il ne pouvait croire ce qu'il venait d'entendre ; puis il entama sa plaidoirie.

« Votre Honneur, parlons du risque de fuite. Si Peter Carrington avait l'intention de fuir le pays, il aurait pu le faire il y a plus de vingt ans. Au lieu de quoi, il a vécu dans sa propre maison, tenté d'ignorer les rumeurs malveillantes, coopéré à toutes les enquêtes et aujourd'hui, persuadé qu'il est incapable faire du mal à un de ses semblables, il a tenté de trouver une explication aux crimes qu'il pourrait avoir commis. Ou ne *pas* avoir commis. »

Il était beaucoup trop tôt pour percevoir une réaction de l'enfant que je portais, mais je jure que j'ai alors senti un coup de pied que j'ai interprété comme un signe d'approbation.

Conner poursuivit : « Les examens neurologiques pratiqués au laboratoire du sommeil avaient pour but de déterminer si Peter Carrington est somnambule et, si oui, de mesurer la gravité et la fréquence de ses crises. Les médecins de mon client m'ont informé que les observations neurologiques au cours de son sommeil montrent une très grande irrégularité, et révèlent clairement l'existence d'un véritable problème de somnambulisme appelé parasomnie. Les spécialistes qui ont examiné la vidéo de cet incident m'ont affirmé qu'il s'agissait sans conteste d'un épisode durant lequel mon client était totalement inconscient de ses actes. »

Il plaide vraiment bien, pensai-je. Pourvu que le juge le croie.

« Votre Honneur, continua Banks, haussant la voix, nous ne discutons pas le fait que Peter Carrington s'est levé de son lit et a tenté de quitter sa chambre. Cependant, étant donné les mesures de sécurité importantes qui avaient été prises, dont Peter Carrington avait non seulement connaissance, mais qu'il avait lui-même demandées et prises en charge, il est évident que cet épisode est dû à ces troubles dont il est affecté. Votre Honneur, en conformité avec votre décision, il a passé la nuit dans ce centre et a été ensuite reconduit en prison. Ce serait une terrible injustice de confisquer les vingt-cinq millions de dollars de la caution à la suite d'actes qu'il n'a absolument pas pu contrôler. »

Le juge Smith avait écouté avec attention les deux parties. Il leva les yeux et nos regards se croisèrent une seconde avant qu'il s'adresse à l'assistance. Qu'avait-il vu dans mon expression ? Que je l'implorais de comprendre ? Je sentis mon cœur battre plus fort quand il prit la parole.

« Je dois sincèrement déclarer que ce sont les circonstances les plus inhabituelles que j'aie jamais rencontrées en matière de mise en liberté sous caution, dit-il. Je suis conscient que le somnambulisme sera un facteur déterminant dans le procès de M. Carrington. Mais, en cet instant, il m'est impossible de prendre position personnellement sur les mérites de la démonstration du ministère public ni sur la validité de l'argument de somnambulisme invoqué par la défense. Le seul point débattu aujourd'hui est de savoir si M. Carrington a enfreint volontairement les conditions de sa liberté provisoire et si la caution de vingt-cinq millions de dollars qu'il a versée doit être confisquée. L'avocat de la défense ne conteste pas le fait que M. Carrington a tenté de quitter la chambre d'hôpital dans laquelle il était confiné. »

Je regardai Barbara Krause. Son visage trahissait son courroux. Mon Dieu, faites que le juge ne demande pas la confiscation de la caution. Sinon, cela voudra dire qu'il pense que Peter est un simulateur.

Le juge poursuivit : « La défense a fourni des indications convaincantes montrant que les examens médicaux avaient permis de constater l'existence de graves troubles du sommeil. Il est également justifié de souligner que Peter Carrington connaissait parfaitement les mesures de sécurité qui l'entouraient et qui rendaient virtuellement impossible toute tentative d'évasion. Il est vrai aussi que M. Carrington avait accepté et pris en charge ces mesures. Dans ces conditions, et reconnaissant à nouveau que le seul objectif de l'évaluation conduite par l'hôpital était de déterminer s'il existait ou non des altérations du comportement dues au somnambulisme, ce tribunal n'est pas convaincu que M. Carrington a tenté sciemment de s'échapper, ou plus généralement violé les conditions de sa mise en liberté sous caution. Cependant, les craintes de l'État concernant une fuite éventuelle sont légitimes, et l'accusé restera en prison jusqu'à l'ouverture de son procès. Mais étant donné les éléments dont je dispose, je n'ordonne pas la confiscation de la caution de vingt-cinq millions de dollars. »

Nous avions remporté une victoire partielle. Je crus que mes forces allaient m'abandonner. Vincent me tapota l'épaule, un geste inhabituel de sa part. « Kay, c'est une décision *vraiment* importante », dit-il d'une voix emplie de soulagement et de sollicitude.

Il laissait si rarement transparaître son émotion que je fus surprise et touchée. Je l'avais toujours considéré comme un homme efficace et dévoué aux intérêts de Peter, mais fondamentalement froid et impénétrable. Sa réaction laissait entrevoir un aspect imprévu de son caractère profond. Naturellement, il était aussi satisfait de pouvoir récupérer la caution de vingt-cinq millions de dollars, ne puis-je m'empêcher de penser.

J'eus l'autorisation de voir Peter quelques minutes dans sa cellule. « Kay, dit-il, la nuit dernière j'ai rêvé que j'étais à genoux sur la pelouse des Althorp, comme le soir où la police m'a arrêté. Quand j'essayais d'ouvrir la porte, c'était parce que, dans mon rêve, il fallait que j'y retourne. » Il parla tout bas afin que le gardien qui se tenait à proximité ne puisse pas l'entendre : « Mais c'était différent cette fois. » Il s'interrompit. « J'avais l'impression que Gary Barr était assis dans la chambre en train de m'observer. »

58

Nicholas Greco avait appris la tentative d'évasion de Peter Carrington en écoutant la radio au volant de sa voiture. Sachant que se tiendrait une nouvelle audience concernant la caution, il appela le bureau de Barbara Krause pour savoir l'heure à laquelle elle aurait lieu.

Ainsi avait-il assisté à toute l'audience et attendu ensuite dans le hall, espérant parler à Mme Carrington à la sortie du tribunal.

Elle était accompagnée de Vincent Slater. En apercevant Greco, ce dernier tenta de passer devant lui en entraînant Kay, mais il leur barra le passage. « Madame Carrington, dit-il, j'aimerais vous parler. Je peux peut-être vous être utile.

– Être utile ! s'écria Slater. Kay, c'est le détective privé qui a retrouvé la femme de chambre et l'a incitée à modifier son témoignage.

– Madame Carrington, je recherche la vérité. » Greco lui tendit sa carte. « S'il vous plaît, appelez-moi. »

Rassuré en la voyant glisser sa carte dans sa poche, il tourna les talons et s'éloigna dans la direction opposée aux ascenseurs.

Il avait fini par devenir un familier des services du procureur. La porte de Barbara Krause était fermée, mais il aperçut Tom Moran dans le couloir, en conversation avec un policier. Greco parvint à attirer son regard et attendit que Moran s'approchât de lui.

Il commença par s'excuser de passer à l'improviste mais Moran écarta ses explications d'un geste. « Venez dans mon bureau, proposa-t-il. La patronne est d'une humeur de chien depuis que le juge a retoqué sa demande.

– Je comprends », dit Greco.

Il bénissait le ciel de ne pas avoir forcé la porte de Barbara Krause. Il n'ignorait pas que la frontière est ténue entre l'informateur utile et l'importun. Il savait aussi qu'il ne devait pas déranger son substitut trop longtemps.

Une fois dans le bureau de Moran, Greco abrégea les préliminaires. « J'ai parlé à la meilleure amie de Susan Althorp, Sarah Kennedy North. Comme vous le savez, c'était Gary Barr qui était chargé de conduire Susan et ses amies à leurs surprises-parties. Mais d'après Sarah North, il entretenait une relation particulière avec Susan. »

Moran haussa les sourcils. « Je vous écoute.

– Susan traitait Barr comme s'il était "son copain". Plutôt inhabituel, non, pour une fille de dix-huit ans et un domestique de plus de quarante ans ? Et l'atmosphère chez les Althorp ne témoigne pas d'une grande familiarité entre la famille et les employés. Je dirais que c'est plutôt le contraire.

– Monsieur Greco, nous avons toujours soupçonné que Peter Carrington avait bénéficié d'une aide pour cacher, puis enterrer le corps de Susan Althorp. Nous savions, naturellement, que Barr faisait parfois office de chauffeur. La police a également interrogé les amies de Susan à l'époque de sa disparition. Aucune n'a mentionné un aspect inhabituel dans les relations entre Susan et Gary Barr. Peut-être devrions-nous interroger ce fidèle serviteur à nouveau. Sa mémoire s'est peut-être améliorée avec le temps. »

Greco se leva. « Je ne vais pas vous déranger plus longtemps. Puis-je aussi vous suggérer d'enquêter sur le passé de Barr pour vérifier s'il n'a jamais eu maille à partir avec la justice ? Une chose m'est venue à l'esprit, mais il est trop tôt pour que je vous en parle. Bonne journée, monsieur Moran. J'ai été ravi de vous revoir. »

59

J'EN VOULAIS à Elaine de s'être montrée aussi fourbe, pourtant je me sentais soulagée de ne pas être en possession de cette horrible chemise. Certes, Elaine faisait du chantage, mais elle me permettait de repousser pour l'instant un cas de conscience. En tant qu'épouse de Peter, je n'étais pas tenue légalement de témoigner contre lui. Mais dissimuler ou détruire une preuve, c'était autre chose. À présent, me dis-je, je ne dissimulais aucune preuve puisque je n'en possédais pas.

Les médias s'en donnèrent à cœur joie après l'audience. La première page d'un tabloïd montrait une photo de Peter se tenant devant le juge, le dos à l'appareil. Le juge avait les yeux baissés. Le titre était : ZZZZZZZZ. LE JUGE DORT-IL LUI AUSSI ? Une caricature dans un autre journal représentait Peter avec des électrodes implantées sur le front, un tube respiratoire passé au-dessus de l'épaule et une hachette à la main qu'il dirigeait contre une porte.

J'ignorais si Peter avait accès aux journaux et je ne lui posai pas la question. Durant ma visite suivante, je l'interrogeai sur le rêve qu'il avait fait au centre du sommeil, quand il avait tenté d'ouvrir la porte pour retourner chez les Althorp. « Penses-tu que tu aurais pu voir Gary traîner autour de la maison des Althorp, le soir de la disparition de Susan ?

– Certainement pas, Kay ! Sinon, je ne l'aurais jamais laissé s'approcher de toi, même à un kilomètre ! »

Bien sûr. Il était convaincu que ce n'était qu'un état confusionnel nocturne. Alors qu'il n'en était rien.

Nos rencontres étaient si douloureuses. Nous nous regardions à travers une cloison de Plexiglas et parlions par l'intermédiaire d'un téléphone. Il pouvait s'asseoir à une table avec ses avocats mais n'avait pas le droit de me toucher. J'aurais tant voulu l'entourer de mes bras, sentir la force des siens autour de moi.

Conner Banks avait insinué que Peter m'avait épousée à cause de la conversation que j'avais surprise à la chapelle et cette hypothèse était restée ancrée au fond de mon esprit. Mais dès que je voyais son regard s'éclairer, son visage changer à ma vue, j'étais à nouveau certaine qu'il m'aimait et m'avait aimée dès le début.

Pourtant quelques heures plus tard, lorsque je me retrouvais seule à la maison, il ne me semblait pas impossible que Susan et lui se soient querellés pour des questions d'argent. Peter était à l'université à l'époque. Quel argent de poche recevait-il d'un père qui était d'une pingrerie notoire ? Si Susan avait un moyen de pression sur lui, avait-il été poussé à un acte désespéré – peut-être par crainte de son père – pour la faire taire ?

Ces questions me hantaient et quand revenait le jour de la visite, je me sentais encore plus misérable d'avoir douté de lui.

Pendant les semaines qui suivirent l'audience, je fus tentée à plusieurs reprises de téléphoner à Nicholas Greco dont j'avais rangé la carte dans mon bureau. Sans savoir pourquoi, j'avais l'impression qu'il pourrait aider Peter. Mais au moment de composer son numéro, je me rappelais que si Greco n'avait pas retrouvé la trace de Maria Valdez, Peter n'aurait probablement pas été inculpé. Je rangeais alors la carte dans le tiroir et le refermais d'un geste sec.

Ce mois de février était exceptionnellement doux et je me remis à faire de la marche tous les matins autour de la propriété. Je m'arrêtais souvent à l'endroit où l'on avait retrouvé les restes de mon père. Cette tombe me paraissait plus réelle que la sépulture qu'il partageait désormais avec ma mère dans le cimetière de Mary Rest. Les enquêteurs avaient creusé à l'endroit où les chiens s'étaient mis à aboyer, retournant la terre sur au moins trois mètres de circonférence. Le site avait été comblé à présent, mais la trace demeurait visible au milieu de l'herbe jaunâtre tout autour, et je savais que la terre remuée se tasserait à nouveau quand viendrait le renouveau du printemps.

J'aurais aimé faire planter des rosiers à cet endroit, mais j'étais consciente d'être trop inexpérimentée dans mon rôle de maîtresse de maison, je ne savais même pas qui était chargé du jardin.

313

J'interrompais parfois mon parcours devant la clôture et contemplais la zone où le corps de Susan avait été déterré. J'essayais de me représenter Peter, âgé de vingt ans à peine, croyant qu'il n'y avait aucun risque à l'enfouir là, car les chiens policiers avaient déjà parcouru le parc. J'avais même appelé les services de l'électricité et du gaz. Un de leurs experts m'avait expliqué qu'une conduite passait près du trottoir qui bordait la propriété à l'extérieur de la clôture, et que l'entreprise avait un droit de passage perpétuel pour l'entretenir ou la remplacer. Il avait ajouté qu'en principe ils n'auraient pas eu besoin de creuser à une quinzaine de mètres du trottoir.

« Quand nous craignons une fuite, nous nous déplaçons immédiatement sans prévenir, dit-il. Le jour où on a découvert le corps de la fille des Althorp, une odeur de gaz avait été signalée, et notre équipe s'est rendue aussitôt sur place. Nos techniciens chargés de détecter la fuite ont foré beaucoup plus près de la clôture qu'ils ne le font en général. »

C'était sans doute pourquoi, même s'il était coupable, Peter n'avait pas paru particulièrement inquiet en voyant l'équipe d'intervention d'urgence creuser près du trottoir.

Je repassai mentalement tout ce que je savais au sujet de cette nuit. Elaine prétendait avoir vu Peter rentrer à deux heures du matin. Il était établi qu'il avait reconduit Susan chez elle à minuit. Avait-elle eu l'aplomb de ressortir en douce aussitôt ou attendu une demi-heure pour s'assurer que ses parents ne viendraient pas jeter un coup d'œil dans

314

sa chambre ? Et entre minuit trente et deux heures du matin, comment Peter – somnambule ou pas – avait-il pu dissimuler le corps de Susan ?

Dans ce cas, quelqu'un l'avait nécessairement aidé. Je soupçonnais de plus en plus Gary Barr d'être impliqué dans cette lugubre histoire. Ce qui expliquerait sa nervosité croissante depuis quelque temps et qu'il ait essayé de surprendre ma conversation avec Slater. S'il avait aidé Peter par fidélité, il devait être mort d'inquiétude à la pensée que l'on puisse encore aujourd'hui l'accuser de complicité d'assassinat.

Conner Banks me remit une copie d'une vidéo éducative montrant la reconstitution de deux crimes commis aux États-Unis par des hommes en proie à un accès de somnambulisme au moment de leur acte. Tous deux purgeaient des peines de prison à perpétuité. La vidéo montrait aussi la reconstitution d'un meurtre et celle d'une agression, les deux survenus dans les mêmes conditions, cette fois au Canada. Les deux inculpés avaient été acquittés. Cette vision me brisa le cœur. Deux des hommes étaient restés abasourdis quand la police les avait réveillés, ils n'avaient aucun souvenir de ce qui était arrivé. Un autre s'était réveillé dans sa voiture et s'était rendu spontanément au commissariat de police en constatant qu'il était couvert de sang.

Histoire de m'occuper – et par goût personnel –, je me mis à modifier la décoration de la maison, comme Peter m'y avait incitée. D'après ce qu'il m'avait dit, Grace ne s'était pas beaucoup intéressée à la résidence, mais elle avait entièrement rénové l'appartement de la Cinquième Avenue. J'y avais rarement mis les pieds, à part une ou deux fois avant notre mariage. À présent, je n'avais aucun désir de m'y rendre sans Peter. J'aurais eu l'impression de me conduire en intruse. Si Peter devait aller en prison, je savais qu'il faudrait prendre des mesures importantes concernant ses propriétés.

En attendant, je commençai à apporter quelques modestes changements dans la maison – ma maison. Je fis descendre par Gary la caisse du service de Limoges dont j'avais parlé à Peter. Jane lava les assiettes, les tasses et les soucoupes, ainsi que les superbes pièces d'apparat qui étaient utilisées dans les grands dîners à la fin du dix-neuvième siècle. « On ne voit plus rien de tel de nos jours, madame Carrington », s'émerveilla-t-elle.

Il y avait un magnifique vaisselier à deux corps du dix-huitième siècle dans la grande salle à manger. Nous y disposâmes le service de Limoges et emballâmes la vaisselle choisie jadis par Elaine. Bon débarras, me dis-je.

Dans une pièce du dernier étage, je dénichai une imposante ménagère qui contenait de l'argenterie noircie par l'âge. Lorsque Jane et Gary l'eurent astiquée, nous découvrîmes que chaque pièce était monogrammée. « Que représentent les initiales ASC ? demandai-je à Peter lors d'une de mes visites.

– ASC ? Il s'agit probablement de mon arrière-arrière-grand-mère. Elle s'appelait Adelaïde Stuart de son nom de jeune fille quand elle épousa mon arrière-arrière-grand-père en 1820. Ma mère racontait qu'Adelaïde revendiquait une lointaine parenté avec le roi Charles Ier, et ne manquait jamais de rappeler à mon ancêtre paternel qu'elle était de meilleur rang que lui. C'est elle qui fut à l'origine du transport de la maison depuis le pays de Galles. »

Je m'aperçus que ces conversations étaient le meilleur moyen de faire naître un sourire sur le visage de Peter. Il était heureux à la pensée que j'imprimais ma touche personnelle à sa maison. « Fais tout ce qui te plaît, Kay. Ces pièces sont trop froides et trop conventionnelles à mon goût. Mais laisse la bibliothèque telle quelle est et, surtout, ne fais pas recouvrir mon vieux fauteuil. »

Je lui annonçai aussi mon intention de remplacer certains des tableaux du rez-de-chaussée par d'autres que j'avais découverts en haut et qui me plaisaient davantage.

J'invitais Maggie à dîner une ou deux fois par semaine, sinon nous allions manger des pâtes au restaurant. Je sentais se poser sur moi le regard des autres clients lorsque je pénétrais dans la salle, mais je ne pouvais pas me cacher éternellement et, du moins jusqu'au procès, je pouvais espérer que leur curiosité s'arrêterait là.

Je ne revis pas Elaine pendant presque trois semaines après son refus de me donner la chemise de Peter, mais j'apercevais sa voiture dans l'allée de temps en temps. J'avais fait changer toutes les serrures de manière à l'empêcher d'entrer sans sonner. Puis, un soir, les Barr ayant terminé leur service, je lisais, assise dans fauteuil de Peter, quand le carillon de la porte retentit.

J'allai rapidement ouvrir et Elaine se précipita comme une folle à l'intérieur, les yeux exorbités, les mains crispées comme des griffes. Pendant un instant je crus qu'elle allait me sauter à la gorge.

« Comment *avez-vous osé* ? hurla-t-elle. Comment *avez-vous osé* venir cambrioler ma maison ?

– Cambrioler votre maison ! »

La stupéfaction contenue dans ma voix et l'expression ahurie de mon visage lui prouvèrent sans doute que j'ignorais de quoi elle parlait.

Sa fureur céda aussitôt la place à la panique. « Kay, s'écria-t-elle. Mon Dieu, Kay, elle n'est plus là ! Quelqu'un l'a volée ! »

Je n'eus pas besoin de demander plus d'explications. La chemise de Peter, la chemise tachée du sang de Susan, la preuve qu'il était son assassin, avait disparu.

60

Pat Jennings passait son temps au téléphone quand elle était à la galerie. Elle n'avait rien d'autre à faire. Depuis sa dispute avec sa mère dans son bureau, Richard Walker se montrait peu. Il avait annoncé à Pat qu'il avait l'intention de vendre son appartement et d'en acheter un plus petit, et qu'il cherchait un local moins coûteux pour la galerie. « Je suppose que la grande histoire d'amour avec Gina Black est terminée », confia Pat à son amie Trish. « Elle a laissé quantité de messages à son intention, mais Richard m'a dit de lui répondre qu'il n'était pas en ville.

— Et l'autre, Alexandra Lloyd ?

— Je pense qu'elle a déclaré forfait. Elle n'a pas appelé depuis quinze jours.

— Sa mère a-t-elle réapparu au bureau ?

— Pas une fois. Mais elle a dû perdre quelque chose. Quand Richard a débarqué au bureau ce matin, crois-moi, il était comme fou ! Il s'est rué sur le téléphone et a appelé sa mère. Je l'ai entendu déclarer qu'il n'avait pas fermé l'œil de la nuit après ce qu'elle lui avait dit hier soir, qu'il était mort d'angoisse. Il ne se rend pas compte que lorsqu'il hausse la voix, j'entends tout ce qu'il raconte.

– C'était quand ? demanda Trish.

– Il y a environ une heure.

– Et qu'a-t-il dit d'autre ?

– Il a crié que c'était d'une stupidité monstrueuse de l'avoir laissé dans la maison, qu'elle aurait pu "l'étaler" sur le balcon tant qu'elle y était, pour que tout le monde puisse "l'apercevoir". Quoi qu'il en soit, il lui a raccroché au nez, et elle a rappelé dix minutes plus tard. Je me suis bien rendu compte qu'elle pleurait. Elle n'a pas voulu parler à Richard. Elle m'a simplement demandé de dire à son fils que tout était sa faute à lui, sa faute si elle avait été forcée d'agir ainsi, sa faute si elle avait gardé cette horreur chez elle, et qu'il aille se faire pendre.

– Elle t'a dit tout ça ? » s'exclama Trish, le souffle coupé. « Et tu lui as transmis le message ?

– Je n'avais pas le choix, non ? Il vient de sortir en claquant la porte, il a dit qu'il ne reviendrait pas aujourd'hui.

– Qu'est-ce que tu en penses ? demanda Trish. Tu as un boulot superintéressant, Pat. C'est drôlement excitant de côtoyer des gens comme les Carrington. Qu'est-ce qu'Elaine a perdu à ton avis ?

– Oh, un bijou, peut-être. Ou un truc qui lui permettait de mettre la main sur le fric des Carrington. Qui pouvait servir à Richard.

– La carte maîtresse, quelque chose de ce genre », fit Trish.

Elles partirent toutes les deux d'un éclat de rire.

« Tiens-moi au courant ! » l'encouragea Trish en raccrochant.

61

« PETER a gagné la partie cette fois-ci, Kay », dit Conner Banks, pointant son doigt vers moi avec conviction tandis qu'il consultait ses notes. « Nous avons une copie de la vidéo qui le montre sortant de son lit à l'hôpital. On voit clairement son visage au moment où il fixe la caméra. Tout le monde peut constater que ses yeux sont sans expression, qu'il a l'air complètement dans le vague. Quand on projettera cette vidéo aux jurés, certains – peut-être tous – comprendront que Peter traversait un épisode de somnambulisme à ce moment-là et, par conséquent, qu'il est bel et bien somnambule. Malgré tout, Kay, ce système de défense ne fonctionnera pas. Si vous voulez voir un jour Peter revenir chez lui en homme libre, vous devez le convaincre de nous laisser attaquer l'argumentation de l'État, et démontrer qu'il existe un doute raisonnable qu'il ait tué Susan et un doute raisonnable qu'il ait tué votre père.

– C'est aussi mon avis », renchérit Markinson avec force.

Banks et Markinson étaient revenus à la résidence. Une semaine s'était écoulée depuis le vol de la chemise de Peter chez Elaine. D'elle ou de moi, je ne sais laquelle était la plus angoissée par cette disparition.

Je ne pouvais soupçonner que deux personnes de l'avoir subtilisée : Gary Barr et Vincent Slater. Vincent avait tout de suite deviné que « l'objet » qu'utilisait Elaine pour me faire chanter ne pouvait être que cette chemise, et j'étais pratiquement certaine que Gary Barr avait surpris notre conversation à ce sujet.

J'envisageais même que Vince ait voulu récupérer la chemise après qu'Elaine eut encaissé le million de dollars quand elle avait essayé de pousser plus loin le chantage, mais pourquoi me l'avoir caché ? Lorsque je lui posai la question tout de go, il reconnut qu'il avait compris que « l'objet » qui avait disparu était bien la chemise de Peter, mais il nia catégoriquement l'avoir prise. Je ne savais si je devais le croire ou non.

Si c'était Gary Barr qui l'avait volée, que comptait-il en faire ? Peut-être l'utiliser pour passer un accord avec le procureur, quelque chose du genre : « Peter n'était qu'un gosse. J'ai eu pitié de lui. J'ai dissimulé le corps, puis je l'ai aidé à l'enterrer au-delà de la clôture. »

Barr et Slater avaient tous les deux facilement accès à la maison d'Elaine. Gary était toujours dans les parages. Vince allait et venait à intervalles réguliers. Le garde de la résidence se tenait presque en permanence à la porte d'entrée. Il faisait un tour par-derrière de temps en temps, mais, l'un comme l'autre, les deux hommes pouvaient aller et venir à leur guise sans être vus.

Avant de découvrir que quelqu'un s'était introduit chez elle, Elaine avait passé quatre jours dans son appartement à New York. L'individu qui avait dérobé la chemise avait eu tout le temps de chercher. À Vincent et Gary s'ajoutait dans mon esprit un autre suspect, bien que cette possibilité me parût peu vraisemblable. En me racontant la disparition de la chemise, Elaine avait laissé échapper que Richard était au courant du vol. L'aurait-il prise à titre d'assurance contre ses futures dettes de jeu ? Pourtant, au dire d'Elaine, son fils ignorait qu'elle ne l'avait pas remise dans le coffre de la banque où elle était restée cachée pendant vingt-deux ans, et il était entré dans une colère noire quand elle lui avait fait part de sa disparition.

Toutes ces élucubrations se pressaient dans ma tête pendant que j'écoutais Conner Banks exposer, point par point, les arguments qui seraient la base d'une défense fondée sur le « doute raisonnable ».

« Peter et Susan étaient amis, mais personne n'a jamais suggéré qu'ils avaient une liaison amoureuse, disait Banks. La chemise a disparu, mais il n'y avait pas une trace de sang, ni sur le smoking de Peter ni sur son pantalon, ses chaussettes ou ses chaussures, détails dont il a été tenu compte.

– Et si cette chemise réapparaissait ? demandai-je. Supposons, simple hypothèse, qu'elle porte des taches du sang de Susan. »

Banks et Markinson me regardèrent comme si j'étais tombée sur la tête. « S'il y avait la plus infime possibilité que cela se produise, je négocierais pour deux condamnations concurrentes non cumulatives de trente ans, dit Banks. Et je m'estimerais heureux de les obtenir. »

C'est reparti, pensai-je, et personne ne sait où cela va s'arrêter. Sans le savoir, Banks m'avait fourni la réponse. Si les avocats apprenaient l'existence de la chemise, ils proposeraient de plaider coupable et de négocier, et Peter refuserait d'avouer ces meurtres, avec pour seule perspective une condamnation lui donnant la possibilité – au mieux – de sortir de prison quand il aurait soixante-douze ans.

Notre enfant aura alors trente ans, pensai-je.

« Je n'essayerai pas de convaincre Peter de changer sa ligne de défense, leur dis-je. C'est celle qu'il a choisie et je le soutiendrai. »

Les deux hommes repoussèrent leurs chaises et se levèrent. « Dans ce cas, il vous faudra affronter l'inévitable, Kay, dit Markinson. Vous devrez élever seule votre enfant. »

En quittant la salle à manger, Markinson s'arrêta devant le vaisselier. « Magnifique service, fit-il remarquer.

– En effet », dis-je, adoptant le ton poli d'une conversation de salon, consciente que les avocats de Peter avaient pratiquement jeté l'éponge, sur le plan émotionnel du moins.

Conner Banks examinait l'un des tableaux que j'avais descendus du dernier étage. « Il est exceptionnel, dit-il. C'est un Lancaster, n'est-ce pas ?

– Je ne sais pas, confessai-je. Ma culture artistique est très limitée. Je l'ai simplement préféré à celui qui était accroché à sa place précédemment.

– Vous avez l'œil, dit-il d'un ton approbateur.

Nous allons vous laisser à présent. Nous avons prévu de rencontrer plusieurs médecins qui ont traité des patients souffrant de parasomnie. Le cas échéant, ils pourront témoigner qu'ils sont totalement inconscients de leurs actes durant un épisode de somnambulisme. Si Peter et vous persistez à vouloir utiliser cette ligne de défense, nous ferons appel à eux. »

C'était jour de visite à la prison. Ma taille s'épaississait, et j'étais obligée de laisser le haut de mon pantalon déboutonné. Je portais des cols roulés ; ils dissimulaient ma maigreur, à l'exception de mon tour de taille. Je m'inquiétais de cette perte de poids, mais le gynécologue m'avait rassurée, affirmant que ce n'était pas inhabituel durant les premiers mois de grossesse.

À partir de quand mes doutes concernant l'innocence de Peter commencèrent-ils à se dissiper pour de bon ? Probablement lorsque je me mis à fouiller dans les classeurs qui se trouvaient au dernier étage. J'y appris une foule de détails sur son enfance. Année après année, jusqu'à sa mort, sa mère avait classé les photos de Peter dans des albums. Il avait douze ans lorsqu'elle était décédée. Je fus frappée par la quasi-absence de son père sur ces photos. Peter m'avait dit qu'après sa naissance sa mère avait cessé d'accompagner son mari dans ses voyages d'affaires.

Elle avait inscrit des notes sur certaines pages, des réflexions affectueuses sur son intelligence, sa vivacité, son caractère facile, son sens de l'humour.

Un sentiment nostalgique m'envahissait tandis que je feuilletais les albums. Peter avait été si proche de sa mère. Puis je tombai sur une photo prise par le photographe du *Record* de Bergen le jour de son enterrement. Le visage ravagé par le chagrin, s'efforçant de refouler ses larmes, Peter marchait à côté du cercueil de sa mère, une main posée dessus.

Je trouvai aussi ses annuaires de classe dans un dossier. Dans l'un d'eux, la légende inscrite sous sa photo disait : « L'élégance dans l'effort. » Or il était en dernière année à Princeton lorsque Susan avait disparu. Dans les mois qui avaient suivi, le bureau du procureur n'avait cessé de l'interroger.

Quand je me présentai à la prison en début d'après-midi et que Peter fut amené par le gardien, il me regarda longuement à travers la cloison sans prononcer un mot. Il tremblait et ses yeux étaient brillants de larmes. Il décrocha le téléphone à côté de lui. « Kay, dit-il d'une voix rauque, je ne sais pas pourquoi, mais j'ai cru que tu ne viendrais pas aujourd'hui, que tu ne viendrais plus jamais, que tu avais enduré plus de souffrances que tu ne pouvais en supporter. »

J'eus soudain l'impression d'avoir devant moi le garçon de douze ans suivant l'enterrement de l'être qu'il aimait le plus au monde. « Je ne te quitterai jamais, lui dis-je. Je t'aime beaucoup trop pour te laisser. Tu n'as jamais fait de mal à personne, Peter. J'en suis convaincue. Tu en es incapable. Il y a une autre explication et, avec l'aide de Dieu, je la trouverai. »

Le soir même, je téléphonai à Nicholas Greco.

62

JANE BARR avait préparé un simple potage de légumes et de bœuf au cas où les avocats resteraient déjeuner, mais ils s'en allèrent à midi moins le quart. Elle s'était réjouie d'avoir une raison de cuisiner – elle avait besoin de s'occuper. Gary avait été convoqué par les services du procureur et se trouvait dans leurs bureaux en ce moment même. Pour quelle raison voulaient-ils lui parler ? se demanda-t-elle, inquiète. Au bout de tant d'années, ils ne vont quand même pas l'interroger au sujet de Susan Althorp ?

Mon Dieu, faites que ça ne recommence pas, implora-t-elle.

Kay Carrington avala un bol de potage avant d'aller rendre visite à Peter à la prison. Elle dégage quelque chose de particulier, pensa Jane. Elle ne vient pas d'une famille fortunée, mais elle a une sorte d'assurance, non pas hautaine, mais évidente. Elle est parfaite pour Peter. Et je pense qu'elle est enceinte. Elle ne l'a pas dit, mais j'en mettrais ma main à couper.

Que fabriquait Gary ? se demanda-t-elle en regardant l'heure. Quelles questions lui posaient-ils ? Et quelles réponses leur donnait-il ?

Après le déjeuner, Jane regagnait en général le pavillon de gardien qu'elle habitait avec Gary et y demeurait une bonne partie de l'après-midi avant de revenir à la résidence pour allumer la lumière, tirer les rideaux et préparer le dîner. En arrivant chez elle, elle trouva Gary attablé devant un sandwich et une bière.

« Pourquoi ne m'as-tu pas avertie que tu étais rentré ? demanda-t-elle. Je me suis rongé les sangs à t'attendre. Qu'est-ce qu'ils te voulaient ?

– Ils ont ressorti des trucs qui datent de l'époque où j'étais gosse, répliqua Gary. Je t'en ai parlé. J'ai eu des petits ennuis quand j'étais ado, mais les inscriptions à mon casier ne sont pas accessibles au public. Il y a eu quelques articles dans la presse à l'époque et ils ont dû les retrouver. »

Jane se laissa tomber sur une chaise. « C'est du passé. Ils ne vont pas te tenir rigueur aujourd'hui de ce qui est arrivé il y a si longtemps, n'est-ce pas ? À moins qu'ils n'aient découvert autre chose ? »

Gary Barr dévisagea sa femme avec une lueur de mépris dans le regard. « À ton avis ? » demanda-t-il.

Jane n'avait pas encore ôté sa veste. Elle commença à la déboutonner, sentant un poids sur ses épaules. « J'ai toujours vécu dans cette ville, dit-elle. Je n'ai jamais voulu habiter ailleurs. Nous avons travaillé pour des gens agréables. Et aujourd'hui tout ça risque de prendre fin. Ce que tu as fait est épouvantable. T'ont-ils questionné à ce sujet ? Sont-ils au courant ? Dis, est-ce qu'ils savent ?

– Non ! » s'écria Gary d'un ton furieux. « Ils ne

se doutent de rien, arrête de t'inquiéter. Il y a prescription et je ne risque plus rien désormais. Ils ne peuvent pas déposer de plainte après tant d'années. Et même s'ils cherchaient à me mettre autre chose sur le dos, j'ai une monnaie d'échange qu'ils ne peuvent refuser.

– Qu'est-ce que tu racontes ? » demanda Jane, visiblement consternée. « La prescription n'existe pas pour un meurtre ! »

Gary Barr bondit de sa chaise et lança le sandwich qu'il était en train de manger à la tête de sa femme. « Ne prononce plus jamais ce mot ! hurla-t-il.

– Excuse-moi, Gary. Je ne voulais pas te contrarier. Je regrette. »

Les yeux pleins de larmes, Jane contempla la trace de moutarde sur sa veste, les morceaux de pain de mie, le jambon et la tomate à ses pieds.

Serrant et desserrant les poings, Barr faisait un effort visible pour se contrôler. « Bon. Ça va. N'oublie pas ce que je vais te dire. C'était une chose d'être là-bas, une autre de la tuer. Allons. Je vais nettoyer tout ça. De toute façon, ce sandwich était infect. Est-ce qu'il reste du potage que tu préparais ce matin ?

– Oui.

– Fais-moi plaisir, apporte-m'en un bol, s'il te plaît. J'ai eu une dure journée. Et je regrette de m'être mis en colère. Tu ne le mérites pas, Jane. Tu es une brave femme. »

63

L'APPEL INATTENDU du substitut Tom Moran mit Nicholas Greco de belle humeur. « C'était un bon tuyau, lui dit Moran. Barr avait un casier judiciaire de mineur non communicable au public, mais nous y avons eu accès. Il a été arrêté pour avoir apporté de la marijuana à son école et fumé dans le gymnase. Nous avons également mis la main sur son annuaire scolaire et retrouvé certains de ses camarades de lycée qui habitent Poughkeepsie. Barr avait la réputation d'avoir un fichu caractère. Pas vraiment le gentil gamin des voisins. Bien entendu, tout ça ne date pas d'hier. Et pourtant, ses anciens camarades se souviennent de lui comme d'un garçon qui en voulait à la terre entière, souffrait d'un complexe d'infériorité. Il ne fichait rien au lycée, n'a pas voulu aller à l'université et, des années plus tard, s'est plaint que personne ne lui ait donné sa chance.

– J'ai eu l'impression d'un homme peu sûr de lui, insatisfait, en colère contre la société, dit Greco. Ce que vous me dites correspond à mon premier sentiment.

– Pour changer de sujet, dit Moran, je désirais vous informer d'une autre nouvelle. Mme Althorp est décédée aujourd'hui.

– Je suis sincèrement peiné de l'apprendre, mais je pense que c'est une délivrance pour elle.

– D'après ce que je sais, il n'y aura pas de veillée funèbre et l'enterrement se fera dans l'intimité. Je suppose que c'était son souhait, et on peut comprendre que la famille en ait plus qu'assez d'être le point de mire des médias.

– Oui, c'est bien compréhensible. Merci, Tom. »

Greco consulta sa montre. Il était plus de cinq heures, mais il n'était pas encore prêt à rentrer chez lui. Il voulait réfléchir en paix et c'était souvent plus facile quand tout le monde avait quitté le bureau et que les téléphones étaient muets. Heureusement, Frances allait à son club de lecture ce soir et elle ne s'inquiéterait pas de le voir rentrer tard.

Il sourit. En fin de journée, Frances réclamait qu'il lui consacre son attention, entière et sans partage. Ce qu'il faisait la plupart du temps, mais à présent il avait besoin de cogiter un peu. La première fois qu'il avait utilisé cette expression devant elle, elle lui avait demandé de quoi il parlait.

« C'est une expression qui est passée de mode, mais elle était courante autrefois. "Cogiter", ma chérie, cela signifie se plonger dans une profonde réflexion.

– Oh, pour l'amour du ciel, Nick, avait-elle répliqué. Tu ne pourrais pas dire "essayer de comprendre", comme tout le monde ? »

C'est justement ce que je fais, pensa Greco.

Gary Barr figurait en tête de la liste de ses interrogations. Greco avait deviné que l'homme était envieux de tous ceux qui, à ses yeux, avaient une existence privilégiée. Quelles relations entretenait-il avec la famille Althorp ? se demanda-t-il. À l'époque où sa femme et lui avaient cessé de travailler pour les Carrington, les Althorp leur demandaient régulièrement de venir faire la cuisine et le service chez eux. Gary faisait également office de chauffeur pour leur fille. Comment et pourquoi était-il devenu le « copain » de Susan ? Je dois parler à nouveau avec cette amie de Susan, Sarah North, se dit-il.

La page déchirée de *People* qui se trouvait dans la poche de Grace Carrington était la question suivante sur sa liste. Elle cachait quelque chose d'important, d'essentiel, il en était certain. Mais quoi ?

Ensuite venait le sac à main de Susan. Pourquoi Gary Barr se souvenait-il si précisément que Peter Carrington avait demandé à Vincent Slater d'aller le lui rapporter le lendemain matin et de sa stupéfaction en apprenant que le sac ne se trouvait pas dans sa voiture ? Barr avait-il inventé cette histoire pour des raisons qui lui étaient personnelles ? Slater avait confirmé son récit, mais en partie seulement. Il prétendait que Carrington lui avait seulement demandé de vérifier si le sac était dans la voiture et de le rapporter à Susan s'il s'y trouvait.

Mais Susan était attendue pour le brunch plus tard dans la matinée. En outre, le sac était petit et ne pouvait pas contenir grand-chose, tout au plus un tube de rouge à lèvres, un mouchoir, un poudrier et un peigne. Alors pourquoi vouloir le lui rendre immédiatement ? Renfermait-il quelque chose dont elle avait un besoin urgent ?

Toutes ces questions sont liées, pensa Greco. Mais comment ?

Le téléphone sonna. Contrarié d'être interrompu dans ses réflexions, Greco décrocha et s'annonça.

« Monsieur Greco, ici Kay Carrington. Vous m'avez donné votre carte au tribunal il y a quelques semaines. »

Greco se redressa dans son fauteuil. « Oui, c'est exact, madame Carrington, dit-il lentement. Je suis heureux que vous m'appeliez.

– Pourriez-vous passer me voir demain matin, chez moi ?

– Bien sûr. Quelle heure vous conviendrait ?

– Onze heures par exemple ?

– C'est parfait.

– Connaissez-vous mon adresse ?

– Oui, je la connais. Je serai chez vous à onze heures.

– Merci. »

Greco entendit le déclic du récepteur, puis raccrocha à son tour. Encore plongé dans ses pensées, il se leva et alla jusqu'à la penderie de l'entrée. Au dernier moment, il se souvint de laisser une note sur le bureau de la réceptionniste : « Serai dans le New Jersey demain matin. »

64

J E N'AVAIS PAS encore dit à ma grand-mère que j'étais enceinte car j'étais certaine qu'elle en parlerait à ses amies et que la nouvelle paraîtrait bientôt dans la presse. Maggie était *définitivement* incapable de garder un secret. Cependant, je craignais que quelqu'un ne m'ait reconnue chez le gynécologue et je ne voulais pas qu'elle l'apprenne par la rumeur. Je préférais le lui annoncer moi-même.

Après avoir pris rendez-vous avec Nicholas Greco, je passai donc chez Maggie et la ramenai dîner à la maison. Jane avait préparé un poulet rôti et proposé de servir à table, mais je lui avais dit de rentrer chez elle, que nous nous débrouillerions seules. Je n'avais aucune envie que Gary Barr écoute notre conversation. Je pense que Jane s'inquiétait à l'idée qu'ils pourraient perdre leur place. Elle avait insisté, puis s'était tue et nous avait souhaité bonne nuit.

La cuisine est vaste, avec une grande table de réfectoire et des bancs où les domestiques prenaient leur repas quand le personnel était nombreux. Maggie aurait préféré y dîner, mais je refusai. Non seulement les sièges de la petite salle à manger sont infiniment plus confortables, mais, surtout, je savais que cette maison l'intimidait, et je voulais qu'elle surmonte ce sentiment.

Une fois que nous fûmes installées à table, j'annonçai à Maggie que j'attendais un enfant. Cette nouvelle la ravit, mais elle commença immédiatement à s'inquiéter pour moi. « Oh, Kay, quand je pense que le père de ton bébé ne sera pas là pour voir ce petit grandir !

— Maggie, lui dis-je, son père s'appelle Peter, et je n'ai pas perdu espoir. Il n'a pas tué Susan Althorp, et certainement pas assassiné mon père. S'il te plaît, parlons d'autre chose. Papa a été congédié quelques semaines seulement après la disparition de Susan. Peter m'a dit qu'Elaine Carrington s'en était débarrassée parce qu'il n'avait pas répondu à ses avances.

— Tu me l'as déjà dit, Kay », répondit Maggie d'un air gêné.

Je savais qu'elle regrettait d'avoir conclu hâtivement que le licenciement de mon père était dû à un problème d'alcoolisme.

« Qu'est-ce que papa avait l'intention de faire ? Avait-il des projets ?

— Je n'en sais rien. Ce n'est que quelques semaines après son renvoi qu'il a disparu et que nous avons cru qu'il s'était suicidé. La dernière fois que je l'ai vu c'était le 17 septembre, il y a vingt-deux ans et demi. Nous en avons déjà parlé toi et moi.

— Reparlons-en.

— Le 17 septembre, ton père m'a téléphoné vers

cinq heures de l'après-midi et m'a demandé si je pouvais te garder pour la nuit. Il avait un rendez-vous. Tu n'étais pas très contente de venir à la maison parce qu'il t'avait promis d'essayer une nouvelle recette avec toi pour le dîner. Il avait ajouté que ce n'était que partie remise. Mais, le lendemain, il n'est pas venu te chercher et n'a pas téléphoné, ensuite la police nous a informés que sa voiture avait été retrouvée sur la falaise au-dessus du fleuve, avec son portefeuille posé sur le siège.

– Ont-ils jamais cherché à savoir avec qui il avait rendez-vous ce jour-là ?

– À l'époque, ils ont pensé qu'il avait simplement inventé cette excuse pour te déposer à la maison. »

Cette conversation ne menait nulle part. J'avais espéré en vain qu'un fragment de souvenir referait surface dans l'inconscient de Maggie. C'était sans espoir.

Alors que nous nous attardions devant une tasse de thé, je résolus de raconter à Maggie comment, à l'âge de six ans, je m'étais introduite ici, dans cette maison, parce que j'étais curieuse de voir la chapelle.

Sa réaction fut telle que je l'avais prévue. Elle déclara que j'avais toujours été trop aventureuse et que ça me jouerait des tours. Curieusement, elle n'en dit pas plus.

Sans doute à cause de son silence, je commençai à lui raconter la querelle que j'avais surprise entre un homme et une femme qui semblait le faire chanter, ajoutant malgré moi quelque chose que j'avais eu l'intention de garder pour moi. « Je connaissais l'air que sifflotait cet homme, même si ce n'était que quelques mesures, dis-je. C'était la chanson que tu fredonnais en me racontant que ma mère l'avait chantée sur scène à l'école. »

Maggie me lança un regard étrange.

« Qu'y a-t-il ?

— Kay ! s'exclama-t-elle, tu aurais dû en parler à ton père ! Lorsque ta mère et lui ont commencé à sortir ensemble, je lui ai parlé de cette représentation dans laquelle ta mère avait si bien chanté. Il lui a demandé de chanter cette mélodie pour lui. Et par la suite, il l'a appelée "leur chanson". Ils l'avaient même choisie pour ouvrir le bal à leur mariage. Je te l'ai déjà raconté !

— Je connais l'histoire de la pièce de théâtre, Maggie, mais tu ne m'as jamais dit que papa l'appelait "leur chanson", ni qu'ils avaient dansé sur cet air à leur mariage.

— Peu importe. Mais après être venu ici avec toi pour vérifier l'éclairage du jardin avant la réception, ton père t'a déposée chez moi. Il avait l'air très abattu. Il m'a raconté qu'il venait d'entendre quelqu'un siffler cet air pendant qu'il était dans le jardin et qu'il avait parlé avec cette personne. Je suppose que ton père lui avait expliqué pourquoi cette chanson le rendait si nostalgique.

— A-t-il mentionné son nom ?

— Oui, mais je ne m'en souviens plus.

— Maggie, c'est très important. Réfléchis. Essaye de t'en souvenir.

— Je vais essayer, Kay. Je te le promets. »

Il y avait une question que je devais lui poser : « Maggie, est-ce que ce pourrait être Peter ?

— Non. Certainement pas, répondit-elle. Je ne

l'aurais pas oublié. Peter Carrington était le jeune prince de cette maison. C'est pourquoi j'ai été tellement déçue en apprenant qu'il avait tué cette pauvre fille. Non, j'en suis absolument certaine, ce n'est pas lui que ton père a mentionné. »

Elle me regarda. « Kay, que se passe-t-il ? Pourquoi pleures-tu ? »

Ce n'était pas Peter, pensai-je avec soulagement. Ce n'était pas Peter ! C'était un autre homme qu'on faisait chanter ce jour-là dans la chapelle. Mon Dieu, si seulement j'avais raconté à papa ce que j'avais entendu ce jour-là et qu'il l'avait rapporté à la police, peut-être serait-il toujours en vie aujourd'hui, et Peter ne serait pas en prison, accusé de meurtre.

65

VINCENT SLATER était convaincu que Gary Barr avait dérobé la chemise de Peter dans la maison d'Elaine Carrington. Pendant huit jours, il avait tourné et retourné dans sa tête la meilleure façon de la récupérer.

Cette nécessité s'était faite encore plus pressante après un appel tardif de Conner Banks l'incitant à persuader Peter de laisser ses avocats modifier sa ligne de défense.

« Vincent, avait dit Banks, nous sommes de plus en plus persuadés que nous aurions une bonne chance d'avoir un jury bloqué, et peut-être une possibilité d'acquittement, si notre défense était fondée sur le doute raisonnable. Un acquittement signifie que Peter pourra rentrer chez lui. Un jury signifie que nous serons en bonne position pour obtenir la liberté sous caution, et que Peter pourra probablement passer un certain temps avec son enfant avant un deuxième procès. Ensuite, si nous parvenons à mettre le jury à nouveau dans l'impasse au deuxième procès, le procureur finira sans doute par abandonner l'accusation.

– Que se passerait-il si la chemise de Peter réapparaissait et qu'elle portait des traces du sang de Susan ?

– Qu'est-ce que vous racontez ? Kay Carrington m'a posé la même question. » Suivit un long silence, puis Conner Banks dit doucement : « Si la chemise réapparaît avec des traces du sang de Susan, Peter n'aura plus qu'à plaider coupable.

– Je comprends. »

Il était neuf heures. Pas trop tard pour téléphoner à Kay, espérait Slater. Elle le rassura, lui déclara qu'elle venait de reconduire sa grand-mère chez elle.

« Kay, je suis prêt à parier que c'est Gary Barr qui a volé la chemise, dit-il. Il faut la récupérer. Il y a un double de toutes les clés dans un tiroir de la cuisine. Celle du pavillon de gardien en fait partie. Je serai sur place à sept heures et demie, avant que Jane rentre chez elle. Ensuite, je feindrai de vous appeler de New York et je vous demanderai de nous envoyer Gary au bureau afin qu'il rapporte certains papiers personnels de Peter à la maison. Je ferai en sorte qu'il soit occupé pendant un certain temps. Vous n'aurez qu'à vous assurer que Jane ne rentre pas chez elle trop tôt.

– Vince, je ne sais pas quoi penser de tout ça.

– Moi, je le sais. Je ne vais pas laisser cette chemise entre les pattes de Gary Barr. Prions seulement pour qu'il ne l'ait pas cachée je ne sais où dans le pavillon ou dans son 4 × 4. À propos, je lui dirai qu'il devra probablement ramener avec lui un de nos directeurs, qui désire s'entretenir avec vous, et qu'il ferait donc mieux de prendre une des voitures de la maison.

– Comme je l'ai dit, je ne sais quoi en penser, mais je suivrai vos instructions, dit Kay. Vince, je préfère vous prévenir, j'ai rendez-vous avec Nicholas Greco, le détective. Il doit venir ici demain à onze heures. »

Vince lui lança alors quelque chose qu'il n'aurait jamais imaginé dire à l'épouse de son employeur : « Vous êtes complètement folle, Kay. Et moi qui pensais que vous aimiez votre mari ! »

66

CHARLES ALTHORP était assis dans le petit salon de sa femme, une tasse de café à la main, le plateau du petit-déjeuner intact à côté de lui. Le décès de Gladys avait déjà entraîné des changements dans la maison. Le lit médical, la tente à oxygène, les cathéters et la quantité de produits pharmaceutiques avaient disparu. Sans cacher ses larmes, Brenda avait aéré la chambre de Gladys et passé l'aspirateur.

Il avait remarqué l'air maussade de la femme de ménage quand elle lui avait apporté son petit-déjeuner. Sans doute soupçonnait-elle qu'il ne lui restait plus qu'à se trouver une nouvelle place.

Ses fils avaient téléphoné, attristés par la mort de leur mère mais soulagés que ses souffrances aient pris fin. « S'il y a un musée au ciel, maman et Susan doivent sûrement comparer les qualités d'un tableau », avait dit son plus jeune fils, Blake.

Althorp savait que ses fils ne l'aimaient guère. À la sortie de l'université, tous deux avaient choisi de travailler à l'autre bout du pays, ce qui leur donnait une excuse pour ne venir à la maison que deux ou trois fois par an. Ce serait la deuxième fois qu'ils reviendraient en quelques mois. La première pour les funérailles de leur sœur ; aujourd'hui pour celles de leur mère.

Le corps de Gladys avait été transporté au funérarium. Il n'y aurait pas de veillée funèbre, cependant l'enterrement n'était prévu que le vendredi, à la demande de son fils aîné, dont la fille venait d'être opérée d'urgence.

Les voisins avaient téléphoné pour présenter leurs condoléances ; il avait demandé à Brenda de prendre les messages. Mais, à neuf heures moins le quart, elle vint le prévenir d'une voix hésitante qu'un certain M. Greco était au téléphone et insistait pour lui parler.

Althorp fut sur le point de refuser, puis se demanda si Gladys lui devait encore de l'argent. C'était possible. D'après l'infirmière, cet homme était encore venu la voir récemment. Il décrocha le téléphone : « Charles Althorp à l'appareil. » Il savait que sa voix possédait une autorité intimidante et s'en flattait.

« Monsieur l'ambassadeur, commença Greco, permettez-moi de vous exprimer mes sincères condoléances. Mme Althorp était une femme généreuse et courageuse, qui a relancé une enquête dont on peut espérer qu'elle permettra de traduire en justice un assassin.

– Qu'est-ce que vous racontez ? Carrington est en prison.

– C'est exactement ce que je dis, monsieur l'ambassadeur. Peter Carrington est en prison. Mais devrait-il y être ? Ou, pour l'énoncer autrement,

343

quelqu'un d'autre ne devrait-il pas partager sa cellule ? Je sais que c'est le pire moment pour vous importuner, mais accepteriez-vous de me recevoir un peu plus tard dans la journée ? J'ai un rendez-vous à onze heures avec Mme Kay Carrington. Me serait-il possible de vous voir à midi trente ?

– Soyez ici à midi. Je vous accorde un quart d'heure. » Althorp raccrocha brutalement, posa sa tasse de café, et se leva. Il alla jusqu'au bureau où trônaient deux photos de sa femme et de leur fille.

« Pardon, Gladys, dit-il tout haut. Pardon, Susan. »

67

J'ÉTAIS dans la cuisine lorsque Vince passa prendre la clé du pavillon de gardien à sept heures et demie. Puis, comme prévu, il téléphona à neuf heures. Gary Barr passait l'aspirateur à l'étage et je lui transmis le message : « M. Slater aimerait que vous alliez en ville afin de rapporter ici certains documents du bureau de Peter, lui annonçai-je. Il est possible que l'un des directeurs demande à revenir avec vous, vous prendrez donc la Mercedes. M. Slater va vous indiquer où laisser la voiture dans le garage. »

Si Barr avait des soupçons, il n'en montra rien. Il prit la communication sur un autre poste et s'entendit avec Vincent pour accéder au parking de la société. Quelques minutes plus tard, d'une fenêtre du premier étage, je le vis quitter la propriété au volant de la Mercedes et s'engager sur la route.

Vincent surveillait probablement son départ, car sa Cadillac apparut tout de suite après dans l'allée et tourna à gauche. Sans doute avait-il l'intention de la garer derrière le pavillon à un endroit où elle ne serait pas visible depuis la résidence. C'était maintenant à moi de trouver une raison pour empêcher Jane de retourner trop vite chez elle après le déjeuner.

Il y avait un moyen très simple. Je me plaignis d'avoir une migraine et lui demandai de répondre au téléphone et de prendre tous les messages, excepté si M. Greco appelait.

« M. Greco ? »

L'inquiétude perçait dans sa voix, et je me souvins qu'après avoir été engagé par Mme Althorp, Nicholas Greco s'était entretenu avec les Barr.

« Oui, dis-je. J'ai rendez-vous avec lui à onze heures. »

La pauvre femme avait l'air aussi effrayée que désorientée. J'étais persuadée que, si Vincent avait raison et que Gary avait volé la chemise de Peter chez Elaine, Jane n'y était pour rien. Mais je me souvins aussi qu'elle avait juré que Gary était couché chez lui le soir de la disparition de Susan. Avait-elle menti ? Presque certainement.

Pendant l'heure qui suivit, trop nerveuse pour attendre tranquillement, je montai au dernier étage. Je n'en avais pas encore exploré la moitié, tant il fallait de temps pour sortir de leurs housses tous les meubles qui étaient entassés là-haut. Je cherchais en particulier des meubles d'enfant et je finis par découvrir un berceau en bois. Il était trop lourd pour que je puisse le soulever et je m'accroupis pour vérifier sa stabilité. Le bois était délicatement sculpté. Me doutant qu'il ne s'agissait pas d'un meuble ordinaire, je découvris qu'il était signé d'un certain Eli Fallow et daté de 1821.

J'étais certaine que ce berceau avait été

commandé par Adelaïde Stuart, l'aristocrate distinguée qui avait épousé un Carrington en 1820. Je notai mentalement de me renseigner sur la renommée de l'ébéniste Eli Fallow. Je me passionnais pour ces découvertes et elles avaient le mérite de me distraire de mes angoisses.

À force de fouiller parmi tous ces vieux meubles, je me retrouvai vite grise de poussière et redescendis dans ma chambre me laver le visage et les mains. J'enfilai un pull et un pantalon propres et j'étais juste prête quand j'entendis Nicholas Greco sonner à onze heures tapantes.

Je l'avais rencontré pour la première fois chez Maggie et je lui en avais terriblement voulu d'avoir insinué que mon père avait pu mettre en scène son propre suicide. Il avait même donné à entendre qu'il était peut-être impliqué dans la disparition de Susan Althorp. Lorsque Greco m'avait abordée dans le hall du tribunal, j'étais tellement bouleversée que j'avais à peine fait attention à lui. Aujourd'hui, pourtant, je perçus de la chaleur et de la sympathie dans son regard. Je lui serrai la main et le conduisis dans la bibliothèque de Peter.

« Quelle pièce merveilleuse ! s'exclama-t-il en entrant.

– C'est exactement l'impression que j'ai eue en y pénétrant la première fois », lui dis-je.

M'efforçant de surmonter ma nervosité à la pensée de m'être jetée dans l'inconnu en prenant rendez-vous avec cet homme, je racontai : « J'étais venue demander à Peter Carrington l'autorisation d'organiser un cocktail de bienfaisance dans sa résidence. Il était assis dans ce fauteuil. Je me sentais

347

embarrassée, ridicule dans mon tailleur d'été. On était en octobre, il faisait froid et le vent soufflait. Mais je contemplais cette pièce en plaidant ma cause et je suis tombée aussitôt sous le charme.

– Je vous comprends », dit Greco.

Je m'étais assise derrière le bureau de Peter et Greco s'installa sur une chaise qui lui faisait face. « Vous m'avez dit que vous pouviez m'aider, lui dis-je. Expliquez-moi comment.

– Je peux vous aider en essayant de découvrir l'entière vérité dans cette affaire. Votre mari, vous le savez. court le risque de passer la plus grande partie de son existence en prison. Il pourrait éprouver une satisfaction personnelle si le monde venait à reconnaître son innocence – je cite –, "son acte ayant été commis sous l'emprise d'un automatisme sans aliénation mentale". C'est ce qui aurait pu arriver si nous nous trouvions au Canada, mais ce n'est évidemment pas le cas.

– Je ne crois pas que mon mari, somnambule ou non, ait commis aucun de ces crimes, lui dis-je. Hier soir, j'en ai eu la preuve irréfutable. »

J'étais maintenant décidée à engager Nicholas Greco. Je le lui annonçai, puis me confiai à lui, commençant par ma visite à la chapelle. « Il ne m'était jamais venu à l'esprit que j'avais peut-être entendu Susan Althorp ce jour-là, dis-je. Pourquoi aurait-elle supplié ou menacé quelqu'un pour obtenir de l'argent ? Sa famille était fortunée. Je sais aussi qu'elle avait un fonds d'épargne personnel important.

– Il serait intéressant de savoir de quelle somme elle disposait exactement, dit Greco. Peu d'adolescents ont librement accès à leur fonds personnel, et les amies de Susan nous ont dit que son père paraissait furieux contre elle le soir de cette réception. »

Il me demanda de lui parler de la nuit où Peter avait violé les conditions de sa mise en liberté sous caution et s'était retrouvé à genoux sur la pelouse des Althorp.

« Peter a eu une crise de somnambulisme et il ignore pourquoi il est allé là-bas, mais il suppose que c'est le même rêve qui l'a conduit à vouloir quitter sa chambre d'hôpital. Cette fois, il a cru que Gary Barr était posté dans la pièce à l'observer. »

Je racontai à Greco que j'avais pensé un moment que l'homme de la chapelle que Susan faisait chanter était Peter. « Hier soir, j'ai su que ce n'était pas lui », dis-je. M'efforçant de contenir mon émotion, je lui rapportai les propos de Maggie.

Greco se rembrunit. « Madame Carrington, j'ai commencé à m'inquiéter pour vous depuis que j'ai appris votre visite à l'amie de Susan Althorp, Sarah North. Supposons que votre mari soit innocent de ces crimes. Si c'est le cas, le coupable est encore dans les environs, et même je le crois – je le crains – dans les environs immédiats.

– Avez-vous une idée de la façon dont je pourrais le faire sortir du bois ? » demandai-je, incapable de dissimuler ma frustration. « Je n'avais que six ans à l'époque, mais si j'avais avoué mon escapade à mon père en lui racontant ce que j'avais entendu, il serait probablement allé trouver la police à la disparition de Susan. L'homme qui se trouvait dans la chapelle est sûrement celui que mon père a

349

entendu siffler dans le jardin peu après. C'est quelque chose qui ne cesse de me torturer.

– Quand j'étais enfant, je raisonnais en enfant », dit Greco d'une voix douce. « Madame Carrington, ne soyez pas aussi sévère envers vous. Cette information ouvre de nouvelles voies, mais je vous en supplie, ne révélez à personne d'autre ce que votre grand-mère vous a dit hier soir, et suppliez-la de ne pas le répéter. Quelqu'un pourrait commencer à redouter ses souvenirs et les vôtres. »

Il consulta sa montre. « Je dois vous quitter dans quelques minutes. J'ai demandé à M. Althorp de m'accorder un peu de temps aujourd'hui et il m'a prié d'être chez lui à midi. Vous rappelez-vous autre chose qui pourrait m'être utile dans mon enquête ? »

Je n'avais pas songé à lui parler de la chemise de Peter, mais je décidai de jouer le tout pour le tout. « Si je vous donnais une information qui pourrait sérieusement compromettre la défense de Peter, vous sentiriez-vous obligé de la rapporter au procureur ? demandai-je.

– Ce que vous me confiez n'est qu'un témoignage par ouï-dire, et je ne peux en faire état dans une déclaration sous serment.

– Pendant toutes ces années, Elaine Carrington a conservé la chemise de smoking de Peter, maculée de taches semblables à des traces de sang. Il y a quelques jours, elle me l'a vendue pour un milllion de dollars, mais elle a refusé ensuite de me la donner en échange de l'argent qui lui a été versé. Depuis, quelqu'un l'a volée dans la maison qu'Elaine habite sur la propriété. Vincent Slater pense que Gary Barr est l'auteur du vol. En ce moment même, il est en train de fouiller le pavillon de gardien pour la récupérer. »

Si Nicholas Greco fut surpris par cette information, il n'en laissa rien paraître. Il se contenta de me demander comment Elaine s'était procuré la chemise et si j'étais vraiment sûre qu'elle portait des taches de sang.

« Parler de taches est exagéré, répondis-je. D'après ce que j'ai pu distinguer, il s'agirait plutôt d'une trace, à un endroit précis. » Je pointai mon doigt sur ma poitrine, juste au-dessus du cœur. « Elaine affirme avoir vu Peter rentrer à la maison à deux heures du matin, d'une démarche de somnambule. Elle dit qu'elle n'avait aucune idée de ce qui s'était passé, mais, s'étant aperçue qu'il y avait du sang sur la chemise elle a préféré que la femme de chambre ne la trouve pas dans la corbeille à linge.

– Et maintenant elle utilise la chemise pour vous faire chanter, puis ne tient pas sa promesse. Pourquoi a-t-elle pris soudain cette initiative ?

– Parce que son fils Richard est un joueur invétéré et qu'elle lui sauve toujours la mise. Cette fois, apparemment, il avait besoin de plus d'argent qu'elle ne pouvait en disposer, du moins à temps pour lui éviter de graves ennuis.

– Je vois. » Greco s'apprêtait à partir. « Vous m'avez donné des informations précieuses, madame Carrington. Éclairez-moi. Si quelqu'un oubliait quelque chose dans cette maison, un objet de nature personnelle, et que votre mari pensait que cette personne pouvait en avoir besoin, que ferait-il à votre avis ?

– Il irait le rapporter, dis-je, immédiatement. Je peux vous donner un exemple. Un soir de décembre, Peter m'a déposée à mon appartement, puis a pris le chemin du retour. Il avait déjà traversé le pont George-Washington quand il s'est aperçu que j'avais laissé mon écharpe de laine dans la voiture. Figurez-vous qu'il a fait demi-tour et me l'a rapportée. Je lui ai dit qu'il était fou, mais il a répondu qu'il faisait froid et que je pouvais en avoir besoin le lendemain. » Je compris alors ce que Greco avait en tête. « Vous pensez au sac à main de Susan, n'est-ce pas ? Croyez-vous que lorsque Peter a eu un accès de somnambulisme ce soir-là, il avait l'intention de rendre ce sac ?

– Je n'en sais rien. C'est l'une des multiples possibilités que je dois examiner, mais cela pourrait expliquer la surprise et la détresse de votre mari le lendemain matin quand on n'a pas retrouvé le sac dans sa voiture. Qu'en pensez-vous ? »

Sans attendre ma réponse, il ouvrit sa serviette et en retira une feuille de papier qu'il me tendit. « Ceci a-t-il une signification pour vous ?

– Oh, c'est un article du *People* sur Marian Howley. Une des meilleures actrices de ce pays. Je ne rate jamais aucun de ses spectacles.

– Apparemment Grace Carrington éprouvait la même admiration pour cette comédienne. Elle avait déchiré cette page du magazine ; elle se trouvait dans la poche de sa veste quand on a découvert son corps dans la piscine. »

Je m'apprêtais à lui rendre la feuille, mais il la

repoussa. « Non, j'en ai fait plusieurs copies. Gardez-la. Peut-être pourriez-vous la montrer à M. Carrington. »

Le téléphone sonna. J'allais répondre lorsque je me souvins que Jane Barr était censée prendre les messages. Un moment plus tard, comme je sortais avec Greco de la bibliothèque, elle arriva en courant dans le hall. « C'est M. Slater. Il dit que c'est important. »

Greco attendit pendant que je retournais jusqu'au bureau et décrochais le téléphone.

« Kay, je ne l'ai pas trouvée, dit Vince. Il l'a certainement cachée ailleurs. »

Je sus aussitôt qu'il mentait. « Je ne vous crois pas », lui dis-je.

Il y eut un déclic, il avait raccroché.

« Vince Slater prétend qu'il n'a pas trouvé la chemise de Peter, dis-je à Nicholas Greco. Je n'en crois rien. Il l'a sûrement. J'en mettrais ma main au feu.

— A-t-il une clé de cette maison ?

— J'ai fait changer toutes les serrures et lui ai remis uniquement la clé de la porte qui mène de la terrasse à son bureau privé. Mais on peut pénétrer dans la maison depuis cette pièce.

— Donc il a bien une clé. Madame Carrington, faites changer cette serrure sans plus tarder. Il est possible que Vincent Slater soit un homme dangereux. »

68

« J'AI DÉCIDÉ de fermer la galerie à la fin de cette semaine, annonça Richard Walker à Pat Jennings. C'est un délai un peu court, mais le propriétaire de l'immeuble a un client qui souhaite emménager immédiatement et lui verse une prime dans ce but. »

Jennings le regarda, stupéfaite. « Pouvez-vous trouver un autre local aussi rapidement ? demanda-t-elle.

— Non, je voulais dire que j'ai l'intention de fermer la galerie de manière *définitive*. Vous l'avez sûrement remarqué, Pat, je joue trop aux courses. J'ai envie de changer de décor. J'ai un vieil ami qui possède une petite galerie d'art très en pointe à Londres, et il me propose de m'associer avec lui.

— C'est un projet formidable », dit Pat, s'efforçant de paraître sincère.

Je me demande si Maman a décidé de ne plus faire office de bouée de sauvetage, pensa-t-elle. Je la comprends. Et il a probablement raison. Mieux vaut qu'il s'éloigne de tous ces bookmakers qui lui refilent des tuyaux crevés.

« Qu'en pense votre mère ? demanda-t-elle. Je suis sûre que vous lui manquerez.

– Même sans le Concorde, l'Angleterre est à un saut de puce, et elle a de nombreux amis là-bas. »

Pat Jennings comprit alors qu'elle allait perdre non seulement son emploi, mais l'avantage de ces horaires flexibles qui s'accordaient si bien avec ceux de ses enfants. Sans parler du plaisir de voir Trish régulièrement et du privilège de pouvoir suivre jour après jour le feuilleton familial des Carrington.

Elle tenta de recueillir une dernière information. « Comment va Mme Peter Carrington ? » demanda-t-elle, feignant de la sympathie sans exagérer son intérêt.

« Vous êtes gentille de vous en inquiéter, Pat. Je n'ai pas vu Kay depuis des semaines, mais ma mère est très souvent en contact avec elle. Nous devons dîner ensemble avant mon départ pour l'Angleterre. »

Avec un sourire qui signifiait la fin de l'entretien, comme s'il s'était aperçu que Pat lui soutirait des informations, Richard Walker tourna les talons et pénétra dans son bureau. Le téléphone sonna. Pat décrocha et entendit une voix furieuse crier dans l'appareil : « Ici Alexandra Lloyd. Richard est-il là ? »

Pat sut d'emblée ce qu'elle devait répondre, mais cette fois elle utilisa une autre excuse : « M. Walker est en route pour Londres, madame Lloyd. Puis-je prendre un message ?

– Mais comment donc ! Dites seulement à

355

M. Walker qu'il me déçoit beaucoup, il saura ce que je veux dire. »

Voilà un message que je n'ai pas très envie de lui communiquer, pensa Pat. J'avais cru au début que cette dame était une artiste qui se cachait sous un pseudonyme. Je me demande maintenant si ce n'est pas un bookmaker.

Il était trois heures, l'heure d'aller chercher ses enfants à l'école à l'autre bout de la ville. La porte de Richard était fermée, mais elle entendait un murmure de voix, preuve qu'il était au téléphone. Pat nota le message d'Alexandra Lloyd mot pour mot, le relut à contrecœur, frappa à la porte de Richard, entra et le déposa sur le bureau devant lui.

Puis, avec la hâte de quelqu'un qui sait qu'un pétard peut lui exploser à la figure d'un instant à l'autre, elle saisit son manteau et partit.

69

LORSQUE Nicholas Greco fut introduit par la femme de chambre dans le bureau où Gladys Althorp l'avait précédemment reçu, il constata avec déplaisir que son mari avait très rapidement pris possession des lieux. Son châle n'était plus à sa place sur son fauteuil et les stores vénitiens étaient relevés. Les rayons d'un soleil presque printanier entraient à flots dans la pièce, chassant l'atmosphère de calme intimité qui y régnait lors de sa première visite.

« M. l'ambassadeur arrive tout de suite », dit Brenda.

À quoi joue-t-il ? se demanda Greco. J'ai demandé un rendez-vous à midi trente et il a insisté pour me voir à midi. A-t-il l'intention de me faire attendre à présent ?

Greco se souvint de l'attitude attentionnée de la femme de chambre envers Gladys Althorp. Comment s'appelait-elle déjà ? Ah oui, Brenda.

« Brenda, dit-il, j'ai remarqué la façon dont vous preniez soin de Mme Althorp. Vous lui avez certainement été d'un grand réconfort.

– Je l'espère. Je ne suis pas ici depuis longtemps, mais je l'aimais beaucoup. Et je sais aussi qu'elle est morte en paix, sachant que l'homme qui avait tué sa fille allait enfin payer pour ses crimes. Mme Althorp m'a raconté que le jour où elle était allée au tribunal et avait vu Peter Carrington enchaîné elle avait compris que s'accomplissait enfin, après vingt-deux ans, son vœu le plus cher. »

Charles Althorp était entré dans la pièce pendant qu'elle parlait. « Nous sommes ravis de connaître votre opinion, Brenda, dit-il d'un ton sarcastique. Vous pouvez disposer, à présent. »

L'antipathie de Nicholas Greco envers Althorp fut immédiate. Humilier une domestique devant un tiers était révélateur du climat qui régnait dans la maison. D'ailleurs, après avoir parlé à Althorp au téléphone, il ne s'attendait à rien d'autre.

Brenda réagit comme si elle avait reçu une gifle. Elle se raidit, puis sortit avec dignité.

Althorp désigna un siège à Greco et s'assit à son tour. « J'ai un rendez-vous pour déjeuner, dit-il, aussi comprendrez-vous qu'un quart d'heure signifie un quart d'heure.

– Je comprends parfaitement les impératifs d'horaire », répliqua Greco.

Évitant délibérément de lui servir du « monsieur l'ambassadeur », il poursuivit : « Monsieur Althorp, vous étiez furieux contre votre fille, Susan, lors de cette soirée fatidique. Ce n'est pas passé inaperçu et cela a fait l'objet de commentaires de la part de plusieurs personnes. Quelle en était la raison ?

– Je n'en ai pas le moindre souvenir et ce n'est pas important. Bien entendu, j'ai toujours cruellement regretté que mes derniers rapports avec Susan aient été tels en de pareilles circonstances.

– Mme Althorp et vous avez quitté tôt la réception.

– Nous sommes partis peu après le dîner. Comme souvent depuis quelque temps, Gladys se sentait fatiguée.

– Avant de vous en aller, vous avez enjoint à votre fille de ne pas s'attarder après minuit. La fête, d'après ce que je sais, s'est terminée plus d'une heure plus tard. Pourquoi ce couvre-feu ?

– Susan était exténuée. Je me faisais du souci pour elle. Je voulais qu'elle rentre avec nous. Les jeunes commençaient à danser. Peter a demandé si elle pouvait rester un petit moment, il a proposé de la reconduire.

– Vous aimiez bien Peter, n'est-ce pas ?

– Beaucoup, à cette époque.

– Monsieur Althorp, je vais vous poser la question autrement : pourquoi étiez-vous inquiet à propos de votre fille ?

– Cela ne vous regarde pas, monsieur Greco.

– Oh, mais si, je crois que cela me regarde au contraire. Si mon intuition est juste, c'est la raison de la mort de Susan. »

Greco vit le visage de son interlocuteur s'empourprer. De rage ou de peur ?

« Lorsque Mme Kay Carrington avait six ans, elle a un jour accompagné son père, Jonathan Lansing, chez les Carrington, dont il avait aménagé les jardins, chose que vous n'ignorez pas. Jonathan désirait régler un problème d'éclairage et a demandé à sa petite fille de l'attendre à l'extérieur de la maison. Kay avait entendu parler de la chapelle et, comme toute enfant curieuse, elle a eu envie d'aller la voir. Pendant qu'elle s'y trouvait, elle a entendu la porte de la chapelle s'ouvrir et s'est cachée au milieu des bancs. Elle n'a pas vu les personnes qui entraient, mais a entendu les paroles qu'elles échangeaient. C'était un couple et la femme demandait à l'homme de l'argent avec insistance. »

Greco s'interrompit un instant avant de reprendre d'un ton cassant : « Je crois que cette femme était votre fille et qu'elle avait besoin d'argent parce qu'elle était en manque. Vous saviez qu'elle avait un problème de drogue, mais vous vouliez le régler à votre façon, en la privant d'argent et en la surveillant de près afin qu'elle n'ait pas accès à celui qui la lui fournissait.

— Je ne m'étonne pas que vous ayez une excellente réputation de détective, monsieur Greco. Mais à supposer que tout ce que vous dites soit vrai, qu'est-ce que cela prouve ? Quelle importance cela a-t-il aujourd'hui ? »

La voix d'Althorp était restée d'une égale froideur.

« C'est très important, monsieur Althorp. Car si vous aviez essayé de faire aider Susan sur le plan psychologique, elle serait peut-être encore en vie aujourd'hui.

— Quand elle a disparu, j'ai cru qu'elle s'était enfuie avec son dealer. J'ai pensé qu'elle réapparaîtrait un jour.

— Et vous avez commis la faute impardonnable de laisser soupçonner Peter Carrington d'être à l'origine de sa disparition ? Malgré tout, malgré le fait que vous la croyiez encore en vie ?

— Je n'en savais rien. De toute façon, je n'aurais jamais pu évoquer cette possibilité. Cela aurait tué ma femme. Pour elle, Susan était l'enfant parfaite par excellence. Apprendre qu'elle se droguait l'aurait anéantie.

— Quand avez-vous commencé à avoir des soupçons ?

— Peu après son retour à la maison, à la fin de sa première année à l'université. Elle n'était plus la même cet été-là. Elle se montrait irritable, elle pleurait pour un rien, ce qui ne lui ressemblait pas. Je ne savais que penser. Un soir qu'elle était sortie, je suis passé devant sa chambre et j'ai vu la lumière allumée. Je suis entré pour l'éteindre, et j'ai aperçu quelque chose sur le sol. C'était du papier d'aluminium et il contenait une poudre blanche. Vraisemblablement de la cocaïne. J'ai alors compris ce qui se passait. Quand Susan est rentrée, j'ai abordé la question de front et lui ai demandé qui lui fournissait la drogue. Elle a refusé de me répondre. C'était un mois environ avant sa disparition.

— Si vous aviez averti la police des problèmes de Susan, la nature de l'enquête aurait aussitôt changé, et le dealer de votre fille aurait peut-être été arrêté. Pour quelle raison votre femme a-t-elle fait appel à mes services il y a six mois ? Pour découvrir un indice qui permettrait de traduire devant les tribunaux le meurtrier présumé de votre fille, Peter Carrington. L'arrestation et le procès de l'assassin de Susan lui auraient certainement apporté le repos et la possibilité de faire son deuil. » La voix de

Greco monta d'un cran. « Vous avez donc préféré laisser votre femme souffrir chaque jour de sa vie ? C'était votre façon d'avoir pitié d'elle ? Non, c'était une excuse facile pour garder le silence. Vous espériez être nommé dans une autre ambassade et craigniez qu'un scandale ternisse votre nom, n'est-ce pas ? La jolie débutante assassinée par un jeune homme fortuné suscitait un élan de sympathie envers votre famille. Vous vous êtes contenté de laisser faire les choses.

– C'est votre opinion et je ne vous ferai pas l'honneur de vous répondre, répliqua Althorp. Pourquoi êtes-vous venu ici, monsieur Greco ? En quoi cela peut-il changer les choses ? Rien ne nous ramènera Susan et, comme mon fils l'a fait remarquer hier, s'il y a un musée au ciel, Susan et sa mère doivent s'y trouver et discuter peinture. C'est une image qui m'apporte du réconfort.

– Vous pouvez peut-être trouver un réconfort dans vos images, mais avez-vous vraiment l'audace de croire que rien ne changerait si la vérité était révélée aujourd'hui ? N'avez-vous jamais imaginé que Susan avait pu être assassinée par son dealer, et non par Peter Carrington ?

– La chemise de Peter avait disparu. J'ai cru qu'il s'était disputé avec elle et que leur querelle avait dégénéré.

– C'est soit un dealer, soit Peter Carrington qui a tué votre fille, et vous vous contentez de cette alternative ! J'ai une autre hypothèse, monsieur Althorp. Vous pouvez avoir entendu Susan se faufiler hors de la maison cette nuit-là et être entré dans une colère telle que vous l'avez brutalisée. C'est seulement le lendemain à midi que l'on a constaté qu'elle n'était pas dans sa chambre. Vous avez eu tout le temps nécessaire pour cacher le corps, jusqu'au jour où vous vous en êtes débarrassé définitivement. »

Charles Althorp agrippa violemment les accoudoirs de son fauteuil. « C'est absolument grotesque ! Et insultant. Votre quart d'heure est écoulé, monsieur Greco. Sortez d'ici !

– Je pars, monsieur l'ambassadeur », dit Greco, insistant sur le titre d'une voix pleine de mépris. « Mais je reviendrai, ajouta-t-il. N'en doutez pas, je reviendrai. »

70

URANT les jours qui suivirent, j'eus deux ou trois conversations avec ma grand-mère. Je savais qu'elle cherchait à retrouver le nom de l'homme que mon père avait entendu siffler cette chanson qui le rendait si nostalgique. Une pensée me vint alors à l'esprit. « Maggie, tu m'as raconté que papa était très déprimé après t'en avoir parlé. Lorsque sa voiture fut retrouvée peu de temps après, et que tu as pensé qu'il s'était suicidé, te rappelles-tu avoir raconté cet épisode à tes amis ?

– Nous parlions beaucoup du chagrin qui le minait depuis la mort de ta mère. J'ai sûrement fait allusion à cet incident. C'était la preuve qu'elle lui manquait toujours autant.

– Dans ce cas, il est possible que tu aies aussi mentionné le nom de cet homme, puisque tu dis que papa te l'avait révélé.

– Peut-être, Kay, mais vingt-deux ans se sont écoulés depuis. Si je n'arrive pas à m'en souvenir, comment quelqu'un d'autre le pourrait-il ?

– Je n'en sais rien. Mais c'est une chose dont tu peux facilement t'enquérir et qui pourrait nous être très utile. Je voudrais que tu parles de papa à tes amis. Dis-leur qu'apprendre qu'il ne m'avait pas abandonnée volontairement m'a été d'un grand réconfort. Tu pourrais par la même occasion leur rappeler cette histoire et ajouter que tu cherches en vain à te remémorer le nom de l'homme qui sifflait cette chanson le jour de la réception. Mais n'en parle qu'à tes amis, je t'en conjure.

– Je serais étonnée que quelqu'un s'en souvienne au bout de tant d'années, mais je ferai mon possible pour t'aider, Kay. C'est le jour de visite à la prison, n'est-ce pas ?

– Oui, c'est aujourd'hui.

– Veux-tu féliciter de ma part ton mari – je veux dire Peter – pour le bébé ?

– Merci Maggie, cela lui fera plaisir. »

Deux heures plus tard, j'étais dans le parloir de la prison, incapable de détacher mes yeux de Peter assis derrière la cloison de Plexiglas. J'aurais tellement voulu le toucher, mêler mes doigts aux siens. Je voulais le ramener à la maison et fermer la porte sur le reste du monde. Je voulais retrouver notre vie d'avant.

Je devais me taire, naturellement, si je ne voulais pas rendre la situation encore plus difficile à supporter pour lui. Il y avait tant de choses dont je ne pouvais pas lui parler. Entre autres, de la chemise que j'avais accusé Gary Barr d'avoir volée et qui était maintenant entre les mains de Vincent Slater. Vincent avait persisté à affirmer qu'il ne l'avait pas trouvée quand il avait fouillé le pavillon et le 4 × 4, mais je ne le croyais toujours pas.

Je ne pouvais pas lui parler de l'argent que j'avais

versé à Elaine, et certainement pas lui annoncer que j'avais engagé Nicholas Greco.

Je me contentai de lui raconter ma découverte du berceau ancien et mon intention de faire des recherches sur Eli Fallow, l'ébéniste qui l'avait fabriqué. « Cet étage est une vraie mine, Peter. »

Je parlai de tout et de rien. Le genre de conversation que vous avez avec un malade à l'hôpital avec lequel vous ne pouvez pas aborder des sujets importants de peur de l'alarmer. Le visage de Peter s'éclairait dès que je mentionnais le bébé, mais il s'inquiétait pour moi. Il avait remarqué que j'avais maigri et je dus le rassurer à nouveau, lui répéter qu'il n'y avait rien d'anormal.

Il me demanda si je voyais Elaine et Richard. J'esquivai la question en lui faisant part de ma surprise quand j'avais su par Elaine que Richard mettait la clé sous la porte et partait pour Londres. « J'imagine que sa passion pour le jeu n'y est pas pour rien et, par-dessus le marché, la galerie a toujours perdu de l'argent, dis-je.

– C'est une décision judicieuse, dit Peter. Aussi loin que remontent mes souvenirs, à l'époque où Elaine et mon père commençaient à sortir ensemble, Richard jouait déjà aux courses, ce qui mettait mon père en fureur. Je crois qu'une des raisons pour lesquelles il exigeait de vérifier toutes les factures qui arrivaient à la maison durant les grands travaux de décoration entrepris par Elaine était de s'assurer qu'elle n'encourageait pas le vice de son fils, du moins avec son argent. Avant le départ de Richard, il me semble que ce serait gentil de l'inviter à dîner avec Elaine et Vincent.

Comment lui avouer que c'était bien la dernière chose dont j'avais envie ? Je ne relevai pas sa suggestion et lui demandai pour couper court : « Combien d'argent de poche avais-tu quand tu étais jeune ? Ton père était-il généreux ? »

Peter avait l'air si juvénile quand il souriait. « À dire vrai, il se montrait plutôt correct. Heureusement pour nos relations, je ne me suis jamais comporté en fils de riche. J'aimais travailler dans les bureaux de la société pendant les vacances scolaires. J'étais fasciné par le monde de la finance et mon père s'en réjouissait. Et tu sais, il était franchement généreux avec ceux qui étaient dans le besoin, le chèque qu'il a donné à Maria Valdez en est la preuve. »

L'expression de Peter s'assombrit. « Essaye donc d'en convaincre les gens. »

Je savais qu'il ne me restait que quelques minutes. Je tenais l'interphone à la main. « J'ai une devinette pour toi », dis-je. Et je fredonnai la chanson que j'avais entendue dans la chapelle. « Reconnais-tu cet air ?

– Je ne crois pas. En fait, je dirais que non.

– J'avais un ami qui sifflait comme un merle. C'est passé de mode aujourd'hui. Connais-tu quelqu'un qui sache siffler, quelqu'un comme Vince par exemple ? »

Peter éclata de rire. C'était la première fois que je l'entendais rire depuis des mois.

« Kay, pour moi Vince est aussi capable de siffler que d'être présentateur de cirque. Le très sérieux Vincent Slater sifflotant un air à la cantonade ? Impensable ! »

Le gardien s'approchait de moi. Le temps de la visite était écoulé. Nous nous sommes embrassés à travers la cloison et, comme toujours, je m'efforçai de ne pas pleurer. « Sais-tu combien je t'aime ? lui demandai-je.

– Autant que je t'aime », murmura-t-il.

C'était devenu notre façon de nous dire au revoir.

Au dernier moment il ajouta : « Kay, donne un dîner pour Richard avant qu'il parte pour Londres. Cela me ferait plaisir. Il a toujours eu des problèmes, mais c'est mon frère par alliance après tout, et Elaine a toujours été bonne pour moi. »

71

PLUS j'en apprends, moins j'en sais, pensa Nicholas Greco en pénétrant dans la propriété des Carrington. Le garde avait été prévenu de sa venue et lui adressa un signe indifférent quand il engagea sa voiture dans l'allée qui menait au pavillon.

Il avait téléphoné la veille pour fixer ce rendez-vous avec Gary Barr, précisant qu'il préférait le rencontrer hors de la présence de Jane.

« J'ignore ce que votre femme connaît de vos activités, avait-il dit à Barr, mais à moins qu'elle n'ait été mêlée à toutes vos histoires, je vous suggère de trouver une excuse pour que notre entretien se déroule en son absence.

– Je compte faire des courses jusqu'à midi, lui avait répondu Barr. Jane est toujours à la résidence à cette heure. » D'un ton à la fois hostile et inquiet, il avait ajouté : « J'ignore pourquoi vous vous intéressez à moi. J'ai déjà raconté tout ce que je savais sur la mort de cette fille, et je ne travaillais même pas chez les Carrington à l'époque où leur paysagiste a disparu. »

J'espère que ma stratégie pour le déstabiliser, lui laisser le temps de gamberger et de se faire du mouron, va donner des résultats, pensa Greco en se dirigeant vers le pavillon du gardien.

C'était une étroite maison de pierre aux fenêtres garnies de petits carreaux. Gary Barr ouvrit la porte et l'invita avec froideur à entrer. Une fois à l'intérieur, Greco fut surpris autant qu'impressionné par le décor. L'espace assez restreint avait été utilisé au mieux : au rez-de-chaussée, une belle et harmonieuse pièce à vivre incluait un coin cuisine. L'élégante cheminée de pierre et le haut plafond aux poutres apparentes lui donnaient un aspect intemporel. Combien de générations avaient vécu ici depuis sa construction au pays de Galles quatre siècles auparavant ? se demanda-t-il.

Une habitation plutôt confortable pour un couple de gardiens, bien plus agréable que la plupart des logements mis généralement à la disposition du personnel. Il nota qu'elle était parfaitement tenue. Dans sa carrière de détective, il s'était plus d'une fois trouvé en présence d'employés de maison qui n'habitaient pas des endroits aussi impeccables.

Sans y être invité, il choisit une chaise à dossier droit près du canapé et, d'un ton volontairement détaché, commença : « Monsieur Barr, je crois inutile que nous perdions l'un et l'autre notre temps ce matin. Allons droit au but : vous procuriez de la drogue à Susan Althorp, n'est-ce pas ?

– C'est faux !

– Vraiment ? À l'époque où vous serviez de chauffeur à ces jeunes filles et où Susan s'asseyait sur le siège avant, vous avez commencé à entretenir des relations familières avec elle. Mais il y avait les trois autres filles à l'arrière. L'une d'elles, Sarah Kennedy, aujourd'hui Mme Sarah North, était la meilleure amie de Susan. Pensez-vous que Susan se soit confiée à elle ? »

C'était le genre de questions-pièges que Greco aimait poser car elles provoquaient souvent des réponses spontanées.

Gary Barr resta muet, mais jeta un regard nerveux autour de lui comme s'il craignait que quelqu'un ne surprenne leur conversation. Un type qui écoute aux portes a toujours peur que quelqu'un puisse entendre ce qu'il dit, pensa Greco avec dédain.

« Votre femme et vous avez travaillé régulièrement pour les Althorp durant la période où les Carrington avaient cessé de vous employer. J'ai pu observer l'attitude de l'ambassadeur Althorp à l'égard de son personnel. Un mépris qui n'a pas dû être facile à supporter, je suppose. Quelle vengeance plus raffinée que d'initier la jeune fille de la maison à la drogue, puis de l'obliger à vous payer pour que vous lui en procuriez ? Lorsqu'elle est rentrée chez elle la dernière nuit, elle est aussitôt ressortie pour vous retrouver. N'est-ce pas ainsi que les choses se sont passées ? »

D'un geste impatient, Gary Barr essuya le voile de transpiration sur son front. « Ne croyez pas m'intimider ! Je connais la loi. Même si je lui ai vendu un peu de cocaïne, vingt-deux ans ont passé. Il y longtemps que les faits sont prescrits. Renseignez-vous.

– Je n'ai pas besoin de me renseigner, monsieur

371

Barr. Je connais parfaitement les délais de prescription et vous avez raison. Certes, on ne peut malheureusement pas vous poursuivre pour avoir vendu de la drogue à cette malheureuse gamine, mais il n'existe pas de prescription pour meurtre. Je pense que vous êtes au courant.

– *Meurtre ?* Vous êtes malade. Je n'ai pas... »

Greco l'interrompit : « Si je vais trouver le procureur et lui dis ce que je sais, une nouvelle enquête sera ouverte, destinée à un jury d'accusation. Une citation à comparaître vous sera adressée et vous ne pourrez pas invoquer le cinquième amendement. Vous ne pouvez pas refuser de témoigner à partir du moment où on ne peut pas vous poursuivre. Mais vous pouvez être et vous serez accusé de faux témoignage si vous mentez au jury d'accusation au sujet de vos relations avec Susan et si vous cachez ce que vous savez concernant sa disparition. Conclusion : vous feriez mieux de vous mettre à table.

– D'accord ! C'était avec moi qu'elle avait rendez-vous, reconnut Barr d'une voix rauque et hésitante. Ça c'est passé comme vous le dites. Elle voulait de la came et je lui ai dit qu'elle devait payer cash, et elle a répondu qu'elle aurait l'argent. Je lui ai dit que je l'attendrais dehors à deux heures moins le quart et qu'elle avait intérêt à être à l'heure.

– Peter Carrington a déposé Susan chez elle à minuit. Pourquoi lui avoir donné rendez-vous si tard ?

– Elle voulait être sûre que son père serait endormi.

– Pourquoi ne pas lui avoir donné la cocaïne pendant la réception ?

– Elle n'avait pas l'argent sur elle. Sinon je la lui aurais refilée. »

Greco regarda Barr avec mépris et dégoût. En refusant de lui donner ce dont elle avait besoin, tu as signé son arrêt de mort, pensa-t-il. Elle devait retrouver quelqu'un d'autre, sans doute la personne qui détenait l'argent.

« Je suis parti d'ici à une heure et demie et suis allé à pied jusqu'à la maison des Althorp, poursuivit Barr. J'ai coupé à travers la pelouse de leurs voisins et j'ai attendu sous le grand arbre du jardin situé sur le côté. Personne ne pouvait me voir. Susan ne s'est pas montrée à deux heures moins le quart. Environ dix minutes plus tard, j'ai entendu le bruit d'une voiture. J'ai attendu pour voir qui arrivait, imaginant qu'il s'agissait de la personne qui lui apportait le fric à la dernière minute. »

Barr se leva, alla jusqu'à l'évier et se versa un verre d'eau. Il en avala la moitié avant de regagner sa place. « C'était Peter Carrington. Il est descendu, a fait le tour de sa voiture, ouvert la porte du côté passager et pris quelque chose à l'intérieur.

– Vous le distinguiez assez nettement pour voir ce qu'il faisait ?

– Il y a un réverbère sur le trottoir en face de la demeure des Althorp. C'est pourquoi j'avais donné rendez-vous à Susan sur le côté de la maison.

– Continuez.

– Peter s'est mis à marcher à travers la pelouse. Puis il s'est agenouillé. Je me suis avancé et je l'ai vu se pencher. Il faisait assez clair pour que je puisse

373

apercevoir quelque chose – peut-être quelqu'un – sur le sol. Ensuite il a regagné sa voiture et démarré. Je n'ai pas compris ce qui s'était passé, je suis rentré directement chez moi.

– Vous n'êtes pas allé vérifier si quelqu'un avait besoin d'aide ?

– Carrington était reparti. Il n'avait aidé personne.

– Et vous n'avez vu personne d'autre ?

– Personne.

– Vous êtes sûr de ne pas avoir rencontré Susan, de ne pas vous être disputé avec elle parce qu'elle n'avait pas l'argent ? Vous êtes sûr qu'elle ne vous a pas menacé de tout dire à son père si vous ne lui donniez pas la cocaïne ? Je vais vous dire ce qui est arrivé : vous l'avez étranglée, puis vous avez entendu Peter arriver et vous vous êtes planqué. Quand il a démarré, vous avez caché le corps. Voilà ce qui est arrivé, monsieur Barr.

– Absolument pas. Je peux passer au détecteur de mensonge, si vous le voulez. Je suis rentré chez moi à deux heures vingt. J'ai même réveillé ma femme en lui disant que je ne me sentais pas très bien.

– Vous voulez dire que vous aviez besoin d'un témoin, à tout hasard. Vous savez vous servir des autres, monsieur Barr. Je me souviens que votre femme a proposé de passer le test le jour où elle a juré que vous étiez resté toute la nuit à la maison.

– Elle l'a sincèrement cru.

– Nous en resterons là. À propos, M. Slater a-t-il trouvé la chemise de smoking tachée de sang après vous avoir attiré à New York afin de pouvoir fouiller votre maison, monsieur Barr ? »

Nicholas Greco eut la satisfaction de voir l'expression sidérée de Gary Barr.

« C'est donc lui, dit Barr d'un ton abattu. J'aurais dû m'en douter. »

72

RICHARD devait s'envoler pour Londres le dimanche soir. J'avais organisé le dîner d'adieu la veille, plus pour exaucer le souhait de Peter que pour honorer Richard, mais je décidai de jouer le grand jeu. Je suis bonne cuisinière, et Jane et moi avons concocté un menu d'exception : feuilletés au fromage en entrée, soles, salade de cresson aux pommes, suivie d'un assortiment de fromages et d'un sorbet à la framboise accompagné d'un vin doux.

« Nous prendrons les cocktails dans le salon et, après le dîner, vous servirez le café dans le salon, dis-je à Jane.

– Je vais demander à Gary de préparer un feu dans la cheminée », promit-elle.

Gary Barr manifestait trop d'attentions à mon égard et je savais qu'avant longtemps je devrais le congédier purement et simplement. Je serais navrée de me séparer de Jane par la même occasion, mais je savais que je n'avais pas le choix et j'étais certaine qu'elle s'en doutait.

Je m'étais entretenue à plusieurs reprises avec

Nicholas Greco, et il avait confirmé mes soupçons concernant la disparition de la chemise. Selon lui, Barr l'avait bien dérobée chez Elaine, et Vincent Slater l'avait ensuite trouvée dans le pavillon ; il la détenait sans doute encore. Il me conseilla vivement de ne rien dire ni faire qui pourrait indiquer que j'étais au courant.

« Mais c'est moi qui ai dit à Gary que Vincent désirait lui parler au téléphone, protestai-je. Et c'est moi qui l'ai envoyé à New York.

– Barr imagine sans doute que Slater vous a menée en bateau, dit Greco. Il faut vous comporter comme si Barr était toujours votre fidèle employé, et quand vous rencontrerez Vincent Slater, je vous suggère de vous excuser d'avoir douté de sa parole à propos de la chemise. Gary Barr n'osera certainement pas l'affronter sur ce sujet. »

Lorsque je parlais à Greco au téléphone, il ne cessait de me mettre en garde. « Soyez très prudente avec Barr et Slater. Nous pourrions découvrir une alliance contre nature entre ces deux-là. Elaine Carrington est la reine du chantage et son fils toujours à court d'argent. Mettez tous ces ingrédients ensemble et vous avez une situation potentiellement explosive. »

Je lui dis que Richard partait . installer à Londres.

« Je doute que l'éloignement résolve ses problèmes. Le problème n'est pas le lieu, c'est le personnage. »

Greco demanda si j'avais apporté à Peter la page de *People.* J'avouai que je ne l'avais pas fait. « Je suis sûre qu'il n'a pas vu Grace montrer le magazine à ses invités. Tout le monde a dit qu'il était monté directement à l'étage après la scène qu'il lui avait faite.

– Je comprends que vous ne souhaitiez pas bouleverser davantage votre mari, mais quelqu'un a pris ce magazine durant cette soirée. Et il l'a probablement fait sans savoir que Grace avait déjà arraché la page consacrée à cette actrice. C'est un point important. Faites confiance à mon instinct. C'est très important.

– Je l'apporterai à Peter la prochaine fois », lui promis-je.

Puis je lui demandai si ses recherches pour prouver l'innocence de Peter avançaient. Sa réponse ne m'encouragea guère. « J'apprends petit à petit les raisons qui ont déclenché cette tragédie, dit-il. Maintenant c'est à moi de recoller les morceaux. Il est beaucoup trop tôt pour vous donner un espoir injustifié, ce serait malhonnête de ma part. »

Je ne me contentai pas de cette réponse évasive « Avez-vous malgré tout un espoir de découvrir de nouvelles preuves qui permettraient à Peter d'être acquitté quand il passera en jugement ?

– Peut-être, madame Carrington. Mais jusqu'à ce que je puisse fournir une preuve irréfutable au tribunal, je ne peux vous en dire davantage. »

Je dus me contenter de cette réponse. Mais Peter me manquait tellement que j'avais besoin d'être sûre qu'il rentrerait à la maison, même s'il fallait croire pour cela aux miracles.

Organiser le dîner en l'honneur de Richard créa une diversion, et pendant que je faisais mon choix à la fromagerie, je me forçai à croire qu'un jour prochain je reviendrais ici pour acheter à Peter son fromage favori.

Aidée de Gary Barr, j'avais entrepris de changer les meubles de place dans la salle de séjour. Impressionnée lorsque j'y étais entrée pour la première fois – c'était une très belle pièce –, je m'étais ensuite rendu compte qu'elle reflétait le goût d'Elaine. Elle en avait choisi jusqu'au moindre objet et je m'y sentais mal à l'aise. Tout me paraissait trop guindé, trop net. Il y manquait l'atmosphère confortable et chaleureuse d'un endroit habité.

Je commençai par remplacer les lampes choisies par Elaine par de délicates lampes anciennes en porcelaine que j'avais dénichées au dernier étage. D'après Jane Barr, Elaine les y avait reléguées quand elle s'était mise à redécorer la maison. Je plaçai quelques photos de famille sur la cheminée et des albums de photos du siècle dernier sur le dessus du piano à queue.

J'avais entendu une célèbre journaliste confier que, chez elle, les livres servaient de décoration. Les bibliothèques de part et d'autre de la cheminée renfermaient des bibelots modernes et coûteux. J'emballai la plupart d'entre eux pour les remplacer par une partie de mes livres que j'avais fait transporter avant notre mariage. Je disais à Peter en plaisantant que ces caisses de bouquins constituaient ma dot. Quand Elaine viendrait samedi soir à la maison, ce serait sa première visite depuis ces changements. J'observerais sa réaction avec intérêt.

J'avais demandé à mes invités d'arriver à sept heures. C'était comme si des années s'étaient écou-

379

lées depuis que nous avions dîné tous ensemble au retour de notre voyage de noces. Je choisis de porter la même chemise de soie et le même pantalon de velours que ce soir-là. Je savais que c'était sans doute la dernière fois jusqu'à la naissance du bébé. Je laissai mes cheveux flotter sur mes épaules. Je m'habillais pour mon mari, pas pour ces gens.

J'avais laissé la page du numéro de *People* sur ma commode, espérant qu'à force de l'étudier je finirais par y trouver l'information que Nicholas Greco était certain d'y découvrir un jour. Sur le point de descendre, je la pris instinctivement et l'emportai avec moi. Je la posai sur le bureau de Peter dans la bibliothèque où tout le monde pourrait la voir au moment du café. J'étais décidée à amener le véritable assassin à se dévoiler – si lui ou elle faisait partie de ce petit groupe. Si cette page avait vraiment une signification, sa vue susciterait peut-être une réaction. Je pensais néanmoins que Greco lui donnait beaucoup trop d'importance.

À sept heures précises, le carillon de la porte résonna et le premier de mes invités arriva.

73

« VAS-Y doucement, Richard », dit Elaine en voyant son fils se préparer à avaler une seconde vodka. « Kay fera sûrement servir un apéritif avant de passer à table, et il y aura du vin au dîner.

– Sans blague ! » fit Richard.

Elaine contempla son fils avec inquiétude. Il était à cran depuis son arrivée, preuve qu'il devait avoir encore misé gros après avoir recueilli quelques tuyaux imparables. J'espère que je me trompe, pensa-t-elle, cherchant à se rassurer. Je ne peux plus payer ses dettes désormais.

« Que se passera-t-il quand Peter aura été condamné ? demanda brusquement Richard. Crois-tu que Kay va errer toute seule dans cette énorme baraque ?

– Elle va avoir un enfant, répondit sèchement Elaine. Elle ne sera pas seule longtemps.

– Tu ne m'en avais rien dit.

– Ce n'est pas Kay qui me l'a annoncé. Je l'ai découvert parce que la fille de Linda Hauser l'a rencontrée par hasard au cabinet du docteur Silver.

– Cela ne veut pas dire qu'elle soit enceinte.

– Crois-moi. Elle l'est. J'ai d'ailleurs l'intention de le lui demander ce soir et je serais étonnée qu'elle le nie.

– Ainsi nous allons avoir un héritier pour la fortune des Carrington, ricana Richard. N'est-ce pas *merveilleux* ?

– Ne t'inquiète pas. J'ai l'intention d'être la plus exquise des belles-grand-mères. Kay sait que j'avais dissimulé la chemise pour sauver Peter, et elle m'en est reconnaissante. J'ai commis une erreur énorme en refusant de la lui donner – elle m'aurait été à jamais redevable. Maintenant elle me prend pour un maître chanteur qui n'a pas tenu parole.

– Ce que tu es », dit Richard.

Elaine reposa avec violence son verre de vin. « Comment oses-tu me parler ainsi ! Sans toi, je vivrais des intérêts de vingt millions de dollars et d'une pension d'un million par an. Entre tes dettes de jeu et tes placements désastreux, tu m'as mise sur la paille, Richard, et tu le sais. Tu as fait de ma vie un enfer, et maintenant tu m'insultes ! Va au diable, Richard ! Va au diable ! »

Elle s'effondra. Le visage défait, elle vit son fils traverser la pièce en deux enjambées pour la rejoindre. « Voyons, ne te mets pas dans cet état ! dit-il d'un ton conciliant. Il faut que nous fassions face au monde entier tous les deux – y compris à cette foutue équipe des Carrington. D'accord, maman ? » Il prit un accent moqueur. « Allons, ma petite maman, faisons la paix.

– Oh, Richard, soupira Elaine Tu me rappelles

tellement ton père. Faire du charme, faire la paix. C'était toujours pareil.

– Tu étais folle de mon père. Je m'en souviens.

– Oui, dit Elaine doucement. Mais même quand on est fou de quelqu'un, vient un moment où il arrive qu'on en ait assez. Ne l'oublie pas, Richard. Et renonce à cette seconde vodka. Tu en prendras une autre tout à l'heure. Il est temps de partir. Nous sommes attendus à sept heures. »

74

Vincent Slater fut le premier à arriver. Comme toujours, il gara sa voiture dans l'allée à l'arrière de la maison et sortit sa clé, avec l'intention d'entrer par la porte-fenêtre de son bureau.

La clé ne tourna pas – la serrure avait été changée.

La garce, se dit-il, la garce ! Kay Lansing, la fille du paysagiste – la voilà qui interdit l'entrée de la maison de Peter Carrington à la personne qui l'a toujours protégé depuis sa jeunesse. Et qui continue à le protéger, pensa Slater amèrement. Si seulement elle savait !

Si je lui avais donné la chemise, elle l'aurait montrée à ce détective et c'était la fin de tout. Elle joue la comédie en prétendant être amoureuse de Peter, mais à la façon dont tourne toute l'affaire, il finira par pourrir en prison pendant qu'elle profitera de la fortune des Carrington.

Enfin, peut-être pas, pensa-t-il.

Toujours furieux, Slater fit le tour de la résidence, adressa un bref signe de tête au garde en faction et se dirigea vers la porte d'entrée. Pour la première fois depuis presque trente ans, il appuya sur le bouton de la sonnette et attendit qu'on vienne lui ouvrir.

75

« C'ÉTAIT Slater », dit Gary Barr à sa femme en entrant dans la cuisine. « Tu peux compter sur lui pour arriver à l'heure. Sept heures sonnent à l'horloge, et le voilà qui sonne à la porte.

— Pourquoi es-tu aussi furieux contre lui ? Il a toujours été aimable avec toi. »

Jane Barr était en train d'enfourner des feuilletés au fromage. Elle referma la porte du four et se tourna vers son mari. « Il faut que tu changes d'attitude, Gary, bien qu'il soit peut-être trop tard. Je vois bien que Mme Carrington n'est pas à l'aise quand tu es là. C'est pour cette raison qu'elle nous a dit de ne pas rester pour la servir le soir.

— C'est elle qui m'a passé Slater au téléphone pour me demander d'aller faire cette course bidon à New York. Elle était dans le coup pour qu'il fouille la maison. Elle t'a même priée de répondre au téléphone pour s'assurer que tu ne reviendrais pas sous un prétexte ou un autre. »

Gary Barr comprit trop tard qu'il en avait trop dit. Jane ignorait tout de cette histoire de chemise et elle ne savait pas que leur maison avait été fouilllée.

« De quoi parles-tu ? demanda-t-elle. Qui a fouillé quoi ? Pourquoi ? »

La sonnette retentit à nouveau. Sauvé par le gong, pensa Gary en se dépêchant d'aller ouvrir. Cette fois, c'était Elaine Walker accompagnée de Richard.

« Bonsoir, madame Carrington, monsieur Walker. »

Elaine l'ignora et l'écarta d'un geste en entrant.

Walker s'arrêta un instant : « Si vous ne voulez pas d'ennuis, je vous suggère de rapporter ce que vous avez volé chez ma mère. J'en sais plus à votre sujet que vous ne le croyez et je n'hésiterai pas à m'en servir contre vous. »

76

BARBARA KRAUSE et Tom Moran s'étaient attardés au bureau bien après que les autres collaborateurs du procureur furent partis, pressés d'entamer leur week-end. Après avoir raccroché le téléphone, Barbara Krause avait demandé à Tom Moran de sortir le dossier de Susan Althorp afin de vérifier les déclarations de l'ambassadeur au moment de la disparition de sa fille.

Althorp avait téléphoné à Barbara, demandé un rendez-vous et ajouté qu'il préférait venir à cette heure tardive et serait accompagné de son avocat.

« Nous avons toujours pensé qu'il pouvait figurer parmi les coupables, dit Moran, bien que ce soit peu probable. Mais maintenant que sa femme est morte, peut-être éprouve-t-il le besoin d'avouer quelque chose. Sinon pourquoi prendrait-il la peine d'amener son avocat ? »

À huit heures précises, Althorp et son conseil furent introduits dans le bureau du procureur. Barbara Krause lui trouva l'air souffrant. Le teint coloré qui l'avait frappée à leur dernière entrevue était aujourd'hui blafard, ses joues s'étaient creusées.

Il a la mine d'un type qui vient de recevoir un coup au plexus solaire, pensa-t-elle.

« Ma femme a été enterrée, commença l'ambassadeur Althorp d'emblée. Je ne peux la protéger plus longtemps. Après les funérailles, j'ai révélé à mes fils un secret que j'avais gardé pendant vingt-deux ans. L'un d'eux m'a à son tour rapporté quelque chose que Susan lui avait confié le jour de Noël, l'année qui a précédé sa mort, et cette information change tout. Je pense qu'une terrible erreur judiciaire a été commise, et j'en partage la responsabilité. »

Barbara Krause et Moran le dévisagèrent dans un silence stupéfait.

« L'ambassadeur Althorp souhaiterait faire une déclaration, dit l'avocat. Êtes-vous prêts à l'entendre ? »

77

ELAINE n'émit aucun commentaire sur les changements que j'avais effectués dans le salon, un silence qui révélait sa désapprobation. Elle fit bonne figure cependant, même s'il n'était pas difficile d'imaginer ce qu'elle ressentait. Six mois plus tôt, elle ignorait tout de mon existence. Elle avait vécu dans cette maison pendant les cinq ans de son mariage avec le père de Peter et elle était restée la maîtresse des lieux après son décès jusqu'à ce que Peter épouse Grace Meredith. Maintenant c'était mon tour.

« C'est alors que les choses ont changé. Mme Elaine s'est installée dans l'autre maison, et Peter nous a demandé de revenir », m'avait confié Jane. Grace avait affecté à l'appartement de New York les gens du personnel de la résidence qu'elle appréciait particulièrement. C'est là qu'elle habitait la plupart du temps et qu'elle donnait ses réceptions. Si bien qu'Elaine continua à diriger la maison plus ou moins comme elle l'entendait, même si elle n'y résidait plus.

Dans les années qui avaient suivi la mort de

Grace, Elaine était ainsi devenue une sorte de maîtresse de maison de fait. Et j'étais venue tout gâcher.

Je n'ignorais pas qu'avant mon apparition dans le tableau, elle jouait le rôle d'une parente pour Peter, et il eût été naturel qu'il cherche du réconfort auprès d'elle dans les moments difficiles. Et Peter était généreux.

Vincent Slater se montra très froid à mon égard, à moins qu'il n'eût peur de moi. Pensait-il que j'avais trahi Peter en engageant Nicholas Greco ou craignait-il que je découvre quelque chose de compromettant pour lui ? Greco avait évoqué la possibilité d'une « alliance contre nature » entre Vince et Barr. Le temps me manquait pour réfléchir à cette hypothèse.

Il faut dire, à son crédit, que c'est Richard qui sauva la soirée. Il raconta des anecdotes sur son expérience chez Sotheby's quand il avait une vingtaine d'années et nous parla de ce collectionneur d'art qui voulait l'engager à Londres. « C'est un homme charmant d'un certain âge, dit-il, et le moment est parfaitement choisi pour moi. Je peux résilier le bail de ma galerie et obtenir une indemnité pour libérer les lieux en avance. Mon appartement est en vente dans une agence immobilière et nous avons déjà plusieurs offres. »

Nous évitâmes au début de parler de Peter, mais durant le dîner il devint impossible d'ignorer le fait que nous étions réunis chez lui autour de sa table pendant qu'il moisissait dans une cellule de prison. Je profitai de l'occasion pour les mettre au courant.

« Je lui ai apporté une bonne nouvelle, dis-je. Je lui ai annoncé que nous allions avoir un enfant.

– Je l'avais deviné ! s'exclama Elaine d'un ton triomphant. Avant de venir ici, j'ai dit à Richard que je vous poserais la question – je m'en doutais. »

Elaine et Richard m'embrassèrent chaleureusement, avec une apparente sincérité.

Restait mon autre invité, Vincent Slater. Nos regards se croisèrent et je vis dans ses yeux une expression qui m'effraya. Je ne sus la déchiffrer mais, pendant un court instant, une image me traversa l'esprit, celle d'une autre femme enceinte, la première épouse de Peter, flottant dans la piscine.

À neuf heures, nous allâmes prendre le café dans la bibliothèque. N'ayant plus grand-chose à nous dire, nous avions tous adopté une attitude de politesse forcée. Je sentais sourdre une telle hostilité que je décidai de plus jamais réunir ces gens dans l'espace privilégié de Peter. Je savais qu'ils se méfiaient de Barr. Elaine le soupçonnait de l'avoir volée. Barr avait fini par l'avouer à Greco, et nous savions que Vincent avait ensuite trouvé et dérobé la chemise.

Je n'étais pas sûre qu'aucun d'eux, y compris Barr, ait vu la page de *People* posée sur un angle du bureau de Peter. Je l'avais placée le plus en vue possible. Je ne comprenais toujours pas en quoi elle était importante, mais si elle provoquait une réaction de la part d'un de mes invités, peut-être aurais-je un indice.

À neuf heures et demie, tout le monde se leva. J'étais moi-même épuisée par la tension qui avait régné au cours de la soirée. Si l'un de ces hommes était celui que j'avais entendu menacer Susan Althorp dans la chapelle, ce n'était pas ce soir que je le découvrirais.

Nous nous attardâmes sur le pas de la porte tandis que Vincent et moi souhaitions bonne chance à Richard pour son installation à Londres. Il me promit de faire l'impossible pour revenir au moment du procès de Peter afin de lui apporter son soutien moral. « J'ai toujours eu beaucoup d'affection pour ce garçon, Kay. Et je sais qu'il vous aime. »

Maggie m'a dit un jour qu'il était possible d'aimer une personne sans tout aimer chez elle. « Monseigneur Fulton Sheen était un merveilleux orateur, se plaisait-elle à raconter. Il avait une émission de télévision il y a cinquante ans. Au cours d'un de ses sermons, il a prononcé des paroles qui m'ont frappée : "Je déteste le communisme, mais j'aime l'homme qui est communiste." »

C'était en des termes similaires que l'on pouvait définir l'indulgence de Peter à l'égard de Richard : il aimait la personne et détestait sa faiblesse.

Après avoir refermé la porte sur Elaine, Richard et Vincent, je gagnai la cuisine. Les Barr s'apprêtaient à s'en aller. « Les tasses sont lavées et rangées, madame », dit Jane. Elle semblait inquiète. « Madame Carrington, si vous avez besoin de quoi que ce soit pendant la nuit, vous savez que je peux être là en une minute. »

J'ignorai sa proposition, les remerciai, assurant que tout le monde avait apprécié le dîner. Je leur souhaitai bonne nuit et ils sortirent par la porte de la cuisine. Je fermai à double tour derrière eux.

J'avais pris l'habitude, avant de monter me coucher, de m'asseoir un moment dans le fauteuil de Peter. Je me sentais alors plus proche de lui. Je revivais l'instant où j'étais entrée pour la première fois dans la bibliothèque et l'avais vu assis à cette même place. Je revoyais ses lunettes glisser de son nez quand il s'était levé.

Ce soir-là, cependant, je ne m'attardai pas. J'étais exténuée, physiquement et émotionnellement. Je commençais à douter que Nicholas Greco trouve un jour une preuve pouvant contribuer à la défense de Peter. Il s'était montré si mystérieux quand je lui avais demandé ce qu'il avait appris. Peut-être avait-il découvert des éléments susceptibles au contraire de nuire à mon mari.

Je me levai du fauteuil et m'approchai du bureau. Je voulais emporter dans ma chambre la page du magazine que j'y avais laissée. Je n'avais pas oublié que Greco avait insisté pour que je la montre à Peter la prochaine fois.

J'avais posé sur la feuille la belle loupe ancienne de Peter et elle recouvrait en partie l'arrière-plan de la photo de Marian Howley.

On y voyait, ainsi agrandi, un tableau sur le mur derrière l'actrice. Soulevant la loupe, je l'examinai avec attention. C'était un paysage, identique à celui que j'avais remplacé dans la salle à manger. Je pris la loupe et la page du magazine, me précipitai dans l'escalier et grimpai jusqu'au dernier étage. J'avais changé une quantité de tableaux et il me fallut pour le retrouver passer en revue tous ceux que j'avais empilés à même le sol, chacun soigneusement emballé.

Le cadre était lourd et je dus m'y reprendre à

plusieurs fois pour l'extraire soigneusement de la pile. Je l'appuyai au mur, m'assis en tailleur sur le plancher et examinai la toile à la loupe.

Je ne suis pas experte en art, et le fait que cette peinture n'éveillait pas mon intérêt n'était pas un critère de son manque de valeur. Elle était signée dans un angle – Lancaster, la même signature que celle du tableau accroché à présent dans la salle à manger. Les deux toiles représentaient le même sujet. Mais celui qui était en bas retenait le regard, ce qui n'était pas le cas de celui-ci. Il était daté de 1920.

Lancaster aurait-il peint cette scène en 1920 et continué dans la même veine, avec plus de talent ? Peut-être. C'est alors seulement que je distinguai un détail invisible à l'œil nu. Il y avait un autre nom sous la signature de Lancaster.

« Qu'est-ce que vous fabriquez ici, Kay ? »

Je me retournai. Vincent Slater se tenait debout dans l'embrasure de la porte, le visage blême, les lèvres serrées. Il s'avança vers moi, et je me recroquevillai devant lui.

« Qu'est-ce que vous fabriquez ici ? » répéta-t-il.

78

UNE STÉNOGRAPHE avait été appelée dans le bureau de Barbara Krause pour prendre la déposition de Charles Althorp. Plus maître de lui qu'à son arrivée, il reprit la parole d'une voix ferme :

« Au moment de sa disparition, je n'ai pas révélé que ma fille Susan était devenue toxicomane. Comme Nicholas Greco me l'a fait remarquer il y a peu, si j'en avais informé la police, l'enquête aurait probablement pris un autre tour. »

Il baissa les yeux sur ses mains jointes comme s'il les contemplait. « Je pensais qu'il me suffirait de surveiller Susan de près et de réduire son argent de poche pour l'obliger à renoncer à la drogue. Je me trompais, bien sûr. Greco m'a appris que le jour de la réception des Carrington, l'actuelle Mme Carrington, âgée de six ans à l'époque, avait surpris une femme qui tentait de faire chanter un homme parce qu'elle avait besoin d'argent. Greco présume – et je suis de son avis – qu'il s'agissait de Susan. Quelques heures plus tard, Susan disparaissait.

« Pendant des années, j'ai caché à tout le monde

la dépendance de Susan. J'en ai parlé à mes fils devant la tombe de leur mère. Si je l'avais révélée plus tôt, une énorme injustice aurait pu être évitée. » Althorp ferma les yeux et secoua la tête. « J'aurais dû... » Sa voix se brisa.

« Qu'avez-vous dit exactement à vos fils, monsieur Althorp ? demanda Tom Moran.

– Je leur ai dit que, selon moi, Susan avait commencé à se droguer à son retour de l'université, l'été de sa disparition, et qu'elle avait probablement fait chanter quelqu'un pour se procurer l'argent dont elle avait besoin. Ma confession les a poussés à se confier à leur tour, à me faire des révélations sur leur sœur qui prennent une nouvelle signification dans le contexte des événements récents.

« Mon fils David était revenu passer Noël à la maison. Susan était alors très souvent chez les Carrington. Selon David, elle avait remarqué que certaines des œuvres qui ornaient les murs du rez-de-chaussée de la résidence avaient été remplacées par des copies. Elle suivait des cours d'art et connaissait bien le sujet. Elle savait qui avait réalisé ces copies, parce qu'elle avait vu lors d'une soirée à la résidence une jeune artiste prendre des photos de plusieurs tableaux.

« David avait conseillé à Susan de n'en souffler mot à personne. Il lui avait expliqué que si M. Carrington père l'apprenait, il en résulterait un procès auquel elle serait peut-être appelée à témoigner. Il avait ajouté que notre famille avait déjà eu assez de problèmes comme ça avec les Carrington à cause de mon ancienne liaison avec Elaine.

– Susan a donc suivi le conseil de David, suggéra

397

Krause, mais quand elle a eu besoin d'argent, elle a pu essayer d'en obtenir auprès d'une personne impliquée dans la disparition des tableaux authentiques.

– Je crois que c'est exactement ce qu'elle a fait, affirma Althorp.

– Est-ce que c'était Peter Carrington, monsieur Althorp ? demanda Moran. Volait-il son propre père ?

– Non, bien sûr que non. C'est bien ce qui me torture ! Peter est aujourd'hui en prison, accusé d'avoir assassiné Susan. Il n'avait aucune raison de la tuer. David m'a dit que si Susan avait demandé de l'argent à Peter, il le lui aurait donné sans poser de questions, quitte à essayer ensuite de la faire aider. Mais Susan n'aurait jamais demandé un sou à Peter parce qu'elle était amoureuse de lui. David m'a dit également que mon silence avait été funeste pour Peter. Lorsque je me suis entretenu avec lui cet après-midi, il m'a menacé de ne plus jamais m'adresser la parole si je ne venais pas vous voir ce soir même.

– Alors qui volait les tableaux ?

– Le fils d'Elaine Carrington, Richard Walker. »

79

PAT JENNINGS reposa son livre, s'empara de la télécommande et alluma la télévision. Elle voulait regarder le bulletin de dix heures. « J'ai envie de voir ce qui se passe dans le monde », dit-elle à son mari, qui somnolait, le nez dans un magazine. Sans attendre de réponse, elle tourna son attention vers l'écran.

« Une information nous parvient à la minute, disait le présentateur de Fox News. On vient de trouver dans l'East River le corps d'Alexandra Lloyd, une femme de quarante-six ans. La victime a été poignardée à plusieurs reprises. D'après une de ses amies et voisines, Alexandra Llyod était professeur d'art et avait récemment perdu son poste dans une école locale à la suite de réductions budgétaires. Toute personne susceptible de fournir des informations peut téléphoner au numéro suivant : 212-555-7000. »

« Alexandra Lloyd ! » s'exclama Pat au moment où le téléphone sonnait.

C'était Trish. « Pat, je viens de voir les informations et...

– Je sais, j'étais moi aussi en train de les regarder.

– Vas-tu appeler ce numéro et les informer de ses coups de téléphone à Richard Walker ?

– Tu parles que je vais le faire, et tout de suite.

– La pauvre femme. C'est horrible d'être poignardée et jetée dans la rivière. Tu crois que c'est lui ?

– Je n'en sais rien, c'est à la police de le découvrir.

– Tiens-moi au courant », dit Trish en raccrochant.

80

LORSQUE Charles Althorp eut signé sa déclaration et fut parti en compagnie de son avocat, Barbara Krause et Tom Moran restèrent sur place, à évaluer l'importance de ce qu'ils venaient d'entendre, et en quoi ces aveux pourraient affecter leurs poursuites contre Peter Carrington.

« Même si Walker volait les tableaux et en faisait faire des copies, cela ne prouve pas qu'il a tué Susan. Et ce que nous a raconté Althorp est en grande partie fondé sur les dires de ses fils, déclara Barbara Krause d'un ton sec.

– Et cela n'explique pas pourquoi Carrington a caché sa chemise ce soir-là et pourquoi son père a remis à Maria Valdez un chèque de cinq mille dollars, fit remarquer Moran. Quoi qu'il en soit, la prescription s'applique à Walker dans le cas du vol de tableaux, même si nous pouvons prouver qu'il est un faussaire. »

Barbara Krause se leva. « Je suis morte de fatigue. On verra la suite plus tard. »

Son téléphone sonna. « Ma famille doit penser

que je me suis enfuie avec vous », dit-elle à Moran en décrochant. Mais son expression changea en écoutant son interlocuteur, et elle se mit à le bombarder de questions : « Quand l'avez-vous trouvée ?... La secrétaire est-elle sûre qu'il la menaçait ?... Il part pour Londres demain ?... D'accord, merci. »

Elle raccrocha et se tourna vers Moran. « Le nom de Richard Walker refait surface. Le corps d'une femme qui l'appelait souvent à la galerie et lui a récemment laissé un message furieux, voire menaçant, a été découvert dans l'East River. Une dénommée Alexandra Lloyd. L'information vient de la secrétaire de Walker. Bon Dieu, je me demande si les deux frères par alliance ne sont pas des assassins.

— Comment est-elle morte ?

— Poignardée, au moins une douzaine de fois.

— La mère de Walker, Elaine Carrington, habite une maison sur la propriété. Son fils s'y trouve peut-être en ce moment, dit Moran.

— Il faut prévenir la police d'Englewood. Qu'ils envoient une voiture à la résidence des Carrington, sur-le-champ. » Barbara Krause semblait soudain inquiète. « Je sais qu'ils ont des gardes privés à l'extérieur, mais Kay Carrington est seule dans la maison, la nuit. »

81

« Et vous, que faites-vous ici ? demandai-je à Vincent Slater en me relevant. Comment êtes-vous entré ?

– *Comment je suis entré ?* Vous osez me poser la question ! Après avoir possédé la clé de mon bureau personnel dans cette maison pendant trente ans, après avoir protégé Peter pendant toutes ces années, avoir tout fait pour qu'il ne soit pas poursuivi par la justice, j'arrive ici en avance ce soir pour découvrir que la serrure a été changée.

– Pourquoi dites-vous que vous avez tout fait pour qu'il ne soit pas poursuivi par la justice ? hurlai-je. *Peter est innocent !*

– Non, il ne l'est pas. Il a eu un accès de somnambulisme la nuit où Susan a disparu. Il ne savait pas ce qu'il faisait. J'en suis sûr.

– C'est ce que vous croyez !

– Son père a appris ce qui s'était passé, répondit Slater. C'est pour cette raison qu'il a payé la femme de chambre. J'ai la chemise ; elle porte des taches de sang. Voilà pourquoi je pense qu'il a tué Susan. Vous savez, Kay, vous m'avez vraiment eu. J'ai cru

403

au début que vous aimiez réellement Peter, et que vous le soutiendriez. Mais vous avez engagé Greco, le détective qui avait retrouvé Maria Valdez dont le témoignage a enfoncé encore un peu plus votre mari. Vous espériez peut-être que Greco découvrirait d'autres preuves et vous débarrasserait une fois pour toutes de Peter. Je sais que vous auriez remis la chemise au procureur, c'est pour cela que je l'ai gardée. Avouez-le. Vous avez épousé Peter pour mettre la main sur son argent. Maintenant que vous attendez un enfant de lui, l'affaire est verrouillée. À propos, est-ce bien l'enfant de Peter ? »

J'étais trop stupéfaite pour pouvoir répondre.

« Ou est-ce l'enfant de cet homme à qui vous avez donné la clé de mon bureau ? Je viens de voir quelqu'un pénétrer dans la maison en passant par là. Il a laissé la porte ouverte, j'en ai profité pour entrer à mon tour. Je suis revenu pour deux raisons : d'abord, parce que je voulais vous dire ce que je pensais de votre façon de m'humilier en changeant les serrures, sans même m'en avertir.

— Et la deuxième raison ? demandai-je d'un ton méprisant.

— La deuxième raison, répliqua-t-il avec le même mépris, c'est que si, par miracle, j'ai tort de penser que Peter a tué Susan, vous couriez au désastre en laissant à la vue de tous cette page de *People* dans la bibliothèque. Je n'arrive pas à comprendre ce qui vous a poussée à agir ainsi. J'ignore quelle est la signification de cette page, mais je présume qu'elle en a une. Pourquoi, sinon, Grace l'aurait-elle gardée dans sa poche ?

— Vince, vous venez de me dire que vous avez vu

un homme pénétrer dans la maison par votre bureau. Qui était-ce ? Cette porte aurait dû être fermée à clé.

— Il faisait sombre et je n'ai pas vu de qui il s'agissait. Mais je pense que vous le savez parfaitement. Où se trouve-t-il en ce moment ? Dans votre chambre ?

— Non, je suis ici. Kay, vous n'auriez pas dû laisser les nouvelles clés rangées au même endroit. »

Surpris, nous nous retournâmes d'un même mouvement. Richard Walker s'avançait vers nous, un pistolet à la main.

82

SANS ACTIONNER ni gyrophare ni sirène de peur d'alerter Richard Walker s'il se trouvait dans les parages, Steven Hausenstock, un agent de la police d'Englewood, s'arrêta à la grille de la propriété : « Est-ce que Richard Walker est là ? demanda-t-il au garde.

– Il est arrivé vers cinq heures, répondit le garde. Il n'est pas reparti. Il passe parfois la nuit chez sa mère.

– Qui d'autre avez-vous vu ?

– L'assistant de M. Carrington, Vincent Slater. Je l'ai vu partir en voiture il y a une demi-heure, mais il vient de revenir.

– Très bien. Il faut que j'aille jeter un coup d'œil chez Mme Kay Carrington.

– Vous pouvez aller jusqu'à la porte principale et sonner. Si elle ne répond pas, l'autre garde en faction là-bas a la clé. Il vous fera entrer. »

Le policier remonta l'allée jusqu'à la résidence. Seul le dernier étage était éclairé.

– Mme Carrington est-elle là ? demanda-t-il au garde.

— Oui, elle est dans la maison. Elle avait des invités ce soir. Ils sont tous repartis il y a environ une demi-heure.

— Qui se trouvait avec elle ?

— Mme Elaine Carrington, son fils Richard et Vincent Slater. M. Slater vient de revenir, il s'est dirigé vers l'arrière de la maison, où se trouve son bureau. C'est par là qu'il passe en général.

— Vers où est parti Richard Walker en sortant ?

— Il accompagnait sa mère, ils sont tous les deux rentrés chez elle, dit le garde, montrant la direction. Il doit encore s'y trouver, car je ne l'ai plus revu. Sa voiture est garée derrière la maison de sa mère. »

L'agent Hausenstock décrocha la radio de bord de sa voiture. « Richard Walker est ici, dit-il. Le garde l'a vu il y a une demi-heure raccompagner sa mère chez elle. Envoyez du renfort, mais n'utilisez ni les sirènes ni les gyrophares. J'espère qu'il ne m'a pas repéré. » Sans quitter son micro, le policier demanda au garde : « Le bureau de Slater communique-t-il avec l'intérieur de la résidence ?

— Oui », répondit l'homme.

Hausenstock continua à parler : « Je vais faire le tour par l'arrière pour voir si l'assistant de Carrington, un dénommé Slater, est dans son bureau. S'il s'y trouve, j'entrerai par là et j'inspecterai les lieux. Je ne veux pas sonner à la porte, au cas où Walker serait revenu dans la maison à l'insu du garde. »

Il se retourna vers celui-ci. « Richard Walker peut être dangereux et il est possible qu'il soit armé. Des renforts sont attendus d'une minute à l'autre. Si vous l'apercevez, essayez d'éviter tout contact avec

407

lui et alertez les autres policiers dès leur arrivée. Il cherchera probablement à filer au volant de sa voiture. Prévenez votre collègue qui monte la garde à la grille et assurez-vous qu'il la referme après le passage des voitures de la police. »

83

JE RESTAI pétrifiée en voyant Richard Walker s'avancer vers nous. Il s'arrêta suffisamment loin pour que nous n'ayons aucune chance de lui arracher son arme. Vince se plaça aussitôt devant moi pour me protéger. Richard braquait son pistolet sur nous.

« Richard, ne faites pas de geste stupide, dit Vince calmement. À quoi ça rime ? Pourquoi agissez-vous ainsi ?

– Pourquoi ? » La voix de Walker était étranglée par l'émotion. « Je vais vous dire pourquoi. Parce que depuis le jour où l'actuelle Mme Peter Carrington s'est installée ici, ma vie est devenue un enfer. Ma mère, durant des années, a protégé Peter en cachant sa chemise. Elle l'a vu rentrer le soir de la réception. Elle a vu les taches de sang sur sa chemise et a pensé qu'il s'était fourré dans une sale histoire. Si elle l'avait remise à la police le lendemain, quand on s'est aperçu de la disparition de Susan, Peter aurait passé les vingt-deux dernières années à l'ombre. »

Le téléphone sur la table située au bas de l'esca-

409

lier se mit à sonner. Walker nous fit signe de nous taire afin de pouvoir entendre le message sur le répondeur.

J'avais augmenté le volume au maximum pour écouter les messages pendant que j'étais en haut. Un moment plus tard, monta vers nous la voix angoissée de Maggie : « Kay, il est tard. Où es-tu ? Je viens de me rappeler qui ton père a entendu siffler dans le jardin. C'était Richard Walker, le fils d'Elaine. Ne devait-il pas venir dîner chez toi ce soir ? Kay, je t'en prie, sois prudente. Je suis horriblement inquiète. Rappelle-moi dès que tu auras écouté ce message. »

Je regardai Richard. Il avait compris que c'était la fin pour lui. Je m'écartai de Vincent. Quoi qu'il puisse m'arriver, je voulais dire son fait à Richard Walker. « C'est *vous* qui avez tué Susan Althorp, dis-je avec un calme qui masquait ma peur. C'est Susan et vous que j'ai entendus dans la chapelle ce soir-là, n'est-ce pas ? »

Je désignai le tableau que j'examinais quelques minutes plus tôt. « Vous êtes un marchand d'art et un flambeur. C'est vous qui avez remplacé ce tableau – et Dieu sait combien d'autres. Peter m'a dit que les tableaux de maîtres étaient accrochés en bas. Or celui-ci était bien dans la salle à manger, mais ce n'est qu'une copie. On voit l'original sur la photo de Marian Howley dans cet article de *People*. Il appartenait aux Carrington, n'est-ce pas, Richard ? Grace vous avait démasqué, comme Susan des années plus tôt. Susan s'y connaissait en art. Elle vous a accusé de ce vol. Je ne sais pourquoi elle

410

a tenté de vous faire chanter au lieu d'aller dire la vérité au père de Peter, mais... »

Vince m'interrompit. « N'en dites pas plus, Kay. » Je compris qu'il craignait de voir Richard perdre son sang-froid et tirer, mais j'étais déterminée à continuer.

« Votre mère ne protégeait pas Peter, dis-je. Elle vous protégeait, *vous*. Ce n'est pas tout. Mon père avait un projet d'aménagement du parc pour la partie extérieure à la clôture, l'endroit où vous aviez enterré Susan. Il l'avait envoyé à Peter pour qu'il le communique à son père, mais Peter était à l'université à cette époque, et il ne l'a pas vu. Je pense en revanche que votre mère en a eu connaissance, et vous l'a montré. Tous les deux, vous avez alors décidé de vous débarrasser de mon père. Il ne suffisait pas de l'avoir renvoyé. Vous redoutiez malgré tout qu'il parle de son projet au père de Peter. Vous avez camouflé sa mort en suicide, puis vous l'avez enterré dans le parc, persuadés qu'on ne fouillerait plus jamais la propriété. »

Vince m'avait saisie par le bras, cherchant désespérément à me faire taire. La main de Richard tremblait. Je savais qu'il allait nous abattre, mais je devais poursuivre. J'étais submergée par le souvenir de ma détresse après la mort de mon père et, pire, par le remords d'avoir cru qu'il m'avait abandonnée. J'avais le cœur déchiré à la pensée de toutes ces semaines où j'avais vu mon mari menotté et enchaîné. Et c'était cet homme qui était la cause de tout.

C'est alors que je remarquai une ombre qui se déplaçait dans le couloir derrière Richard. Je crus un instant que c'était Elaine Carrington ou Gary Barr, venus prêter main-forte à Richard. Même si Maggie, inquiète de mon silence, avait prévenu la police, il était sans doute trop tôt pour qu'elle soit déjà arrivée. Peu m'importait qui était là, je voulais qu'il entende ce que j'avais à dire à Richard Walker.

« Non seulement vous avez tué Susan et mon père, mais vous avez aussi tué Grace, poursuivis-je. Cette page était dans sa poche quand on l'a trouvée noyée dans la piscine. Elle avait compris que le véritable Lancaster appartenait à cette maison. Et vous apprendrez peut-être avec intérêt, Richard, que cette artiste qui effectuait des faux à votre intention était si fière de son travail qu'elle a apposé son nom sous la fausse signature de Lancaster. »

Je lui montrai à nouveau la copie du tableau. « Qui est Alexandra Lloyd ? »

Un sourire étrangement résigné apparut sur le visage de Richard. « Alexandra Lloyd était une artiste peintre. Elle est morte. On vient d'annoncer que son corps a été repêché dans l'East River. Comme Susan, cette charmante jeune femme était toxicomane et n'avait pas compris qu'elle se trompait lourdement en voulant me faire chanter. Vous-même avez fait quelques erreurs, Kay, et je vais être forcé de m'occuper de vous comme je me suis occupé des autres. »

Il se tourna alors vers Vince. « Je regrette, Vince. Je ne vous en veux pas personnellement. Vous vous êtes toujours montré très correct envers moi et ma mère. Malheureusement, vous avez fait irruption dans cette histoire au mauvais moment. La fête est finie pour moi. Ma chance a tourné. La police va faire le rapprochement entre Alexandra et moi, puis ils découvriront le reste. J'ai cependant une petite chance de m'enfuir, et c'est pourquoi je ne peux pas prendre le risque que vous préveniez la police. »

Richard se tourna vers moi. « Mais s'ils me prennent, j'aurai au moins la satisfaction, pendant que je moisirai en prison, de savoir que vous ne profiterez pas de l'argent des Carrington. » Il pointa son pistolet vers ma tête. « Les dames d'abord, Kay. »

Au moment où je murmurais le nom de Peter, l'ombre que j'avais aperçue dans le couloir prit la forme d'un homme en uniforme qui se rua sur Richard, fit tomber son arme et le plaqua au sol. « Police ! hurla-t-il. Couchez-vous, couchez-vous. »

Tandis que le policier luttait avec Richard, Vincent donna un coup de pied dans le pistolet qui glissa hors de portée, puis se jeta à son tour sur Richard pour aider à le maîtriser. Quelques instants plus tard, un martèlement de pas résonna dans l'escalier et deux autres policiers déboulèrent dans la pièce. À leur vue, Richard cessa de se débattre et se mit à sangloter.

Hébétée, je regardai les policiers menotter Richard Walker et le remettre debout. L'un d'eux ramassa son pistolet, celui qui était arrivé le premier se tourna vers moi. « J'ai tout entendu, madame Carrington, dit-il, rassurez-vous, j'ai tout entendu. »

84

L E LENDEMAIN à une heure trente, mon mari, toujours enchaîné et vêtu de son uniforme orange, comparut devant le juge Smith. Une fois encore, Barbara Krause représentait l'État et Conner Banks assistait Peter Une fois encore, la salle d'audience était remplie à craquer de spectateurs et de journalistes. Une fois encore, je me tenais au premier rang. Vince était assis à ma droite, Nicholas Greco près de lui. À ma gauche, Maggie était cramponnée à ma main.

Le procureur s'adressa à la cour. « Votre Honneur, des événements d'une extrême gravité sont survenus au cours des dernières heures. Richard Walker, le fils d'Elaine Carrington, a avoué les meurtres de Susan Althorp, Jonathan Lansing et Grace Carrington. Mes services ont formellement inculpé M. Walker de ces crimes, et il sera mis en accusation devant cette cour dès demain. Il a également avoué avoir assassiné voilà trois jours Alexandra Lloyd dont le corps a été retrouvé dans l'East River à New York. Le département de la police de New York a déposé une plainte criminelle contre lui.

« Votre Honneur – et je m'adresse également à M. Carrington –, nous regrettons profondément cette grossière erreur judiciaire. Notre seule consolation est que la vérité ait éclaté avant que ne soient causés d'autres préjudices encore. Nous demandons, concernant les meurtres de Susan Althorp et de Jonathan Lansing, que soit rejeté l'acte d'accusation visant M. Carrington. Nous demandons que soit aussi rejetée, dans l'intérêt de la justice, l'accusation de violation des conditions de mise en liberté sous caution. Je note, Votre Honneur, que, M. Carrington n'ayant pas été formellement accusé du meurtre de Grace Carrington, la seule charge qui pourrait subsister est celle de coups et blessures contre un membre des forces de l'ordre, agressé par M. Carrington devant la maison des Althorp, apparemment pendant une crise de somnambulisme. Je me suis personnellement entretenue avec le policier qui a été agressé. Il souhaite retirer sa plainte. Comme nous, il compatit aux épreuves endurées par M. Carrington. Estimant que ce dernier a assez souffert, je propose que cette accusation soit également rejetée. »

Le juge Smith fit un geste en direction de Conner Banks. « Vous-même ou M. Carrington souhaitez-vous faire une déclaration ? »

Banks et Peter se regardèrent. Peter secoua la tête. « Votre Honneur, dit-il, tendant ses poignets menottés, pouvez-vous demander que l'on m'ôte ces bracelets ? Je veux juste rentrer chez moi avec ma femme. »

Visiblement ému, le juge Smith dit : « J'accepte la requête du procureur d'abandonner toutes les accusations. Monsieur Carrington, je fais peu de commentaires personnels en général, mais j'ai rarement été témoin d'un cas comme celui-ci. Je regrette infiniment que vous ayez été victime de cette tragédie. Je demande à ce que vous soyez remis en liberté immédiatement. »

Comme éclataient les applaudissements, je courus vers Peter et me jetai dans ses bras. J'étais trop bouleversée pour parler. « C'est fini, mon amour, dit-il à ma place. C'est fini. Rentrons chez nous. »

Épilogue

Un an plus tard

UNE ANNÉE s'est écoulée depuis que Peter a entendu le procureur demander l'abandon de toutes les accusations portées contre lui. Le glaive de la justice a continué à frapper ceux qui l'avaient soumis à cette horrible épreuve.

Richard Walker a plaidé coupable pour les meurtres de Susan Althorp, de mon père, de Grace Carrington et d'Alexandra Lloyd. Il a été condamné à perpétuité dans les États du New Jersey et de New York. Le bureau du procureur m'a assuré qu'il ne serait jamais libéré.

Vincent Slater a remis la chemise de smoking de Peter aux services du procureur. La tache de sang corroborait les dires de Richard. Il avait promis de retrouver Susan devant chez elle à une heure et demie du matin. Elle avait choisi cette heure tardive pour être sûre que son père dormirait. Elle avait affirmé à Walker qu'elle voulait renoncer à la drogue et que c'était la dernière fois qu'elle lui demandait de l'argent. Mais il ne l'avait pas crue. Affolé à la pensée qu'elle pourrait révéler les vols des tableaux, il avait décidé de la tuer. Pour l'empêcher de crier, il lui avait envoyé un coup de poing sur la bouche, et du sang avait coulé sur le devant de sa robe. Puis il l'avait étranglée. Avant d'avoir pu la transporter dans le coffre de sa voiture, Richard avait vu Peter se garer devant la maison des Althorp.

Pris de panique, il s'était caché derrière les buissons et il avait regardé Peter sortir de la voiture, ramasser quelque chose sur le siège du passager et franchir la pelouse jusqu'à l'endroit où gisait Susan. Il portait sa chemise de smoking, sans veste. Richard avait vu Peter lâcher un objet – dont on sut par la suite qu'il s'agissait d'un petit sac à main – puis s'agenouiller et poser sa tête sur la poitrine de Susan, probablement pour écouter son cœur. C'était à ce moment-là qu'il avait taché sa chemise. Peter avait ensuite regagné sa voiture et il était reparti.

Richard avait déclaré que, pendant toute la scène, Peter paraissait agir dans un état d'hébétude caractéristique du somnambulisme.

Elaine Carrington a affirmé qu'elle ignorait que son fils avait l'intention de s'en prendre à Susan Althorp, mais elle a reconnu qu'il lui avait avoué son crime quelques heures après. Il lui avait expliqué avoir perdu la tête et tué Susan parce qu'elle refusait ses avances, alors même qu'elle était sortie de chez elle dans le but de le rencontrer.

Elaine a avoué avoir conseillé à Richard de cacher le corps dans le chalet où il avait l'habitude d'aller pêcher, au nord de l'État de New York.

Ensuite, lorsque l'enquête de la police avait pris fin, elle l'avait aidé à l'enterrer dans le parc, au-delà de la clôture. Elle a également reconnu que c'était elle qui avait incité Richard à prendre un nom d'emprunt pour inviter mon père à visiter une propriété à vendre dans le nord de l'État de New York sous prétexte de l'engager comme paysagiste.

Après que Richard eut assassiné mon père, c'était encore Elaine qui l'avait aidé à enterrer le corps dans le parc. Richard avait conduit la voiture de mon père à l'endroit où elle avait été retrouvée sur les bords de l'Hudson, et Elaine l'avait suivi dans sa propre voiture. Elle l'avait ensuite reconduit chez lui.

Elaine a nié toute implication dans les morts de Grace Carrington et d'Alexandra Lloyd. Elle a nié être au courant des vols de tableaux.

Gary et Jane Barr ont maintenant divorcé et je suis heureuse que Jane soit restée avec nous.

Nicholas Greco anime aujourd'hui une émission consacrée aux affaires criminelles sur Fox News. Je lui serai à jamais reconnaissante de la persévérance dont il a fait preuve dans sa quête de la vérité.

Vince Slater et moi avons reconnu que, chacun à sa manière, nous avions tous deux tenté désespérément de protéger Peter. Je n'oublierai jamais la façon dont il s'est jeté devant moi quand Richard nous a menacés de son arme. Vince est toujours l'homme de confiance de Peter et il est devenu un véritable ami pour moi.

Le plus jeune des Carrington a maintenant six mois. Je ne peux pas l'appeler « Junior » parce que en réalité il est le cinquième Peter Carrington. C'est le portrait de son père et notre joie à tous.

Maggie jouit de son rôle d'arrière-grand-mère. Peter et elle s'entendent à merveille. Elle est même arrivée à se convaincre qu'elle avait toujours cru en son innocence.

Peter occupe à nouveau le poste de président-directeur général de Carrington Enterprise, et la société continue de prospérer. Il aura toujours besoin de traiter son somnambulisme, mais il n'a plus jamais eu d'autres crises.

L'une des causes principales du somnambulisme est le stress, et je sais que c'est à moi de faire de notre maison un havre de paix pour mon mari. Lorsqu'il rentre le soir et nous retrouve, moi et notre enfant, en train de l'attendre, je vois à son regard et au sourire qui illumine son visage que j'ai atteint mon but.

NOTE DE L'AUTEUR

« Dormir, rêver peut-être, ah ! c'est là l'écueil... [1] *»*
Dormir, marcher en rêve, ah ! c'est là l'écueil...

En m'excusant auprès de Shakespeare de le paraphraser, mettre en scène un somnambule qui aurait pu commettre un crime au cours d'une crise était une idée qui m'a fascinée au point de devenir réalité.

Mes remerciements à Jane O'Rourke, infirmière à l'hôpital des troubles du sommeil de Pascal Valley qui m'en a si aimablement expliqué le fonctionnement. Je suis également redevable aux publications et aux sites de l'Internet qui offrent des informations en quantité sur ce sujet, et en particulier aux auteurs suivants : Marion Howard ; Rosalind Cartwright, Ph. D. ; et Fumiko Konno.

---

1. *Hamlet,* traduction de Jean-Michel Déprats, Gallimard. (*N.d.T.*)

REMERCIEMENTS

Écrire est une activité solitaire. Béni est l'auteur dont l'entourage lui apporte réconfort et encouragement. Lorsque je commence à raconter mon histoire, mon ami et éditeur par excellence, Michael V. Korda, ainsi que Chuck Adams, éditeur senior, me soutiennent sans relâche de leurs conseils. Je n'oublie jamais ce que je leur dois. Mille remerciements aussi à Lisl Cade, mon attachée de presse, à mon agent Sam Pinkus, et à Gypsy da Silva, responsable du travail éditorial et à son incomparable équipe, Joshua Cohen et Jonathan Evans.

Bravo et merci à toute ma famille, enfants et petits-enfants, et au toujours merveilleux John Conheeney. Merci à mes supporters de toujours, Agnes Newton, Nadine Petry et Irene Clark. Vous êtes formidables et je vous aime tous.

Et vous, mes chers lecteurs, j'espère que cette histoire vous a plu.

Édition exclusivement réservée
aux adhérents du Club
Le Grand Livre du Mois
15, rue des Sablons
75116 Paris
réalisée avec l'autorisation des éditions Albin Michel

Composition Nord Compo
Impression Bussière, juin 2007
N° d'impression : 072074/4
Dépôt légal : mai 2007
ISBN 978-2-286-03264-7

Imprimé en France.